Proverbes de langue française

Reclam premium Sprachtraining

Proverbes de langue française

Ausgewählt und kommentiert von
Franz Rudolf Weller

Reclam

RECLAMS UNIVERSAL-BIBLIOTHEK Nr. 14115
2014, 2021 Philipp Reclam jun. GmbH,
Siemensstraße 32, 71254 Ditzingen
Gestaltung: Cornelia Feyll; Friedrich Forssman
Druck und Bindung: Eberl & Koesel GmbH & Co. KG,
Am Buchweg 1, 87452 Altusried-Krugzell
Printed in Germany 2021

ISBN 978-3-15-014115-1
www.reclam.de

Inhalt

Vorbemerkung

Zum besseren Verständnis der vorliegenden Sammlung französischer Sprichwörter sind einige Hinweise zu Anlage und Darstellung der rund 1000 »Spruchweisheiten« erforderlich. Diese Vorbemerkung wird ergänzt und vertieft durch detailliertere Ausführungen im Nachwort: »Über das Fortleben der Sprichwörter heute«.

Was die Erfassung von Sprichwörtern in einer lexikalischen Sammlung betrifft, gibt es drei zentrale Problemfelder, die leider bis heute nicht befriedigend gelöst sind: 1. ihre Definition, also Identifikation; 2. ihre Selektion, also ein auf Grund empirischer Untersuchungen erstelltes Minimal-Korpus; 3. ihre Klassifikation, also die systematische Darstellung auf der Grundlage einer überzeugenden »Parömiographie«[1].

Zu 1: Oberhalb der auch im Französischen unzähligen fixierten, feststehenden Redensarten (*locutions, expressions*), die ggf. zu einem vollständigen Satz ausgebaut werden, gibt es auf dem phraseologischen Feld weitere satzwertige Stereotypen (*aphorisme, dicton, maxime, sentence* u.a.), die eine Abgrenzung zum Sprichwort oft erschweren. Die in französischen Nachschlagewerken verwendete Bezeichnung »locution proverbiale« trägt zur Konfusion bei. Überschneidungen und fließende Übergänge gibt es auch zwischen dem Sprichwort und trivialen Stereotypen wie *lieu commun, truisme* bis hin zu den

1 Der allgemeineren Unterscheidung zwischen Lexikologie und Lexikographie entsprechen auf dem spezielleren Gebiet der Sprichwörterkunde die Begriffe Parömiologie (= Erforschung und Lehre der Sprichwörter) und Parömiographie (= ihre systematische Darstellung und Klassifikation in einer Sprichwörtersammlung). Ein Parömiologe ist ein Sprichwortforscher.

zeitkritischen Kalauern. Ist »Scherben bringen Glück« ein Sprichwort oder ein aus altem Volksglauben stammender ›Omensspruch‹? Kontroverse Abgrenzungen (die sich z. T. in der Form zirkulärer Definitionsversuche kundtun) bestehen auch zu den an einen Autor bzw. Urheber gebundenen *mots historiques* (Devise, Slogan u. a.). Dieser terminologisch defizitäre Zustand hängt natürlich damit zusammen, dass es kein anerkanntes Hyperonym, also keinen hierarchischen Oberbegriff, für alle satzwertigen Idiome gibt.

Aus pragmatischen Gründen beschränkt sich die vorliegende Auswahl nicht auf den prototypischen Kernbereich, sondern bezieht satzwertige Phraseologismen ein, die eher an den ausfransenden Rändern anzusiedeln sind. Dennoch gibt es eine große Zahl sogenannter »Pseudo-Sprichwörter« (»faux-proverbes«), die also strenggenommen keine sind. Problematisch ist auch die Berücksichtigung angeblich ›neuer‹ Sprichwörter (es ist doch zu fragen, ob es das vom traditionellen Wortsinn her überhaupt geben kann).

Zu 2: Über Frequenz, Bekanntheit und Gebrauch von Sprichwörtern wissen wir zu wenig. Ihr Vorkommen in der Literatur und in den Medien ist nur sporadisch dokumentiert. Die wenigen mir bekannten empirischen Untersuchungen weisen alle Mängel auf, die den Aussagewert z. T. erheblich einschränken. Der russische Parömiologe Permjakov hat 1985 eine Sammlung von 300 »allgemeingebräuchlichen russischen Sprichwörtern und sprichwörtlichen Redensarten« erstellt.

Eine für uns interessantere französische Untersuchung mit Studenten der Université Lumière Lyon 2 im Jahre 1992 galt der Erstellung einer »liste restreinte de proverbes essentiels« (Arnaud 1991, S. 5). Das Ergebnis, eine mit einem Wertigkeitsindex versehene alphabetische Minimalliste von 401 Sprichwörtern, ist in meiner Ausgabe vollständig enthalten. Aus didaktischer Sicht hat mich die erste der vier Testfragen besonders interessiert: »Je connais ce proverbe; je l'utilise probablement moi-même à l'occasion; il me semble courant; un étranger voulant parler le français à un bon niveau devrait l'apprendre« (Arnaud 1992, S. 206).

Die Auswahl der zweiten Hälfte meines Korpus beruht auf verschiedenen, insgesamt eher pragmatischen Entscheidungen (persönliche Erfahrung; Befragung von deutschen und französischen Freunden; Abgleichung der Angaben in einschlägigen Lexika [die leider wie üblich voneinander abschreiben]; literarisches Quellenstudium, parömiologische Studien, u. a.). Schließlich spielten auch die kontrastiven Gegebenheiten des Sprachenpaars Französisch-Deutsch eine Rolle. Für einige deutsche durchaus bekannte Sprichwörter scheint es im Französischen kein Äquivalent zu geben und umgekehrt, was als zusätzliches Auswahlkriterium in Frage kam. Ich erwähne einige deutsche Beispiele: »Vorfreude ist die schönste Freude.« – »Bescheidenheit ist eine Zier, doch weiter kommt man ohne ihr.« – »Was sich liebt, das neckt sich.« – »Willst du gelten, mach dich selten.« – »Schadenfreude ist die schönste Freude.«

›Satzleichen‹ gibt es auch unter den Sprichwörtern in großer Zahl, also veraltete, lexikalisch und grammatisch archaische Fälle, die heute weithin unbekannt sind. Diese bleiben ebenso unberücksichtigt wie die zahlreichen nur örtlich verbreiteten proverbialen Provinzialismen, die – im Gegensatz zu international verbreiteten Sprichwörtern – nur regional bekannt sind (im Französischen »proverbes locaux et historiques« genannt) und z. B. teilweise als populäre Wettersprichwörter, volkstümliche Spruchweisheiten oder imagologische Vorurteile (*der* Bretone, *der* Elsässer usw.) registriert sind.

Sprichwörter sind in der Regel nicht sesshaft; sie sind Wanderer in verschiedenen Kulturen. Aus diesem und anderen

Gründen wird auch auf Datierungen oder/und Erstbelege verzichtet. »Proverbes français« wäre daher nicht zutreffend, zumindest klärungsbedürftig. »Proverbes en/de langue française« drückt das Gemeinte klarer aus. Es wurde allerdings darauf verzichtet, Lehnübersetzungen oder Lehnbildungen konkret anzugeben: Das ist ein weites, systematisch unerforschtes Feld der Parömiologie. Die ›Geburt‹ eines Sprichworts ist keineswegs eine einfache, klare Sache. Bei manchen historisch und situationell dokumentierten Sprichwörtern sind Quelle, Erstbeleg und Datum klar nachweisbar.

Ergänzend zu den rund 900 Sprichwörtern folgt eine kleine Auswahl (ca. 100) an sogenannten *dictons*[2], deren Gesamtzahl im Französischen weit über die der Sprichwörter hinausgeht. Ihre Anordnung ist nicht alphabetisch, sondern folgt dem üblichen thematischen Raster: »Les dictons tout au long de l'année«; »La faune«; »La flore«; »Les météores«. Die Übergänge zwischen Dicton und Sprichwort sind fließend, wobei heute die Tendenz zum überwiegend ›proverbialisierten‹ Gebrauch vieler Dictons auffällt. Von wenigen Ausnahmen abgesehen, wurden die zahlreichen in einem christlich-katholisch geprägten Land wie Frankreich bis heute lebendigen Heiligenfeste und sogenannten ›Lostage‹ nicht berücksichtigt. Die Dictons handeln im Allgemeinen nicht vom Menschen (wie die Sprichwörter), deshalb fehlt ihnen auch die normative Intention. Selten ist der Fall, dass Mensch und Natur in einem Lehrstück kombiniert erscheinen: »La véritable amitié ne gèle même pas en hiver« (»Echte Freundschaft erfriert auch im Winter nicht«).

2 Für das französische Wort gibt es keine deutsche Entsprechung. Der französische Gattungsbegriff wird im Deutschen mit »sprichwörtliche Redensart« nur sehr ungenau wiedergegeben.

Zu 3: Seit es Lexikologie als Wissenschaft gibt, lautet die lexi*kographische* Standardfrage: alphabetische oder begrifflich-thematische Gliederung? Auch die Parömio*graphie* ist ein ungelöstes Problem, »un problème insoluble de classification«, heißt es in einer einschlägigen aktuellen Studie (Visetti/Cadiot 2006, S. 317). In den Vorworten zu den wenigen vorhandenen Sprichwörtersammlungen gibt es kaum Ansätze einer dem besonderen linguistischen Status des Sprichworts angemessenen und überzeugenden theoretischen Reflexion. So fährt die Parömiographie bis heute in einem routinierten Fahrwasser, wobei die begrifflich-thematische Anordnung (mit Unterthemen und Querverweisen) eher die Regel ist. Aber dieses Begriffssystem (nach »Sinnbezirken« und »catégories morales«, Pierron 2000, S. 249) ›ordnet‹ Begriffe und nicht Wörter; onomasiologische Sachgruppen sind schwer definierbar und abgrenzbar, öfters ideologisch und nicht logisch, eher Ausdruck des Weltbildes der Autoren. Repetitionen und Inkonsequenzen sind unvermeidlich; und die latente Gefahr lexikographischer Anarchie kann nur durch ein zusätzliches alphabetisches Register gemildert werden. Das Problem der semantischen Unbestimmtheit, die auf der thematischen Komplexität und der Vielfalt sozialer Funktionen vieler Sprichwörter beruht, wird nicht zufriedenstellend gelöst.

Der sogenannte alphabetische Weg ›ordnet‹ die Sprichwörterwelt nach »Schlüsselwörtern« (»mots clefs«), zumeist Nomina, mit begrifflichen Querverweisen auf sinnverwandte Sprichwörter an anderer Stelle. Diese scheinbar alphabetische Methode unterstellt, dass es für jedes Sprichwort ein (auch nur *ein*) »Schlüsselwort« gibt. Klar ist, dass hier von einer wirklich alphabetischen Anordnung keine Rede sein kann. Einige Sammlungen kombinieren die beiden Wege in zwei Teilen, um dem Dilemma zu begegnen. Das mag für parömiologische Studien von Nutzen sein, löst aber nicht das Problem des Benutzers: möglichst schnelles Nachschlagen und klares Auffinden des Gesuchten. Ich suche ja nicht ein Sprichwort zu einem bestimmten Thema oder einen bestimmten Sprichwort-Typ, sondern Informationen zu einem bestimmten Sprichwort.

Daher geht die vorliegende lexikonähnliche Sammlung französischer Sprichwörter einen dritten, bisher nicht üblichen Weg, der sich in der Praxis bewähren muss: die rigoros alphabetische Systematik (wobei der leidige Einwand »… und der Artikel?!« in Kauf genommen werden muss). (Vgl. als Vorbilder Arnauld 1992, S. 226–238; Troian/Lazzarotto/Bailo 2009.)

Klar ist, dass durch diese lexikalische Atomisierung die proverbiale Eigendynamik und begrifflich-thematische Kohärenz und Affinität (Verwandtschaft) zerstört werden, denn das Alphabet ist durch keine innere formale Ordnung gerechtfertigt, objektiv vielmehr willkürlich. Aber ist die begrifflich bzw. thematisch angelegte Ordnung nicht subjektiv willkürlich?

Kernstück dieser Sprichwörtersammlung ist ein vielfältiges mikrostrukturelles[3] Referenzsystem in den Fußnoten, mit intra- und interlingualen Semantisierungshilfen[4], wofür es in den vorhandenen Sprichwörtersammlungen nichts Gleichwertiges gibt. Das sieht im besten Fall wie folgt aus:

3 Wie in der Lexikographie wird auch in der Parömiographie unterschieden zwischen Makrostruktur (Zahl der meist alphabetisch geordneten Einträge an Lemmata) und der möglichst breit entfalteten Mikrostruktur (Erklärungshilfen zum Eintrag, Gebrauchskontext und internationale Vernetzung des Paradigmas [Äquivalenzen]).

4 Mit Semantisierung wird in der Fremdsprachendidaktik der Prozess der Bedeutungserklärung (in der Regel durch den Unterrichtenden) verstanden.

- französische Worterklärungen (zum Verständnis der wörtlichen Bedeutung des auf der denotativen Ebene Gesagten);
- geläufige französische Variante(n);
- ggf. Quellenangabe (Bibel, Literatur, Geschichte u. a.);
- deutsches Äquivalent (ggf. mehrere) oder tradierte Übersetzung;
- englisches Äquivalent (ggf. mehrere);
- lateinisches Äquivalent (ggf. mehrere);
- Erläuterungen zum situativen bzw. pragmatischen Verständnis des auf der bildlich-metaphorischen (konnotativen) Ebene Gemeinten (ggf. mit Gebrauchsrestriktionen);
- Kommentar zum kulturgeschichtlich-völkerkundlichen Hintergrund;
- Verweis auf sinnverwandte französische Sprichwörter in der vorliegenden Auswahl.

Es ist allerdings darauf hinzuweisen, dass viele lateinische Äquivalente nicht aus antiken Quellen stammen, sondern spätmittelalterlich-humanistische Latinisierungen (auch Rückübersetzungen) darstellen (Kirchenväter, Erasmus u. a.).

Da die Zahl sinnverwandter Sprichwörter in der Regel sehr hoch ist, müssen in einer Auswahl auch diesbezüglich Entscheidungen getroffen werden: einerseits für die möglichst invariante Standardform (Variabilitätsgrad = 0), andererseits zugunsten der bekannteren, verständlicheren, leichteren, auch ›schöneren‹ Variante (wobei die Existenz eines sinnnahen deutschen Äquivalents auch ein Auswahlkriterium sein kann).

Die vorliegende Sprichwörtersammlung will kein Lehrbuch sein, sondern dem Benutzer helfen, das Gesuchte schnell zu finden und sich interessantes Begleitwissen am konkreten Fall anzueignen. Es ist klar, dass die Zusammenstellung äquivalenter Sprichwörter (intra- und interlingual) in einer Gruppe für Studien- oder Lernzwecke nützlich sein kann.

Da Sprichwörter nicht nur in der (dokumentarisch schwer erfassbaren) mündlichen Kommunikation fortleben, sondern gerade auch in literarischen Texten eine Rolle spielen, werden im Anhang einige beispielhafte Texte aus verschiedenen Jahrhunderten abgedruckt. Dazu gehören auch Texte der Neuzeit, in denen sozusagen »kreativ-rekreativ« mit bekannten alten Sprichwörtern gespielt wird. Diese in Struktur und Tendenz ganz unterschiedlichen sogenannten »faux-proverbes« (die im Deutschen auch als »Anti-Sprichwörter« bezeichnet werden) könnten in einem offenen Fremdsprachenunterricht zu vielfältigen paar- oder gruppenspezifischen »activités ludiques« (»Sprachspiele«) anregen.

Ein Kardinalproblem vieler (auch sehr bekannter) Sprichwörter ist ihre semantische Unbestimmtheit, ihre Mehrdeutigkeit. Das klare Verständnis hat daher – soweit möglich – im Glossar oberste Priorität. Erklärt werden in der Regel alle Wörter, die nicht im *Thematischen Grund- und Aufbauwortschatz Französisch* (Stuttgart: Klett 2000) verzeichnet sind. Im Einzelfall wurde eher mehr als weniger erklärt, vor allem dann, wenn die notorische Idiomatizität und Metaphorik eines Sprichworts dies verlangten.

Jedes Sprichwort ist für sich glossiert; Wiederholungen auf derselben Seite wurden aber möglichst vermieden.

Les proverbes de A à Z

A

1 A beau mentir qui vient de loin.

(il) a beau: es fällt ihm leicht, zu ..., es macht ihm keine Mühe, zu ... (archaische Auslassung des Subjekts). – D: »Es ist leicht zu lügen, wenn man von weither kommt / von unbekannten Ländern erzählt.« E: »A traveller may lie with authority.«

2 À bon chat bon rat.

D: »List gegen List.« List wird mit List bezwungen. E: »Diamond cuts diamond.«

3 À bon entendeur, salut!

Nur in dieser Wendung noch gebraucht. D: »Wer Ohren hat zu hören, der höre« (Matth. XIII,9). E: »A word to the wise is enough.« L: »Verbum sat sapienti.« Sinn: Sie wissen jetzt / Du weißt jetzt Bescheid.

4 À bon vin (il ne faut) point d'enseigne.

une enseigne: (Aushänge-, Firmen-)Schild. – D: »Gute Ware lobt sich selbst.« / »Guter Wein bedarf keines Kranzes« (der früher als Zeichen einer Weinstube an die Eingangstür gehängt wurde). E: »Good wine needs no bush.«

5 À bourse de joueur, il n'y a point de loquet.

la bourse: Geldbeutel, -börse. | **le loquet:** Riegel, Schnappschloss. – Sinn: Der wahre/echte Spieler verliert sogar sein Hemd beim Spiel.

6 À chacun sa vérité.

Die französische Übersetzung einer Komödie des Sizilianers Luigi Pirandello (1867–1936) *Cosi è (se vi pare)* (»So ist es, wie Sie meinen«), ein brillantes Parabeldokument über den subjektiven Aspekt von Urteilen und Werten. Vgl. Nr. 8.

7 À chacun selon ses œuvres.

les œuvres (f. pl.): (gute) Werke, Taten. – D: »Jeder soll erhalten, was er verdient.« Vgl. Nr. 9.

8 À chacun ses goûts.

Variante: »Chacun à son goût.« D: »Jeder nach seinem Geschmack.« E: »Everyone to his taste.« Das scheinbar liberale SW wird häufig ironisch gebraucht. Vgl. Nr. 842.

9 À chacun (selon) son dû.

le dû: das Zukommende, Gebührende. – D: »Jedem das Seine (zollen).« L: »Suum cuique (tribuere).«

10 À chacun son métier, les vaches seront bien gardées.

Sinn: Jeder muss tun, was er zu tun hat (ohne den jüngeren Zusatz schon in der Antike belegt). – D: »Schuster, bleib bei deinem Leisten.« E: »Let the cobbler stick to his last.« L: »Ne supra crepidam sutor (iudicaret).«

11 À chaque fou plaît sa marotte.

le fou / la folle: Narr/Närrin, Verrückte(r). | **la marotte:** Schrulle, Steckenpferd, Marotte. – D: »Jedem Narren seine Kappe.« E: »To each his own.«

12 À chaque jour suffit sa peine.

So wörtlich in der Bergpredigt (Matth. VI,34). D: »Jeder Tag hat seine Plage.« E: »Sufficient unto the day is the evil thereof.«

13 À chaque oiseau son nid est beau.

D: »Einem jeden Vogel gefällt sein Nest.« E: »A small bird wants a small nest.« L: »Sua cuique patria iucundissima.«

14 À chemin battu il ne croît point d'herbe.

le chemin battu: ausgetretener, ausgefahrener Weg. | **croître:** wachsen, gedeihen. – Sinn: In einem Geschäft, Handel oder Beruf, wo viele mitmischen, ist kaum Gewinn zu machen. D: »Auf dem Fahrweg wächst kein Gras.« E: »A pot that belongs to many is ill-stired and worse boiled.«

15 À cheval donné on ne regarde pas les dents (à la bouche).

D: »Einem geschenkten Gaul schaut man nicht ins Maul« (das Alter des Pferdes erkennt man an seinem Gebiss). E: »Don't look a gift horse in the mouth.« L: »Noli equi dentes inspicere donati!« (Hieronymus). Sinn: Gegenüber einem Geschenk oder einer guten Sache soll man nicht zu anspruchsvoll sein.

16 À chose faite point de remède.

le remède: (Heil-)Mittel, Abhilfe. – Variante: »Ce qui est fait est fait.« D: »Geschehenes kann man (lässt sich) nicht ungeschehen machen.« / »Was geschehen ist, ist geschehen.« E: »Counsel is irksome when the matter is past remedy.« / »There's no use crying over spilt milk.« L: »Factum est illud; fieri infectum non potest« (Plautus).

17 À cœur vaillant, rien d'impossible.

vaillant, e: tapfer, tüchtig, kühn. – Berühmte Devise Jacques Cœurs (1395–1456), des großen Finanzministers von König Charles VII. – D: »Einem kühnen Herzen ist nichts unmöglich.« E: »Nothing is impossible to a willing mind (heart).«

18 À convoitise rien ne suffit.

la convoitise: Gier, Begehrlichkeit. – D: »Begierde wird nie satt.« / »Je mehr man hat, je mehr man begehrt.« Vgl. Nr. 769.

19 À donner donner, à vendre vendre.

L: »Do, (tibi,) ut des.« (»Ich gebe [dir], damit du [mir] gibst.«) Altrömische Rechtsformel, die bei Vertragsabschlüssen oder Tauschgeschäften gebraucht wurde, nach dem Prinzip der äquivalenten Gegenleistung.

20 À force de choisir, on prend le pire.

à force de (+ inf.; loc. prép.): mit viel, durch viel. | **le pire:** das Schlimmste, Schlechteste. – D: »Wer die Wahl hat, hat die Qual.« E: »He who hesitates is lost.«

21 À l'impossible nul n'est tenu.

nul (nur m. sg.): keiner, niemand. | **être tenu, e à qc:** zu etwas verpflichtet sein. – Alte Rechtsregel. D: »Unmögliche Dinge verbieten sich selber.« E: »No one is expected to do the impossible.« L: »Ultra posse nemo obligatur.« / »Impossibilium nulla obligatio est.«

22 À l'œuvre on connaît l'ouvrier.

Antikes SW. D: »Das Werk lobt den Meister.« / »Im Werk erkennt man den Meister.« E: »The workman is known by his work.« L: »Opus artificem probat.« Wörtlich der Eingangsvers von La Fontaines Fabel *Les Frelons et les mouches* (I,21). Vgl. Nr. 102.

23 À l'ongle on connaît le lion.

un ongle: Nagel, Kralle. – D: »An der Klaue erkennt man den Löwen.« Vgl. die antike Quelle: L: »Ex ungue leonem (pingere)« (nach der Pranke den Löwen malen, d. h. aus einem wesentlichen Teil das Ganze ersehen): dem griechischen Bildhauer Phidias (5. Jh.) zugeschrieben.

24 À la guerre comme à la guerre.

Variante: »Il faut ce qu'il faut.« E: »However things are, we must accept them as they are.« Sinn: Im Krieg ist es nun einmal nicht anders. Der abschätzige Gemeinplatz betont, dass man sich in allen Lebenslagen, auch bei negativen Begleiterscheinungen, anpassen und einrichten muss.

25 À malin, malin et demi.

le malin / la maligne: schlauer Fuchs, gerissener Kerl / gerissenes Luder. – Variante: »À vilain, vilain et demi.« D: »Auf einen Schelm anderthalbe.« / »Auf einen Schlauen gehört ein Überschlauer.« E: »Set a thief to catch a thief.«

26 À mauvais jeu bonne mine.

Variante: »Faire bonne mine à mauvais jeu.« / »Faire contre mauvaise fortune bon cœur.« Auch im pejorativen Sinn: ein doppeltes Spiel treiben; seine Gefühle und Absichten kaschieren. E: »The object of words is to conceal thoughts.« / »You must grin and bear it.«

27 À méchant chien, court lien.

le lien: hier: Leine. – D: »Dem bösen Hund eine kurze Leine« (um ihn damit in der Gewalt zu haben, ihn lenken zu können, wie man will). E: »To a mischievous dog a heavy clog.«

28 À méchant ouvrier, point de bon outil.

le méchant ouvrier: Pfuscher. – Variante: »Mauvais ouvrier ne trouve jamais bon outil.« E: »A bad workman blames his tools.« Übertragen: Wenn der Reiter nichts taugt, ist das Pferd schuld.

29 À parti pris, point de conseil.

le parti pris: Voreingenommenheit, vorgefasste Meinung. – D: »Gegen Voreingenommenheit hilft kein Rat.« E: »Counsel is no command.«

30 À père avare fils prodigue.

prodigue: verschwenderisch. – D: »Der Vater ein Sparer, der Sohn ein Vergeuder.« / »Was der Vater erspart, vertut der Sohn.« E: »Niggard father, spendthrift son.«

31 À pisser contre le vent on mouille sa chemise.

mouiller qc: sich etwas nass machen. – D: »Wer wider den Wind brunzt [= uriniert], macht sich nasse Hosen.« E: »Piss not against the stream.« Diese unsinnige Kraftanstrengung (zum eigenen Nachteil) ist schon bei François Rabelais (16. Jh.) belegt.

32 À plaider contre un mendiant, on gagne des poux.

plaider: einen Prozess führen, klagen. | **le mendiant / la mendiante:** Bettler(in). | **le pou:** Laus.

33 À quelque chose malheur est bon.

D: »Kein Unglück so groß, / Es hat ein Glück im Schoß.« E: »There's no great loss without some gain.«

34 À qui il arrive un malheur, il en advient un autre.

(il) advient: 3. Pers. Sg. von *advenir:* geschehen, kommen. – Variante: »Un malheur en amène un autre.« D: »Ein Unglück kommt selten allein.« L: »Nulla calamitas sola.« / »Calamitas nulla sola.« Vgl. Nr. 884. Verallgemeinernd: das Gesetz der Serie als induktives Vorurteil.

35 À qui se lève matin, Dieu donne la main.

Variante: »Heure du matin, heure du gain.« D: »Morgenstund(e) hat Gold im Mund(e).« Vgl. auch Nr. 397. E: »He that comes first to the hill, may sit where he will.« / »The early bird catches the worm.« / »First come, first served.«

36 À renard, renard et demi.

Variante: »Il n'y a si fin renard / Qui ne trouve plus finard.« Vgl. Nr. 25. Sinn: Es gibt keinen schlauen Fuchs, der nicht auf einen noch raffinierteren trifft.

37 À Rome il faut vivre comme à Rome.

Variante: »À Rome comme à Rome.« E: »When in Rome, do as the Romans do.« L: »Si fueris Romae, Romano vivito more.« Sinn: Man muss sich in einer fremden Stadt / einem fremden Land den Sitten und Bräuchen der Bewohner anpassen.

38 À se cogner la tête contre les murs, il ne vient que des bosses.

se cogner la tête contre qc: mit dem Kopf gegen etwas rennen, stoßen. | **la bosse:** Beule. – E: »Never abandon oneself to despair.« Sinn: Wer mit dem Kopf durch die Wand will, macht verzweifelte, nutzlose Anstrengungen.

39 À sotte demande, il ne faut pas de réponse.

sot, sotte: dumm, töricht. – D: »Nicht auf jede Frage gehört eine Antwort.« Vgl. Nr. 835. E: »A stupid question deserves no answer.«

40 À tout péché miséricorde.

le péché: Sünde. | **la miséricorde:** Erbarmen, Vergebung. – D: »Es ist keine Sünde so groß, sie kann vergeben werden.« / »Wie die Sünde, so die Vergebung.« E: »There is no such thing as unforgivable sin.«

41 À tout seigneur tout honneur.

le seigneur: adliger, vornehmer Herr. | **un honneur:** Ehre. – D: »Ehre, wem Ehre gebührt.« Wörtlich in der Bibel: Brief des Paulus an die Römer (XIII,7). E: »Honor to whom honor is due.« Sinn: Man soll jedem geben, was ihm nach Lage und Verdienst zusteht.

42 À vaincre sans péril on triomphe sans gloire.

à vaincre: *en vainquant* (inf. *vaincre:* siegen). | **le péril:** Gefahr, Mühe. | **triompher:** jubeln, triumphieren. | **la gloire:** Ruhm. – Zitiert vom Grafen Gomès in Pierre Corneilles Tragödie *Le Cid* (II,2), um zu sagen, dass gefahrlos siegen ruhmlos triumphieren bedeute und ein leichter Sieg keinen Ruhm bringe.

43 Abondance de biens ne nuit pas.

une abondance: Fülle, Überfluss. | **les biens** (m. pl.): Besitz, Güter. | **nuire:** schaden. – Variante: »Il vaut mieux avoir trop que pas assez.« D: »Je mehr, desto besser.« / »Lieber (Besser) zu viel als zu wenig.« E: »Plenty is strength.« Vgl. Nr. 864 u. 865.

44 Aide-toi, Dieu te aidera.

Bekannter die moderne Variante: »Aide-toi, le ciel t'aidera.« Berühmt durch La Fontaines Fabel *Le Chartier embourbé* (VI,18). D: »Hilf dir selbst, dann hilft dir Gott.« E: »God helps them that help themselves.«

45 Ailleurs l'herbe est plus verte.

E: »The grass is always greener on the other side of the fence.«

46 Aimez votre voisin, mais n'abattez pas la haie.

abattre qc: etwas abhauen, niederreißen. | **la haie:** Hecke. – D: »Liebe deinen Nachbarn, reiß aber den Zaun nicht ein.« E: »Love your neighbour, yet pull not down your hedge.«

47 Amende surannée ne doit pas être payée.

une amende: Geldstrafe, Buße. | **suranné, e:** verjährt, verfallen.

48 Ami au prêter, ennemi au rendre.

Varianten: »Qui prête à l'ami s'en fait souvent un ennemi.« / »Qui prête à l'ami perd au double« (sein Geld und seinen Freund). Zu beachten ist die Substantivierung der beiden Verben in Infinitivform. D: »Wer nicht leiht, verliert die Freunde. Und wer leiht, der macht sich Feinde.« E: »When I lent I had a friend, when I asked he was unkind.«

49 Ami de chacun, ami d'aucun.

Variante: »L'ami de tout le monde n'est l'ami de personne.« D: »Allerwelts Freund, niemands Freund.« Vgl. Nr. 869. L: »Amicus omnibus, amicus nemini.« E: »A friend to all is a friend to none.«

50 Apprenti n'est pas maître.

un apprenti / une apprentie: Lehrling / Lehrmädchen. – D: »Es ist noch kein Meister vom Himmel gefallen«, d.h. ein Anfänger hat nicht die Erfahrung des Lehrmeisters. E: »Experience must be bought.«

51 Après la panse, la danse.

la panse (fam.): (Schmer-)Bauch, Wanst. | **la danse:** hier Euphemismus für den Liebesakt. – Diesen Zusammenhang von zwei alten Genüssen, dem Essen und dem erotischen Spiel, hat François Villon in *Le Testament* (1461/62, XXV) kritisch kommentiert: »Car la dance vient de la pance!« (»Denn nach dem Fressen kommt der Tanz!«)

52 Après la pluie, le beau temps.

Ein altes Dicton, das heute überwiegend metaphorisch, d.h. proverbialisiert, gebraucht wird. Vgl. Nr. 982–985. D: »Auf Regen folgt Sonnenschein«, d.h. nach einer unglücklichen, unseligen Periode können nur bessere Zeiten folgen. E: »When things are the worst they begin to mend.« L: »Post nubila Phoebus.«

53 Après moi (nous) le déluge.

le déluge: (bibl.) Sintflut, (fig.) Katastrophe. – Der zynische Ausspruch aus der Mitte des 18. Jh., sozusagen am Vorabend der Französischen Revolution, wird verschiedenen Gestalten der französischen Geschichte zugeschrieben (Louis XV, Mme de Pompadour, Mme du Barry). Sinn: Man lebt im Jetzt ohne Sorge um morgen.

54 Araignée du matin, chagrin, araignée du soir, espoir.

une araignée: Spinne (symbolisiert die Hoffnung auf schönes Wetter). | **le chagrin:** Kummer (metaphorisch: Regen = Tränen). – In dieser verkürzten Form (vgl. Nr. 940) ein proverbialisiertes altes Dicton der Wettervorsage. D: »Spinne am Morgen, Kummer und Sorgen, / Spinne am Abend, erquickend und labend.«

55 Argent emprunté porte tristesse.

porter tristesse (f.): Kummer bringen/machen. – D: »Borgen macht Sorgen.« / »Geld genommen, / Um Freiheit gekommen.«
E: »He that goes a borrowing goes a sorrowing.«

56 Argent vite gagné est vite dépensé.

D: »Wie gewonnen, so zerronnen.« / »Geld zerrinnt, wie man's gewinnt.«

57 Attention au revers de la médaille.

le revers: Kehrseite. | **la médaille:** Münze, Medaille. – D: »Jedes Ding hat zwei Seiten.« Vgl. Nr. 857. E: »Every medal has its reverse (two sides).«

58 Au chant on connaît l'oiseau.

D: »Den Vogel kennt man am Gesang.«

59 Au mariage et à la mort, le diable fait son effort.

faire son effort: sich anstrengen, sich Mühe geben, seine ganze Kraft einsetzen. – D: »Von Toten soll man nichts Übles reden.«
E: »At marriages and funerals, friends are discerned from Kinsfolk.«
Das alte bretonische SW spielt an auf das bei Heirat oder Tod häufige Gerede (Lästern, üble Nachrede usw.).

60 Au nouveau tout est beau.

nouveau: das Neue. – Variante: »Tout nouveau, tout beau.«
D: »Alles neu, alles gut.« / »Das Neue ist immer das Beste.«
E: »Everything new is fine.«

61 Au rire connaît-on le fol et le niais.

le fol (vx.): Narr (nfrz. *le fou / la folle:* Narr/Närrin). | **le niais / la niaise:** Dummkopf, Tor/Törin. – D: »Am vielen Lachen erkennt man den Narren.« L: »Per risum multum debes cognoscere stultum.«

Pieter Bruegel d. Ä.: Das Gleichnis von den Blinden (1568).
Vgl. St. Matthieu: »Ce sont des aveugles qui guident des aveugles« (XV,14).

62 Au royaume des aveugles, le borgne est roi (les borgnes sont rois).

le/la borgne: Einäugige(r). – D: »Unter den Blinden ist der Einäugige König.« E: »In the country of the blind, the one-eyed man is king.« Selbst ein mäßiges Talent kann unter Dummen, Ignoranten und Tölpeln noch glänzen. Zu erinnern ist an das berühmte Gleichnis von den Blinden (Matth. XV,14).

63 Aujourd'hui ami, demain ennemi.

E: »Trust not a new friend nor an old enemy.«

64 Aujourd'hui en fleurs, demain en pleurs.

(être) en fleurs: blühen, in Blüte stehen. | **les pleurs** (m. pl., litt.): Tränen, Zähren. – D: »Auf Lachen folgt Weinen.« E: »No joy without annoy.« L: »Laetitiae proximus fletus.«

65 Aujourd'hui trompeur, demain trompé.

le trompeur / la trompeuse: Betrüger(in). – D: »Heute ein Betrüger, morgen ein Betrogener.« Vgl. Schlussvers von La Fontaines

Fabel *Le Coq et le renard* (II,15): »Car c'est double plaisir de tromper le trompeur.« E: »The biter bit.« / »If you deal wit a fox, think of his tricks.«

66 Autant de pays, autant de coutumes.

la coutume: Brauch, Sitte. – Variante: »Autres pays, autres mœurs.« D: »Andere Länder, andere Sitten.« E: »So many countries, so many customs.« L: »Quot regiones, tot mores.«

67 Autant de têtes, autant d'avis.

D: »Soviel Köpfe, soviel Sinne.« E: »So many men, so many minds.« L: »Quot homines, tot sententiae.« Klassisches SW, von mehreren antiken Autoren zitiert, kommentiert auch in den *Adagia* (um 1500) des Erasmus von Rotterdam.

68 Autant en emporte le vent.

emporter: (Wind) verwehen, fortwehen. – Berühmter Refrain in der Vergänglichkeitsballade des *Grand Testament* von François Villon. D: *Vom Winde verweht* (Übersetzung des Romantitels von Margaret Mitchells *Gone with the wind* [1936]).

69 Autant pèche celui qui tient le sac que celui qui l'emplit.

pécher: sündigen, sich versündigen. | **emplir qc:** etwas füllen. – D: »Der Hehler ist so schlimm als der Stehler« (allgemein: der Komplize). E: »If you steal for others, you shall be hung for yourself.«

70 Autant vaut être mordu d'un chien que d'une chienne.

autant vaut (inf. *valoir*): es läuft auf dasselbe hinaus. | **mordre:** beißen. – Wenn zwei Gefahren lauern, vor denen man sich gleichermaßen fürchten muss, sagt man auch: »Morsure d'un chien ou morsure d'une chienne, c'est la même morsure« (*la morsure:* Biss). E: »Where bad's the best, bad must be choice.«

71 Autres temps, autres mœurs.

D: »Andre Zeiten, andre Sitten. E: »Other times, other manners.« Vgl. Nr. 66.

72 Aux chevaux maigres vont les mouches.

D: »Fliegen setzen sich immer auf ein mageres Pferd.« E: »The poor suffer all the wrong.« Sinn: Man fällt lieber über Elende/ Mittellose als über Reiche her.

73 Aux grands maux, les grands remèdes.

le remède: Abhilfe, (Heil-)Mittel. – D: »Je heftiger die Krankheit, je schärfer die Arznei.« D.h.: Gegen große Übel helfen nur starke Mittel. E: »Desperate diseases must have desperate remedies.« L: »Extremis malis extrema remedia.«

74 Aux innocents, les mains pleines.

les mains pleines: *à pleines mains:* mit vollen Händen, reichlich und großzügig. – D: »Dumm hat's meiste Glück.« / »Den Seinen gibt's der Herr im Schlaf.« In Anlehnung an Matth. (V,3): »Selig die Armen im Geiste; / Denn ihrer ist das Himmelreich« (z.B. auch im Kartenspiel). E: »If you are born to be hanged then you'll never be drowned.« L: »Fortuna favet fatuis.«

75 Aux vilains matous les belles chattes.

vilain, e: hässlich. | **le matou:** Kater. – »Die hässlichen Kater bekommen die schönen Katzen«, heißt es in einem regionalen SW aus der Champagne.

76 Avant l'heure, ce n'est pas l'heure: après l'heure, ce n'est plus l'heure.

avant l'heure: vor der Zeit (*être à l'heure:* pünktlich sein). – D: »Zu früh ist zu früh und zu spät ist zu spät« lautet ein ehemaliger »Feldwebel«-Jargon zur Betonung der militärischen Pünktlichkeit. E: »Though you rise early, yet the day comes at his time, and not till then.«

77 Avec des ‹si› on mettrait Paris en (dans une) bouteille.

D: »Wenn das Wörtchen ›wenn‹ nicht wär', wär' mein Vater Millionär.« E: »If wishes were horses, beggars would ride.«

B

78 Beau service fait amis, vrai dire ennemis.

vrai dire: die Wahrheit sagen.

79 Beaucoup de bruit pour rien.

D: »Viel Lärm um nichts« (fam.: »Viel Geschrei und wenig Wolle«). Entlehnung des Titels der Shakespeare-Komödie *Much Ado about Nothing* (1598).

80 Beauté passe, bonté reste.

Ältere Variante: »Beauté ne vaut rien sans bonté.« E: »Handsome is as handsome does.« *Kalos kagathos*, der körperlich schöne und geistig tüchtige Mensch war das Bildungsideal bei den alten Griechen.

81 Beauté sans bonté est comme vin éventé.

éventé, e: (Getränk) schal, abgestanden. – Variante: »Beauté sans bonté ne vaut pas un dé.« D: »Schönheit ohne Tugend ist verdorbener Wein«, d. h.: »Der Adel sitzt im Gemüt, nicht im Geblüt.« E: »Beauty without bounty avails nought.«

82 Beaux mensonges aident.

D: »Besser eine Lüge, die heilt, als eine Wahrheit, die verwundet« (insofern sie jemanden geschickt aus einer heiklen Situation befreien kann). Vgl. Nr. 859. E: »Better a lie that heals than a truth that wounds.«

83 Belle femme a peine à rester chaste.

avoir peine à faire qc: etwas nur mit Mühe tun können; Mühe haben, etwas zu tun. | **chaste:** keusch, sittsam. – Eines der zahlreichen misogynen (frauenfeindlichen) SW (hier aus dem 14. Jh.).

84 Besogne qui plaît est à demi faite.

la besogne: Arbeit, Werk. – D: »Frisch gewagt ist halb gewonnen.« / »Williges Herz macht leichte Füße.« E: »It is easy to do what one's own self will.«

85 Bien danse à qui la fortune chante.

D: »Wem das Glück pfeift, der tanzet wohl.« E: »He dances well, to whom fortune pipes.«

86 Bien de fortune passe comme la lune.

le bien: Besitz, Gut. | **de fortune:** durch Glück, Zufall (erworben). | **passer:** hier: vergehen, schwinden. – D: »Glück und Glas, / Wie leicht bricht das!« E: »Light come, easy go.« L: »Fortuna vitrea est: tum, cum splendet, frangitur.«

87 Bien dire fait rire, bien faire fait taire.

D: »Tatsachen sind stärker als Worte.« / »Worte sind Schall, Taten beweisen.« E: »Actions speak louder than words.« Eine uralte Weisheit über Personen, deren Verhalten ihre wortreiche Moral Lügen straft, widerlegt.

88 Bien faire et laisser dire.

D: »Tue recht und scheue niemand.« D. h.: Was zählt, sind die Taten.

89 Bien fou qui s'oublie.

bien fou qui ...: ein Tor, wer ... (gelegentlich mit dem Zusatz: »..., encore plus qui se lie«). – D: »Ein rechter Narr, der sich selbst vergisst.« E: »Don't cut off your nose to spite your face.« Man soll seine eigenen Interessen nicht aus den Augen verlieren, wenn man sich mit denen der anderen beschäftigt.

90 Bien mal acquis ne profite jamais.

le bien: Gut, Habe, Eigentum. | **acquis:** inf. *acquérir:* erwerben, sich aneignen. – Seltenere Variante: »Ce qui vient de (par) la flûte (s'en) retourne au tambour.« D: »Unrecht Gut gedeihet nicht.« / »Übel gewonnen, übel zerronnen.« E: »Ill gotten goods seldom prosper.« L: »Male parta male dilabuntur.« Bereits in der Antike bekanntes und oft zitiertes SW.

91 Bon à tout, — propre à rien.

(être) propre à qc: zu etwas fähig/geeignet (sein). – Variante: »Qui est propre à tout n'est propre à rien.« D: »Wer zu allem taugt, taugt zu nichts.« E: »Jack of all trades, and master of none.«

92 Bon chien chasse de race.

D: »Der Apfel fällt nicht weit vom Stamm.« E: »A well-bred dog hunts by nature.« Das SW aus dem Jagdleben betont die durch Erbe vermittelten Qualitäten und Talente, die eine alte Rasse ausmachen, so dass die Kinder nicht aus der Art der Vorfahren schlagen.

93 Bon crocheteur toutes portes crochette.

le crocheteur / la crocheteuse: Einbrecher(in), der/die mit einem Dietrich arbeitet. | **crocheter:** (Tür) aufbrechen, mit einem Dietrich öffnen. – D: »Wer stehlen will, dem schmiedet der Teufel leicht einen Dietrich.«

94 Bon droit a besoin d'aide.

D: »Gut Recht bedarf oft guter Hilfe.« / »Dem Recht will nachgeholfen sein« (denn Recht haben allein genügt oft nicht).
E: »You cannot make people honest by act of Parliament.«

95 Bon endureur est toujours vainqueur.

un endureur: einer, der leidet, ausharrt (ohne zu klagen). | **le vainqueur:** Sieger(in), Gewinner(in). (Reimbindung aus dem mittelalterlichen Altfranzösisch.) – E: »He that endures, overcomes.«
D: »Der Leider überwindet den Streiter.« Bezug zu Matth. (XXIV,13), wo es heißt: »Mais celui qui aura tenu bon jusqu'au bout, celui-là sera sauvé.«

96 Bon nageur bon noyeur.

le noyeur (vx.): Schwimmer, der ertrinkt (ironisierende Reimbindung mit *nageur*). – D: »Gute Schwimmer ertrinken gar.« / »Die besten Schwimmer ersaufen.« E: »Good swimmers at length are drowned.«

97 Bon sang ne saurait (peut) mentir.

ne saurait: inf. *savoir:* kann nicht … – D: »Blut ist kein Wasser.« / »Blut ist dicker als Wasser.« E: (auch) »Blood (breed) will tell.« Sinn: Das Blut lässt sich nicht verleugnen, denn das Vertrauen in die Nachfolge ehrenwerter Eltern verhindert, etwas nicht Standesgemäßes zu tun. Englische Lehnübersetzung aus dem Deutschen: »Blood is thicker than water.«

98 Bonjour lunettes, adieu fillettes.

la fillette: junges Mädchen. – Variante: »Les lunettes (et les cheveux gris) sont les quittances de l'amour.« Der Sachs-Villatte von 1917 übersetzt: »Brille und graue Haare / Sind auf dem Liebesmarkt schlechte Ware.« E: »When bees are old, they yield no honey.« Bemerkenswert die proverbial typischen Formelemente: Opposition bonjour/adieu; artikelloser Parallelismus; doppeltes Diminutiv mit Reimbindung.

99 Bonne renommée vaut mieux que ceinture dorée.

la renommée: guter Ruf, Ansehen. | **la ceinture dorée:** (arch.) »goldener Gürtel«, auch »Geldkatze« genannt, ein modisches Accessoire im Spätmittelalter. – D: »Guter Ruf ist Goldes wert« (d. h. dem vielleicht »unzüchtig« erworbenen Reichtum vorzuziehen). (Vgl. sinngemäß schon Sprüche Salomos [XXII,1].) E: »A good name is better than a golden girdle (than riches)«.

100 Bouche de miel, cœur de fiel.

le fiel: Galle; (fig.) Bosheit, Groll. – Varianten: »Miel sur la bouche, fiel sur le cœur.« / »Nul miel sans fiel.« D: »Honig im Munde, Galle im Herzen.« E: »Bees that have honey in their mouths have stings in their tales.« / »A honey tongue, a heart of gall.« L: »Mel in ore, fel in corde.«

101 Brebis comptées, le loup les mange.

la brebis: Schaf (auch fig. biblisch). – Variante: »Qui se fait brebis, le loup le mange.« D: »Der Wolf frisst auch die gezählten Schafe.« E: »The best-laid plans may fall.« Das proverbialisierte Dicton warnt vor einem Übermaß an Vorsicht; ja, es gab den Aberglauben, dass eine Herde zählen Unglück bringe. L: »Lupus non curat numerum« heißt es schon bei Vergil. E: »Don't count your chickens before they are hatched.«

C

102 C’est au fruit qu’on connaît l’arbre.

Variante: »Chaque arbre se connaît à son fruit.« D: »An der Frucht [d. h. am Werk oder Resultat] erkennt man den Baum.« E: »A tree is known by its fruit.« Die botanische Metapher ist biblischen Ursprungs (vgl. Matth. VII,19–20 u. XII,33). Vgl. Nr. 22 u. 827.

103 C’est au pied du mur qu’on voit le maçon.

le maçon / la maçonne: Maurer(in). – D: »Am Werk erkennt man den Meister.« Vgl. Nr. 22. E: »Office will show the man.« Die biblische Vorlage verarbeitet La Fontaine im Eröffnungsvers seiner Fabel *Les Frelons et les mouches à miel* (I,21).

104 C’est bien plus beau lorsque c’est inutile.

Gegen Lüge, Gemeinheiten und Vorurteile gerichtete Schlusstirade des Helden in Edmond Rostands Verskomödie *Cyrano de Bergerac* (1897).

105 C’est bonnet blanc, blanc bonnet.

le bonnet: Mütze, Kappe. – D: »Das ist gehüpft wie gesprungen.« / »Das ist Jacke wie Hose.« Die parallelisierten Redeteile sind affektiv nur scheinbar identisch. Die Farbe »weiß« steht für »grün«, »unreif«. E: »It’s six of one and half a dozen of the other.«

106 C’est dans le besoin qu’on connaît ses véritables amis.

Variante: »C’est dans le malheur que l’on connaît ses amis.« D: »In der Not erkennt man seine Freunde.« / »Den wahren Freund erkennt man in der Not.« E: »A friend in need is a friend indeed.« Ein schon in der griechischen Antike belegtes SW. Vgl. L: »Amicus certus in re incerta cernitur.«

107 C’est dans les vieux pots qu’on fait les meilleures soupes.

le pot: Topf. – Variante: »On fait de bonne soupe dans un vieux pot.« E: »Good broth may be made in an old pot.« Das Lob des Alters, der Erfahrung der Alten stammt aus der Zeit der alten wandernden Gesellenbruderschaften.

108 C'est de l'abondance du cœur que la bouche parle.

une abondance: Fülle, Überfluss. – Unüberhörbar biblischen Ursprungs (Matth. XII,34). D: »Wes das Herz voll ist, des geht der Mund über.« Glühende, heiße Liebe im Herzen verschafft sich Gehör. E: »What the heart thinks, the tongue speaks.«

109 C'est du haut allemand.

le haut allemand (vx.): Hoch-, Oberdeutsch. – Eines der zahlreichen Vorurteile über die Sprache des Nachbarn, die als unverständlich bewertet wird. Offensichtlich eine Anspielung auf die frühere »gotische« Schrift, die im 16. Jh. eingeführte Fraktur-Gebrauchsschrift. Ein früher Beleg befindet sich im 4. Buch von François Rabelais' *Pantagruel* (1532–52).

110 C'est en forgeant qu'on devient forgeron.

forger: schmieden. | **le forgeron:** (Eisen-, Grob-)Schmied. – Lob der Praxis, der wiederholten Übung, die den Meister macht. D: »Übung macht den Meister.« / »Erfahrung ist die beste Lehrmeisterin.« E: »Experience is the best teacher.« / »By dint of doing blacksmith work, one becomes blacksmith.« L: »Experientia est rerum magistra.« / »Fabricando fit faber.« In Raymond Queneaus *Stilübungen* gibt es eine geistreiche Variation der Vorlage: »C'est en écrivant qu'on devient écriveron« (*écriveron* = Neologismus).

111 C'est l'air qui fait la chanson.

un air: Musik; fig. aber auch: Aussehen, äußere Erscheinung. – D: »Der Ton macht die Musik.« Sinn als metaphorisches Wortspiel (*air:* Musik, *chanson:* Worte): Das Aussehen ist oft ein Trugbild, denn man ist nicht wirklich, was man zu sein scheint.

112 C'est l'intention qui compte.

une intention: Absicht. | **compter:** (fig.) gelten, wesentlich sein. – Varianten: »C'est l'intention qui fait l'action.« / »L'intention vaut le fait.« D: »Absicht ist die Seele der Tat.« E: »Every deed is to be judged by the doer's intention.« In dem alten, auf die Antike zurückgehenden Rechts-SW wird die gute Absicht als Tat angesehen und geschätzt.

113 (C'est) la dernière goutte (qui) fait déborder le vase.

D: »Wenn der Topf voll ist, läuft er von einem Tropfen über.« / »Das bringt das Fass zum Überlaufen.« / »Das ist der Tropfen, der das Fass zum Überlaufen bringt.« E: »The last drop makes the cup run over.« Es kann ein unbedeutender Anlass, ein unerwartetes Detail sein, das die Gesamtsituation unhaltbar macht.

114 C'est la montagne qui a accouché d'une souris.

accoucher de (fig.): hervor-, zustandebringen. – D: »Berge kreisen, und es wird ein Mäuslein geboren.« Das grotesk-komische Bild geht auf den antiken Dichter Horaz zurück, der damit seine Kollegen vor der allzu prahlerischen Ankündigung von Werken warnen wollte. Sein lateinischer Vers lautet: »Parturiunt montes, nascetur ridiculus mus« (*Ars poetica*, 139). E: »The mountain has brought forth a mouse.«

115 C'est la plus mauvaise roue d'un chariot qui fait le plus de bruit.

le chariot: Wagen, Karren. – Variante: »Du char, la plus méchante roue est celle qui crie toujours.« D: »Das schlimmste Rad am Wagen knarrt am ärgsten.« Vgl. auch: »Le tonneau creux résonne le plus.« D: »Leere Tonnen geben großen Schall.« E: »They brag most who can do the least.« L: »Semper deterior vehiculi rota perstrepit.« Sinn: Der ist der Unangenehmste, der besonders auf sich aufmerksam macht.

116 C'est la poule qui chante qui a fait l'œuf.

la poule: Henne, Huhn. – D: »Hat die Henne ein Ei gelegt, so gackert sie.« *Poule* als weibliche Metapher ist hier eine Anspielung auf das Spannungsverhältnis der Geschlechter, denn das erste Huhn, das gackert, ist nicht das, welches das Ei gelegt hat. Die Henne darf nicht vor dem Hahn anfangen zu gackern (vgl. die Küchenmagd Martine in Molières Komödie *Les Femmes savantes* (V, 3): Die Quelle ist der im 13. Jh. entstandene *Roman de la rose*). D: »Wo die Henne kräht und der Hahn schweigt, da geht's lüderlich zu.«

117 C'est la robe qu'on salue.

la robe: Kleidung; (berufsspezifisch) Robe, Talar usw. – Eines von mehreren sinnverwandten SW zum Verhältnis von Sein und Schein; vgl. Nr. 383, 413, 844 u. a. D: »Vor schönen Kleidern zieht man den Hut ab.« / »Kleider machen Leute.« E: »The cowl doesn't make the monk.« L: »Cucullus non facit monachum.«

118 C'est le plus sage qui cède.

sage: klug, vernünftig. | **céder:** nachgeben. – Variante: »Le plus sage se tait.« D: »Der Klügere gibt nach.« E: »The wiser head gives in.«

119 C'est le ton qui fait la chanson.

le ton (fig.): Redeweise, Ton. – D: »Der Ton macht die Musik.« E: »The voice is the best music.« Sinn: Die Art und Weise, wie man eine (vor allem unangenehme) Sache macht, vor allem sagt, gibt ihr die wahre Bedeutung.

120 C'est ni du lard ni du cochon.

le lard: (Schweine-)Fett, Speck. – Regionales SW (aus dem Bourbonnais) zur Benennung von etwas nicht klar Definierbarem. Sinn: Man kann nicht alle Vorteile haben, sonst riskiert man leicht, alles zu verlieren.

121 C'est par la tête que le poisson commence à sentir.

sentir: hier: übel riechen, stinken. – D: »Der Fisch fängt am Kopf an zu stinken.« E: »Fish begins to stink at the head.« Sinn: Es sind die Bosse großer Unternehmen, die sich als erste korrumpieren lassen.

122 C'est une autre paire de manches.

la paire: Paar. | **la manche:** Ärmel. – Sinn: Das ist etwas ganz anderes; das ist nicht dieselbe Sache (sondern viel schwieriger/komplizierter). Kulturgeschichtlich geht die Wendung zurück auf eine spätmittelalterliche »Mode«, als man (z. B. in besseren Kreisen) noch lose, vom Kleidungsstück getrennte »Ärmel« trug.

123 C'est une goutte d'eau dans la mer.

D: »Das ist ein Tropfen im Meer (auf den heißen Stein)«, d. h. eine belanglose Sache, ohne irgendeine Bedeutung. E: »It is a drop in the ocean.«

124 C'est une querelle d'Allemands.

la querelle: Streit, Streiterei. – Sinn: Streit ohne Grund / ohne eigentlichen Anlass (»deutsche Zänkerei«): ein altes, »imagologisches« (d. h., das Bild vom anderen Land betreffendes) Vorurteil zum angeblich unverträglichen Charakter der deutschen Nachbarn. Über die Herkunft und Bedeutung gibt es bis heute kontroverse Meinungen.

125 Ce n'est pas à un vieux singe qu'on apprend à faire des grimaces (la grimace).

faire des grimaces (f. pl.): ein (schiefes, saures) Gesicht ziehen, Fratzen schneiden; (fig.): sich kalt und abweisend zeigen. – D: »Alten Hasen macht man nichts vor«. E: »You can't teach an old dog new tricks.« Diese Erfahrung des Alters wird im internationalen SW-Spektrum verschiedenen Tieren zugeordnet.

126 Ce n'est pas la mer à boire.

Variante: »C'est la mer à boire.« Sinn: eine nicht allzu schwierige, durchaus lösbare Aufgabe (heute ausschließlich negativ gebraucht).

127 Ce n'est pas tous les jours dimanche.

SW in der Nähe des Gemeinplatzes. D: »Es ist nicht alle Tage Sonntag.« E: »Christmas comes but once a year.« L: »Non semper Saturnalia erunt« (Seneca) (»Saturnalia« = ein unserem Karneval ähnliches Fest).

128 Ce qu'on aime est toujours beau.

Variante: »Tout ce qu'on aime paraît beau.« D: »Liebes geht über Schönes.« / »Was lieb ist, das ist schön.« E: »Beauty is in the eye of the beholder.« Zahlreiche Varianten bekräftigen die Relativität ästhetischer Wertung.

129 Ce qu'on apprend au berceau dure jusqu'au tombeau.
le berceau: Wiege; (fig.) Kindesalter. | **le tombeau:** Grab; (fig.) Tod. – Den proverbialen Scherz gibt es auch im D: »Was man in der Wiege lernt, das bleibt (bis zum Grabe).« / »Am längsten behält man, was man in der Jugend gelernt hat.« E: »Whose learneth young forgets not when he is old.« / »What's learnt in the cradle lasts till tomb.«

130 Ce que femme veut, Dieu le veut.
Das sehr alte mittelalterliche SW verleiht der im SW verbreiteten Frauenfeindlichkeit eine galante Note. D: »Frauenwille – Gottes Wille.« E: »What women wills, God wills.« / »Women will have their will.«

131 Ce que jeunesse désire, vieillesse l'a en abondance.
une abondance: Fülle, Überfluss. – D: »Was man in der Jugend wünscht, hat man im Alter genug.« Eine in vielen Varianten bestätigte traditionelle Opposition zwischen Jugend und Alter. Vgl. dazu auch Nr. 380 u. 819.

132 Ce que poulain prend en jeunesse, il continue en vieillesse.
le poulain: Fohlen; (fig.) Schützling (junger Autor, Sportler u. a.). | **prendre:** hier: an-, auf-, übernehmen. – D: »Was man jung lernt, das bleibt.« E: »Who so learns young, forgets not when he is old.«

133 Ce que trois personnes savent est public.
public, -ique: öffentlich, allgemein bekannt.

134 Ce qui est amer à la bouche est doux au cœur.
D: »Bitter im Mund, / Dem Herzen gesund.« / »Was bitter ist dem Mund, ist innerlich gesund.« E: »Bitter pills may have blessed (sweet) effects.« L: »In amaritudine salus.«

135 Ce qui doit arriver arrive.

D: »Wie's kommen soll, so kommt's.« / »Was kommen soll, das kommt.« E: »What is to come will come.« / »What must be, must be.«

136 Ce qui est différé n'est pas perdu.

différer qc: etwas auf-, hinausschieben. – D: »Aufgeschoben ist nicht aufgehoben«, was z. B. auch bedeuten kann, dass die Strafe nicht ausbleibt. E: »It is never too late to mend.« L: »Quod differtur, non aufertur.«

137 Ce qui est dit est dit.

Sinn: Die Sache ist entschieden / definitiv / kein Thema mehr.

138 Ce qui nuit à l'un sert à l'autre.

nuire à qn: jdm. schädlich sein, jdm. schaden. | **servir à qn:** jdm. nützen. – Variante in den *Essais* von Montaigne (Nr. 150): »Le profit de l'un est le dommage de l'autre« (I, Kap. 22). Eine ältere Quelle sind die Adagia des Erasmus (1523). D: »Der Gewinn des einen ist des anderen Schaden.« E: »The folly of one man is the fortune of another.«

139 Ce qui se conçoit bien s'énonce clairement.

se concevoir: sich begreifen, verstehen lassen; erfasst werden. | **s'énoncer:** sich ausdrücken, darstellen. – Klarheit ist ein aus der antiken Rhetorik stammender Mythos der französischen Sprachideologie, ein auch ethisch und ästhetisch verstandener Kernpunkt der sog. »doctrine classique«. Vgl. den berühmten Vers in Nicolas Boileaus *Art poétique* : »Ce que l'on conçoit bien s'énonce clairement« (1669; chant I, v. 153).

140 Ce qui se fait la nuit paraît au grand jour.

au grand jour (loc. adv.): am hellichten Tag; (fig.) vor aller Augen. – Für das SW gibt es eine nicht überhörbare biblische Quelle (Luk. XII,2–3): »Es ist aber nichts verborgen, das nicht offenbar werde, noch heimlich, das man nicht wissen werde. Darum, was ihr in der Finsternis saget, das wird man im Licht hören …« D: »Die Sonne bringt es an den Tag.« E: »Truth will come to light.«

141 Ce sont les tonneaux vides qui font le plus de bruit.

le tonneau: Tonne, Fass. – D: »Leere Tonnen geben großen Schall (Klang).« / »Leere Töpfe klappern am meisten.« E: »Empty vessels make the most sound.« L: »Vasa inania plurimum sonant.« Sinn: Manche Schwätzer verbergen ihre Ignoranz durch viel sprachlichen Aufwand, machen viel Lärm um nichts.

142 Cela se voit comme le nez au milieu de la figure.

Variante: »Cela paraît comme le nez au milieu du visage.« Man kann zu verbergen suchen, soviel man will, die Sache erscheint sonnenklar und unwiderlegbar.

143 Celui qui médit auprès de toi médira de toi.

médire de qn: jdn. schlechtmachen, Schlechtes über jdn. sagen; über jdn. lästern. | **auprès de qn** (loc. prép.): in jds. Nähe, Umgebung. – D: »Wer dir von andern schlecht spricht, spricht auch anderen schlecht von dir.« E: »Everybody slanders everybody else.«

144 Celui qui n'a pas d'ennemis n'a pas d'amis.

Variante: »Mieux vaut un sage ennemi qu'un ignorant ami.« Eines der zahlreichen SW über »Falsche Freunde« im Leben. D: »Wer keinen Feind hat, der hat auch keinen Freund.« Vgl. die Schlussverse von La Fontaines Fabel *L'Ours et l'amateur des jardins* (VIII,10).

145 Celui qui ne fait pas plaisir en arrivant fait plaisir en partant.

faire plaisir à qn: jdm. Freude, Vergnügen bereiten. – D: »Wer ungebeten kommt, geht ungedankt davon.«

146 Cent fois sur le métier remettez votre ouvrage.

le métier: hier: (fig.) Handwerk, Werkstuhl, Webstuhl. | **remettre qc:** etwas überprüfen, wieder vornehmen. – Sprichwörtliche Verse aus Nicolas Boileaus berühmtem Lehrgedicht der sog. *Art classique* (1674): »Hâtez-vous lentement; et sans perdre courage, / Vingt fois sur le métier remettez votre ouvrage; Polissez-le sans cesse et le repolissez; / Ajoutez, quelquesfois, et souvent effacez« (chant I, v. 172–174). Boileau betont die Bedeutung der Erfahrung/Praxis/Übung, um im dichterischen Schaffensprozess ohne Probleme die Arbeit vollkommen meistern zu können. E: »If at first you don't succeed, then try, try, and try again.«

147 Chacun doit balayer devant sa porte.

Variante: »Que chacun balaie devant sa porte et les rues seront nettes.« **balayer:** fegen, kehren. – D: »Ein Jeder kehre vor seiner eigenen Tür.« E: »If each would sweep before his own door, we should have a clean street.«

148 Chacun est à soi-même le prochain.

D: »Jeder ist sich selbst der Nächste.« E: »Every man likes his own thing best.«

149 Chacun est l'artisan de son bonheur.

un artisan / une artisane (fig.): Urheber(in), Schöpfer(in), Begründer(in). – D: »Jeder ist seines Glückes Schmied.« E: »Every man is the architect of his own fortune.« L: »Faber est suae quisque fortunae.« / »Fortunam sibi quisque parat.«

150 Chacun porte sa croix en ce (bas) monde.

la croix: Kreuz; (fig.) Kummer, Leid. – D: »Ein jeder hat sein Kreuz zu tragen.« E: »Everyone must bear his own cross.« Mehrere Bibelstellen fordern den Menschen dazu auf, sein Kreuz auf sich zu nehmen (vgl. Matth. X,38; Mark. VIII,34; Luk. IX,23 u. XIV,27).

151 Chacun pour soi, et Dieu pour tous.

D: »Jeder für sich, und Gott für uns alle.« E: »Every man for himself and God for us all.« Der Werbeslogan preist die egoistische Pflege der eignen Interessen und überlässt dem lieben Gott die Sorge um das Gemeinwohl. Man kann das Dictum auch positiv wenden: Man solle sich nicht in die Angelegenheiten anderer einmischen.

152 Chacun prêche pour sa paroisse.

prêcher: predigen; (fig.) jdm. Moral predigen; hier: in eigener Sache reden. | **la paroisse:** (Kirchen-, Pfarr-)Gemeinde. E: »Charity begins at home.«

153 Chacun prend son plaisir où il le trouve.

D: »Was dem einen sin Uhl [= Eule], ist dem andern sin Nachtigall« (niederdt.). / »Des einen Tod ist des andern Brot«. E: »One man's meat is another man's poison.« L: »Quod ali cibus est aliis fuat acre venenum.« Das sind anschauliche Vergleichsbilder der Verschiedenheit menschlicher Wünsche.

154 Chacun sait où le (son) soulier le blesse.

le soulier: Schuh. | **blesser:** hier: drücken, wehtun. D: »Jeder weiß am besten, wo ihn der Schuh drückt.« D. h.: Es gibt geheime Sorgen und Nöte, die wir nur allein kennen. Vgl. Nr. 628. E: »None knows where the shoe wrings so well, as he that wears it.«

155 Chacun se plaint que son grenier n'est pas plein.

se plaindre: klagen. | **le grenier:** Speicher, Dachboden. – D: »Über volle Speicher klagt niemand.« E: »Every horse thinks his own pack heaviest.«

156 Chacun son métier, les vaches seront bien gardées.

Klassisches bereits in der Antike sehr geläufiges SW, das auf eine Anekdote von Plinius d. Ä. in seiner *Naturalis historia* zurückgeht. D: »Schuster, bleib bei deinem Leisten!« E: »Let the cobbler stick to his last.« / »Every cock will crow upon his own dunghill.« L: »Ne sutor ultra crepidam.« / »Ne supra crepidam sutor iudicaret.«

157 Changer et trouver mieux sont deux.

D: »Ändern und bessern sind zwei.« / »Ändern ist noch nicht bessern.« E: »Better the devil you know than the devil you don't know.«

158 Chaque âge a ses plaisirs.

D: »Jedes Alter hat seine Weise.« D. h., auch das Alter hat seine Freuden. Das Lob der spezifischen Freuden jedes Lebensalters erscheint (in erweiterter Formulierung) auch in dem schon mehrfach zitierten *Art poétique* des klassischen französischen Dichtungstheoretikers Nicolas Boileau (1674): »Chaque âge a ses plaisirs, son esprit et ses mœurs« (chant III, v. 374). E: »To each his own.«

159 Chaque chose a son prix.

le prix: hier: Wert.

160 Chaque chose a (en) son temps.

D: »Ein jegliches Ding hat seine Zeit.« E: »Everything has its day.« Bibl. Quelle: Ekklesiastes III,1.

161 Chaque jour amène sa peine.

D: »Ein ander Tag, ein ander Plag.« E: »Sufficient unto the day is the evil thereof.« Das von Napoleon geliebte SW hält fest (mit Bezug auf Matth. VI,34), dass ein jeglicher Tag seine eigene Plage habe. Vgl. Nr. 12.

162 Chaque prêtre loue ses reliques.

louer qc: etwas loben. | **la relique:** (kath. Kirche) Reliquie. – Beispiel für ein antiklerikales SW, das den Vorrang persönlicher Interessen verfolgt; denn es wäre töricht zu verunglimpfen, was man verehrt.

163 Charbonnier est maître chez lui (chez soi, dans sa maison).

le charbonnier: Köhler. – Ein schon in der Antike nachzuweisendes SW. D: »Jeder ist Herr in seinem Hause.« / »Mein Haus ist meine Burg.« E: »A man's home is his castle.« Berühmt ist die diesbezügliche Anekdote zwischen König Franz I. (1515–47) und einem Köhler.

164 Charité bien ordonnée commence par soi-même.

la charité: Barmherzigkeit, Nächstenliebe. | **bien ordonné, e:** wohlgeordnet, wohlgefügt. – D: »Jeder ist sich selbst der Nächste.« / »Das Hemd ist mir näher als der Rock.« E: »Charity begins at home.« L: »Proximus sum egomet mihi.« / »Prima caritas incipit a seipso.« Positiv gesehen: Man muss an seine eigenen Fehler denken; und bevor man andere tadelt, muss man sich selbst tadeln.

165 Chassez le naturel, il revient au galop.

le galop: Galopp. – D: »Die Natur lässt sich nicht zwingen«, d.h. seine wahre Natur und Herkunft kann man nicht ändern/ unterdrücken im Sinne eines Verses von Horaz. L: »Naturam expelles furca, tamen usque recurret.« E: »You can drive out nature with a pitchfork, but she keeps on coming back.«

166 Chat échaudé craint l'eau froide.

être échaudé, e: (fig.) sich die Pfoten (die Finger) verbrennen. – Altes, schon in der mittelalterlichen Dichtung belegtes SW über das Misstrauen nach einer Täuschung. D: »Gebranntes Kind scheut das Feuer« (vgl. auch »Begossene Hunde fürchten das Wasser«). E: »A burnt child dreads the fire.« / »Once bitten, twice shy.« L: »Cui dolet, meminit« (Cicero). Und: »Expertus metuit« (Horaz).

167 Chien hargneux a toujours l'oreille déchirée.

hargneux, -euse: bissig. | **déchiré, e:** zerrissen, zerfetzt. – D: »Bissige Hunde haben zerbissene Ohren.« E: »Quarrelsome dogs get dirty coats.« La Fontaine gebraucht die Wendung wörtlich in der Fabel *Le Chien à qui on a coupé les oreilles* (X,8). Der »bissige Hund« steht für den notorischen Streithahn und Krakeeler.

168 Chien qui aboie ne mord pas.

D: »Bellende Hunde beißen nicht.« E: »A barking dog never (seldom) bites.« Das SW ist schon in der Antike belegt, in verschiedenen Varianten: L: »Canes qui plurimum latrant, perraro mordent.« / »Canes timidi vehementius latrant.« D.h., die am meisten drohen, muss man nicht immer auch fürchten.

169 Chose bien commencée est à demi achevée.

achever qc: etwas beenden, vollenden. – D: »Frisch gewagt ist halb gewonnen.« / »Guter Mut ist halbe Arbeit.« E: »Well begun is half done.« L: »Dimidium facti, qui coepit habet.«

170 Chose défendue, chose désirée.

D: »Verbot macht Lust.« / »Verbotene Früchte sind süß.« E: »Stolen (Forbidden) fruit is sweetest.« Seit Adam und Eva (vgl. 1. Mose III,6) sind die verbotenen Früchte die begehrtesten. Der Mythos von der Anziehung der verbotenen »Frucht« ist auch von zentraler Bedeutung in Marguerite de Navarres Novellenzyklus *Heptaméron* (1559): »Les choses où l'on a volonté, plus elles sont défendues et plus elles sont désirées« (II,15). Vgl. auch Nr. 566.

171 Chose donnée ne se doit pas redemander.

ne se doit pas: darf man nicht ..., gehört sich nicht zu ... | **redemander qc:** etwas zurückfordern, -verlangen. – D: »Was gegeben ist, das darf man nicht wieder nehmen.« / »Niemand kann geben und behalten.«

172 Chose promise, chose due.

dû, due: inf. *devoir:* schuldig, geschuldet. – D: »Versprechen will ein Halten haben.« / »Versprochen ist versprochen.« E: »Promise is a promise (is a debt).« L: »Promissio parit debitum.« Vgl. auch Nr. 137.

173 Ciel pommelé, femme fardée ne sont pas de longue durée.

pommelé, e: *moutonné, e:* (Himmel) voller Schäfchenwolken. | **fardé, e:** (Frau) geschminkt, zurechtgemacht. – Der trügerische Schein von Mensch und Natur ist eigentlich ein metereologisches Dictum, das in der seltenen Kombination längst ein typisches SW geworden ist. Vgl. auch Nr. 130 u. 194.

174 Colère n'a conseil.

le conseil: Rat. – Variante: »La colère est mauvaise conseillère« (*le conseiller, la conseillère:* Ratgeber[in], Berater[in]). Maß und Vernunft des Handelns waren schon in SW des Mittelalters Maximen der Lebensklugheit. D: »In der Wut tut niemand gut.« / »Zorn tut nichts mit Rat.« E: »Anger and haste hinder good counsel.«

175 Comme on connaît ses saints on les honore (adore).

comme (conj.): wie (dient der Einleitung eines Vergleichssatzes). | **le saint / la sainte:** Heilige(r). | **honorer qn:** jdn. (ver)ehren. | **adorer qn:** jdn. sehr gern haben, anbeten. – Sinn: Man behandelt jeden nach seinem Charakter, nach seinen Verdiensten, die man kennt. Die religiös-mittelalterliche Metaphorik dieser Wertschätzung nach Verdienst (D: »Es ist kein Heiliger, der will gefeiert sein«) bedeutet in moderner Lesart: D: »Wes Brot ich esse, des Lied ich singe.«

176 Comme on fait son lit, on se couche.

Das auf antike Quellen zurückgehende SW bedeutet, gute Vorsorge sei wichtig, denn Glück und Erfolg hängen von jedem selbst ab. D: »Wie man sich bettet, so schläft man auch.« E: »As you make your bed, so you must lie upon it.«

177 Comparaison n'est pas raison.

la raison: hier: Grund, Argument. – Das aus der antiken Figuren-Rhetorik stammende paronomastische Wortspiel (Paronomasie: Koppelung klangähnlicher, aber etymologisch und semantisch verschiedener Wörter) ist als Beweislogik untauglich, denn: D: »Ein Vergleich beweist nichts.« / »Alle Vergleiche hinken.« E: »Comparisons are odious.« L: »Omne simile claudicat.«

178 Contentement passe richesse.

passer qc: etwas übersteigen, über etwas hinausgehen, etwas übertreffen. – D: »Zufriedenheit geht über allen Reichtum.« E: »Content is more than a kingdom.« L: »Contentum suis rebus esse maximae sunt divitiae.« In Molières Prosakomödie *Le Médecin malgré lui* (1667) wird das SW im Mund der Amme das zentrale Handlungsmotiv des Stückes (II,1). Vgl. auch Nr. 395.

179 Courroux de frères, courroux de diables d'enfer.

le courroux: Zorn, Zwist. – D: »Bruderzwist – gar heftig ist.« / »Bruderzorn, Höllenzorn.« L: »Fratrum concordia rara, discrepatio crebra.« E: »Between two brothers two witnesses and a notary.«

180 Courte prière monte au ciel.

Variante: »Courtes prières pénètrent les cieux.« Sinn: Ein kurzes inniges Gebet in ehrlicher Meinung sei besser als frömmelnde/erbauliche Verehrungsreden (häufig zur Unzeit am falschen Ort). D: »Kurz Gebet, tiefe Andacht.« / »Lange Gebete haben wenig Andacht.« L: »Brevis oratio penetrat coelos.«

181 Coutume vainc droit.

la coutume: Sitte, Brauch. | **vaincre qc:** etwas besiegen, über etwas siegen. – Sinn: Das alte, schon in der Antike geläufige Rechts-SW betont die Rechtskraft von Brauch und Sitte in alten Kulturen, welche stärker sind als Recht. D: »Landes Brauch ist Landes Recht.« Vgl. auch Nr. 902.

182 Crédit est mort, les mauvais payeurs l'ont tué.

le mauvais payeur, la mauvais payeuse: säumiger Zahler, säumige Zahlerin. – Die notorisch schlechte (Zahlungs-)Moral der Kreditnehmer hat zur Folge, dass man sich hütet, Kredit zu gewähren, denn viele Menschen zahlen ihre Schulden nicht. D: »Kredit ist tot« (personifiziert wie ital. »credenza« – hier ohne die spätere erweiterte Fassung). E: »Trust is dead, ill payment killed it.«

D

183 Dans le besoin, le Diable mange des mouches.

dans le besoin: in der Not, nötigenfalls. – D: »In der Not frisst der Teufel Fliegen« (gelegentlich mit der scherzhaften Ergänzung »… und fängt sie auch noch selber«).

184 Dans le doute, abstiens-toi.

le doute: Zweifel. | **s'abstenir:** sich (des Urteils, der Stimme) enthalten. – Das schon in der Antike geläufige SW propagiert das ethische Gebot der Klugheit und Weisheit, das im modernen Sprachgebrauch auf Geld und Geschäfte verengt ist: D: »Im Zweifelsfalle nie.« E: »When in doubt, do nowt [= nothing].« L: »Quod dubites, ne feceris!«

185 Dans toute chose il y a un bon côté.

Variante: »Toute chose a un bon côté.« D: »Auch das Unglück hat sein Gutes.« / »Alles hat seine guten Seiten.« E: »Every cloud has a silver lining.«

186 De ce que l'on ne peut amender, il ne faut pas trop s'inquiéter.

amender qc: etwas ändern, bessern. | **s'inquiéter:** sich Sorgen machen, beunruhigt sein. – D: »Was du nicht ändern kannst, das nimm geduldig hin.« / »Was nicht zu ändern ist, ist nicht zu ändern.«

187 De (entre) deux maux il faut choisir le moindre.

le mal (pl. *les maux*): hier: Übel. – Ein schon den Griechen bekanntes SW (z. B. Aristoteles). Sinn: Man muss selbst aus dem Schlechten noch Gutes ziehen. D: »Von zwei Übeln muss (soll) man das kleinere wählen.« E: »Of two evils, choose the less.« L: »Minima de malis.« / »E duobus malis minimum eligendum est.«

188 De diable vient, à diable ira.

Variante: »Ce qui vient du diable retourne au diable.« D: »Böser Gewinn fährt bald dahin.« Vgl. auch Nr. 90. E: »A bad penny always turns up.«

189 De la discussion jaillit la lumière.

jaillir (fig.): hervorgehen, aufblitzen. | **la lumière:** Klarheit, Erkenntnis, Wahrheit. – Sinn: Neue Ideen oder Erkenntnisse ergeben sich aus der diskursiven Konfrontation verschiedener, ja gegensätzlicher Meinungen. E: »Discontent is the first step in progress.«

190 De mauvais contrat, longue dispute.

Eine schon in der Antike geläufige Rechtserfahrung. L: »Quod non legitur, non creditur.« / »Quod non est in actis, non (est) in mundo.« D: »Vertrag bricht allen Streit.«

191 De tout bois on ne peut faire flèche.

faire flèche de tout bois (fig.): alle Mittel einsetzen (*la flèche:* Pfeil). – Variante: »Tout bois n'est pas bon à faire flèche.« D: »Nicht aus jedem Holz kann man Pfeifen schneiden.« D. h.: Man muss die richtigen Mittel auswählen und einsetzen können, um alle Vorteile zur Geltung zu bringen. E: »A good arrow cannot be made of a sow's tail.«

192 Demain est souvent le jour le plus chargé de la semaine.

(jour) chargé: übervoll, voll ausgefüllt. – Es liegt in der menschlichen Natur, alles (vor allem Unangenehmes) auf morgen zu verschieben.

193 Demain il fera jour.

il fait jour: es wird Tag/hell. – Sinn: Lob des Nachdenkens / des reflektierenden Abstands, bevor wir entscheiden oder handeln. D: »Morgen ist auch (noch) ein Tag.« / »Neuer Tag, neuer Rat.« Auch Titel eines politischen Theaterstücks von Henri de Montherlant (*Demain il fera jour*, 1949). E: »Tomorrow is a new day.« Vgl. auch Nr. 341.

194 Des femmes et des chevaux, il n'y en a point sans défaut.
Eines der bekannten misogynen SW.

195 Des goûts et des couleurs, il ne faut pas discuter (on ne discute pas).
D: »Über Geschmack lässt sich nicht streiten.« E: »Tastes differ.« / »Every man to his taste.« L: »De gustibus non est disputandum.«

196 Désir promet plus que jouissance ne tient.
le désir: Begierde, Verlangen. | **la jouissance:** (Sinnes-)Lust, Genuss. – D: »Begierde wird nie satt«, allgemeiner: »Es wird mehr versprochen als gehalten.« Sinn: Man soll zufrieden sein mit dem, was man hat – ganz im Sinne der Maxime des Stoikers Seneca: L: »Non qui parum habet sed qui plus cupit pauper est.«

197 Deux avis valent mieux qu'un.
valoir mieux que: mehr wert / wertvoller sein als. – Eine dem römischen Kaiser Domitian zugeschriebene Sentenz. D: »Zwei Köpfe sind besser als einer.« / »Vier Augen sehen mehr als zwei.« E: »Two heads are better than one.« / »Four eyes see more than two.«

198 Deux hommes de même métier ne s'entendent jamais.

199 Deux patrons font chavirer la barque.
faire chavirer: zum Kentern bringen. | **la barque:** Boot, Kahn. – D: »Wenn ein Schiff scheitern soll, so gib ihm zwei Steuermänner«, allgemeiner: »Viele Köche verderben (versalzen) den Brei.« E: »Too many cooks spoil the broth.«

200 Deux précautions valent mieux qu'une.
la précaution: Umsicht, Vorsicht(smaßnahme). – D: »Zuviel Vorsicht zerbricht das Glas.« / »Doppelt genäht hält besser.« Vgl. La Fontaines Fabel *Le Loup, la chèvre et le chevreau* (IV,15), wo die Moral ähnlich lautet: »Deux sûretés valent mieux qu'une; / Et le trop en cela ne fut jamais perdu.« Die sprichwörtliche Gegenposition zu übertriebener Vorsicht lautet: »Trop de précaution(s) nuit (nuisent).« E: »Once warned, twice armed.«

201 Dieu me garde de mes amis; quant à mes ennemis, je m'en charge.

garder qn de: jdn. bewahren vor (*se garder de:* sich hüten vor). | **se charger de:** etwas übernehmen, auf sich nehmen. – Variante: »Il ne faut pas compter avec ses amis.« Vgl. auch Nr. 645. Voltaire, der notorische Spötter, spricht hier aus leidvoller Erfahrung: Man solle Umgang pflegen mit dem Freund, als könnte er dein Feind werden, und mit dem Feind, als könnte er dein Freund werden. D: »Gott schütze mich vor meinen Freunden, mit meinen Feinden will ich schon fertig werden.« E: »Defend me from my friends, I can defend myself from my enemies.«

202 Dis-moi qui tu hantes, je te dirai qui tu es.

hanter qn (vx.): mit jdm. Umgang haben, jdn. oft besuchen. – D: »Sage mir, mit wem du umgehst, und ich sage dir, wer du bist.« / »Mit wem man verkehrt, so wird man geehrt.« E: »A man is known by the company he keeps.« Eine offensichtliche Quelle ist der SW liebende Knappe Sancho Panza in Cervantes' berühmtem Roman *Don Quijote* (1615; II,10). Es gibt aber auch ältere, antike Belege.

203 Donner l'aumône n'appauvrit personne.

une aumône: Almosen. | **appauvrir qn:** jdn. arm machen. – Ein Bibelspruch (Sprüche Salomos XIX,17; Matth. VI,3). D: »Almosen geben armet nicht« (Simrock). E: »Whatever is given to the poor is laid up in heaven.« / »Alms never make poor.«

204 Donner tard, c'est refuser.

D: »Wer geben will, der gebe bald.« E: »He that is long in giving knows not how to give.« Vgl. auch Nr. 747.

205 Économisez les deniers, les louis auront soin d'eux-mêmes.

économiser qc: sparsam mit etwas umgehen. | **le denier:** (alte Münze) Pfennig, Heller. | **le louis:** (alte Münze) Taler, Louis d'or (Goldmünze). | **avoir soin de qc:** auf etwas achten, auf etwas sehr bedacht sein. – D: »Wer den Pfennig nicht ehrt, ist des Talers nicht wert.« E: »Take care of the pence and the pounds will take care of themselves.«

206 Emprunter à Pierre pour rembourser Paul.

Schon in der Bibel eine Warnung vor instabilen finanziellen Notbehelfen. Vgl. D: »Wer borgt, ist des Leihers Knecht« (Sprüche Salomos XXII,7). Ein altes französisches Rechts-SW empfiehlt daher: »Mieux vaut acheter qu'emprunter.« F: »Il ne faut pas déshabiller Pierre pour habiller Paul.« Die Wendung erinnert an die frühere Praxis armer Kirchen, den Statuen verschiedener Heiliger an ihren Festtagen dasselbe Gewand anzuziehen. Stellvertretend für alle Heilige stehen hier die beiden Hauptapostel, auch in der übertragenen Bedeutung: D: »Dem Peter nehmen und dem Paul geben«, d. h. von dem einen etwas leihen, um den anderen damit zu bezahlen.« E: »Don't rob Peter to pay Paul.« L: »Non est spoliandus Petrus, ut vestiatur Paulus.«

207 En enseignant on apprend.

D: »Durch Lehren lernt man.« / »Wer andere lehrt, lernt selbst dabei.« E: »One learns in teaching.« / »He who teaches, learns.« L: »Docendo discitur.« / »Homines dum docent, discunt.«

208 En petite cheminée on fait grand feu, et en grande petit feu.

la cheminée: Kamin. – Variante: »En petite cheminée fait-on bien grand feu.« Sinn: ›Größe‹ ist eine relative Kategorie. Feuer hat proverbial eine reiche Metaphorik.

209 En tout bien tout honneur.

D: »In allen Ehren«, d. h. in ehrlicher Absicht (ohne Hintergedanken).

210 En toutes choses mesure.

la mesure: Maß, (fig.) Maßstab. – Variante: »Il y a une mesure en toutes choses.« D: »Alles hat sein Maß und Ziel.« / »Es liegt ein Maß in den Dingen.« E: »There is a measure in all things.« L: »Est modus in rebus, sunt certi denique fines« (Horaz).

211 En toute chose il faut considérer la fin.

Variante: »Dans tout ce que tu fais, considère la fin.« Die Variante liegt näher bei der biblischen Weisheit, wo mit »Ende« auch das eigene gemeint ist (vgl. Jesus Sirach = Ecclesiasticus VII,36). D: »Bedenke das Ende.« E: »Look to the end.« / »In every enterprise consider where you would come out.« L: »Quicquid agas, prudenter agas, et respice finem.« La Fontaine übernimmt den Bibelspruch als Moral in seiner Fabel *Le Renard et le bouc* (III,5). Vgl. auch Nr. 847.

212 Enfants et fous (sots) disent la vérité.

le fou / la folle: Narr/Närrin, Irre(r). – D: »Kinder und Narren sagen die Wahrheit.« E: »Children and fools tell the truth.« L: »Stultus puerque vera dicunt.« Vgl. auch Nr. 495.

213 Entre l'enclume et le marteau, il ne faut pas mettre le doigt.

une enclume: Amboss. | **le marteau:** Hammer. – Ein plastisches Bild der unausweichlichen Alternative: Böses zu erleiden oder Böses zu tun; zu schlagen oder geschlagen zu werden. Vgl. dazu Nr. 359. D: »Zwischen Tür und Wand lege niemand seine Hand.« / »Wer zwischen Hammer und Amboss kommt, wird geschlagen.« E: »One must be either hammer or anvil.«

214 Entre deux montagnes vallée.

Variante: »Nulle montagne sans vallée.« So wie es z. B. keinen Tag ohne Abend gibt, haben alle Dinge zwei Seiten. Auch der Mensch hat Fehler (Blößen, wunde Stellen) neben seinen Qualitäten.

215 Entre la coupe et les lèvres il y a place pour un malheur.

la coupe: Becher, Trinkschale, Pokal. – Moderne prosaische Variante: »Vin versé n'est pas avalé.« D: »Zwischen Lipp' und Bechers Rand / Schwebt des Schicksals dunkle Hand.« E: »There's many a slip between cup and lip.« Der kulturgeschichtliche Hintergrund dieses antiken SW klärt den verborgenen Sachverhalt: Die Römer aßen und tranken halb im Liegen, auf Betten sozusagen, so dass es passieren konnte, dass der Inhalt der Trinkschale sich daneben ergoss, ehe er tatsächlich getrunken werden konnte.

216 Et le combat cessa, faute de combattants.

le combat: Kampf. | **cesser:** aufhören, eingestellt werden. | **faute de** (loc. prép.): mangels, aus Mangel an. | **le combattant / la combattante:** Kämpfer(in), Kombattant(in). – D: »Und endlich schwieg der Kampf, da es an Kämpfern mangelte.« Die Quelle ist der berühmte Schlachtbericht von D. Rodrigue in Corneilles Verstragödie *Le Cid* (1637; IV,3). Die Wendung kann sich metaphorisch auch auf eine Diskussionsrunde beziehen, die fast alle Teilnehmer verlassen haben.

217 Expérience est mère de science.

la science: hier: Wissen, Kenntnis. – D: »Erfahrung ist die beste Lehrmeisterin.« / »Erfahrung (Übung) macht den Meister.« E: »Experience is the father of wisdom.« / » Experience is the mother of knowledge.« L: »Usus magister est optimus.« / »Experientia docet.« / » Experientia est magistra rerum.«

218 Expérience passe science.

passer qc: etwas überschreiten, über etwas hinausgehen. – D: »Probieren geht über Studieren.« / »Versuch macht klug.« E: »Practice makes perfect.« L: »Usus frequens, qui omnium magistrorum praecepta superaret« (Cicero).

F

219 Faire bonne chère est de grand coût et de petite mémoire.

faire bonne chère: gut leben; gut essen und trinken. | **le coût:** Preis, Kosten. | **de petite mémoire:** hier: schnell vergessen.

220 Fais ce que dois, advienne que pourra.

advienne que pourra (inf. *advenir*): komme, was (da) wolle; mag kommen, was da will. – Eine früher sehr verbreitete Maxime der Tugendhaftigkeit. D: »Tue recht, (und) scheue niemand.« E: »Do right and fear no man.« L: »Recte faciendo neminem timeas.« Vgl. auch Nr. 88.

221 Fais ce que tu fais.

Sinn: Das antike SW fordert dazu auf, mit seinem Vorsatz Ernst zu machen, sich mit dem zu beschäftigen, was man unternommen hat. D: »Tue, so wird's getan.« / »Was du tun willst, das tue bald.« E: »Don't try to do two things at once.« L: »Age quod agis.« / »Age, si quid agis« (Plautus).

222 Faites ce que je dis, ne faites pas ce que je fais.

Kern einer biblischen Strafpredigt (Matth. XXIII,3) gegen die Heuchelei der Schriftgelehrten und Pharisäer, die nur gute Ratschläge erteilen, aber selbst kein gutes Beispiel geben; sie reden nämlich nur und handeln nicht danach, was im ironischen Wortlaut klar zum Ausdruck kommt. D: »Tut nach meinen Worten und nicht nach meinen Werken.« E: »Do as I say, not as I do.«

223 Faites l'amour, pas la guerre.

faire l'amour: hier nicht sexuell, sondern gesellschaftspolitisch verstanden. – E: »Make love, not war« war ein aus den USA stammender Hippie-Slogan der jugendlichen Protestbewegung von Mai 1968.

224 Faute avouée est à demi pardonnée.

avouer qc: etwas zugeben, gestehen. – D: »Ein Fehler, den man erkennt, ist schon halb gebessert.« / »(Ganz) Bekannt ist halb gebüßt.« E: »A fault confessed is half redressed.« L: »Quem paenitet peccasse, paene est innocens« (Seneca).

225 Faute de grives on mange des merles.

la grive: Drossel. | **le merle:** Amsel. – Sinn: Wenn man nicht bekommt, was man sich wünscht, muss man sich mit dem weniger Guten, Wertvollen zufriedengeben, das man haben kann. Die ›Übersetzungen‹ des aus der Vogeljagd stammenden SW sind alle weit vom Original entfernt, auch im Deutschen. D: »In der Not frisst der Teufel Fliegen.« E: »If you have not a capon, feed an onion.« / »Half a loaf is better than no bread.«

226 Ferveur de novice ne dure pas longtemps.

la ferveur: Eifer, Begeisterung. | **le/la novice:** Anfänger(in), Neuling. – Variante: »Il n'est ferveur que de novice.« Die ehemals religiöse Bezeichnung steht sinnbildlich für Strohfeuer, die flüchtige Begeisterung (z.B. beim Antritt einer neuen Stelle), die aber schnell wieder vergeht. D: »Neue Besen kehren gut.« E: »New brooms sweep clean.« L: »Flamma de stipula nostra brevisque erit« (Ovid).

227 Folle est la brebis qui au loup se confesse.

fou, fol, folle: töricht, verrückt. | **la brebis:** Schaf. | **se confesser:** beichten. – Variante: »Qui se fait brebis, le loup le mange.« D: »Das ist ein dummes Schaf, das sich dem Wolf anvertraut (dem Wolf beichtet).« E: »It is a foolish sheep that makes the wolf his confessor.«

228 Force passe droit.

passer qc (fig.): etwas übertreffen, überschreiten. – Variante: »La force prime le droit« (*primer qc:* Vorrang vor etwas haben). D: »Gewalt geht vor Recht.« E: »Might is (makes) right.« L: »Violentia praecedit ius.« / »Mensuraque iuris vis erat.« Vgl. Nr. 484, 488, 569.

229 Fou qui se tait passe pour sage.

le fou / la folle: Narr/Närrin. | **passer pour:** gelten als. – Variante: »Qui ne sait être fou n'est pas sage.« Bedeutung der Torheit in ihrem Verhältnis zur Klugheit. Schweigen ist das beste Mittel, keine Dummheiten zu sagen. Vgl. auch Nr. 529. D: »Wenn der Narr schweigt, so wird er weise« (vgl. Sprüche Salomos XVII,28). E: »Fools are wise as long as silent.«

230 Fruit précoce n'est pas de garde.

précoce: frühreif. | **être de garde:** sich gut halten, haltbar sein. – D: »Früh reif, früh faul.« / »Was frühzeitig reif wird, fault bald.«

G

231 Goutte à goutte, l'eau use la pierre.

goutte à goutte: tropfenweise. | **user qc:** hier: etwas aushöhlen. – Variante: »La goutte creuse la pierre.« D: »Steter Tropfen höhlt den Stein.« E: »Constant dropping wears away a stone.« L: »Gutta cavat lapidem non vi, sed saepe cadendo« (Ovid). Vgl. Hiob XIV,19.

232 Gouverner, c'est prévoir.

prévoir: voraussehen, vorhersehen. – Der seltene Fall, dass eine politische Handlungsmaxime ein SW wird. Das berühmt gewordene »mot historique« wird zwei Politikern bzw. Publizisten zugeschrieben: Louis Adolphe Thiers (1797–1877) bzw. Émile de Girardin (1806–81).

233 Grande chère, petit testament.

la chère: reichliches Essen, gute Küche. – D: »Ein fettes Leben macht ein mageres Testament«, d. h., wer auf großem Fuß lebt, wird seinen Erben wenig hinterlassen. E: »Young prodigal in a coach, will be an old beggar barefoot.«

234 Grande fortune, grande servitude.

la servitude: Knechtschaft. – D: »Großes Glück ist schwer zu tragen« (weil man oft zum Sklaven seines Reichtums und Besitzes wird). E: »He that has lands has quarrels.« L: »Magna fortuna, magna servitus.«

H

235 **Habit de velours, ventre de son.**

le velours: Samt, Velours (fig. auch köstliches Mahl). | **le son:** Kleie (Schweinefutter). – Gegensatz von Sein und Schein bei Leuten, die zugunsten eleganter Kleider am Essen sparen. D: »Samt am Kragen, / Hunger im Magen.« Vgl. auch Nr. 412 u. 413. E: »Don't be penny wise and pound foolish.«

236 **Hâtez-vous lentement.**

se hâter: sich beeilen, etwas schnell tun. – D: »Eile mit Weile.« E: »Make haste slowly.« L: »Festina lente!« / »Nam mora dat vires« (Ovid). Die schon in der Antike geläufige paradoxe Maxime ist durch La Fontaines Fabel *Le lièvre et la tortue* (VI,10) berühmt geworden. Von der am Ende triumphierend dastehenden Schildkröte heißt es: »Elle se hâte avec lenteur.« Vgl. auch Nr. 799. Wörtlich I.171 in Boileaus berühmtem *Art poétique* (1674).

237 **Heureux au jeu, malheureux en amour.**

D: »Glück im Spiel, Unglück (Pech) in der Liebe.« E: »Lucky at cards, unlucky in love.« Vgl. dagegen Nr. 598.

238 **Honni soit qui mal y pense!**

honnir (vx.; litt.): anprangern, verabscheuen. – D: »Ein Schelm, wer Böses dabei denkt.« E: »Evil to him that evil thinks.« Proverbialisierte Devise des sog. »Hosenbandordens« (The Most Noble Order of the Garter), 1348 vom englischen König Eduard III. gestiftet. Sinn: Ermahnung an die Adresse der Kritiker, die, wenn sie etwas Anstößiges finden, immer gleich Schlechtes denken. Quelle ist offensichtlich ein galanter Zwischenfall am königlichen Hof.

239 Il est bon de parler, et meilleur de se taire.

Variante: »Mieux vaut se taire que mal parler.« Ein klassischer Alexandriner, der sich wörtlich in V. 6 von La Fontaines Fabel *L'ours et l'amateur des jardins* (VIII,10) findet. D: »Schweigen ist oft besser als sich verantworten.« / »Besser schweigen als das Maul verbrannt.« E: »A still tongue makes a wise head.« Vgl. auch Nr. 374 u. 469.

240 Il est plus facile à un chameau de passer par le trou d'une aiguille qu'à un riche d'entrer dans le royaume de Dieu.

le chameau: Kamel. | **une aiguille:** Nähnadel. – Ein wörtliches Bibelzitat: »Es ist leichter, dass ein Kamel durch ein Nadelöhr gehe, denn dass ein Reicher ins Reich Gottes komme« (Matth. XIX,24). E: »It is easier for a camel to go through the eye of a needle than for a rich man to enter the kingdom of God.«

241 Il est trop tard de fermer l'écurie quand le cheval s'est sauvé.

une écurie: (Pferde-)Stall. | **se sauver:** sich davonmachen, fortlaufen. – Beispiel aus dem Landleben für hinausgezögertes, verspätetes Handeln mit Folgen. D: »Wenn's Pferd gestohlen ist, schließt man den Stall zu.« / »Wenn das Kind in den Brunnen gefallen ist, deckt man ihn zu.« E: »It's too late to shut the stable door after the horse has bolted.«

242 Il faut avoir le courage de ses opinions.

Die deutsche »Zivilcourage«, also der Mut, den jemand beweist, indem er seine Meinung offen äußert, ohne Rücksicht auf negative Folgen oder mögliche Nachteile, soll 1864 von Bismarck geprägt worden sein als Zeichen der Beherztheit des Bürgers entsprechend dem Mut des Soldaten im Felde.

243 Il faut battre le fer pendant qu'il est chaud.

battre le fer: das Eisen schmieden. – Sinn: Man soll die günstige Gelegenheit wahrnehmen, eine begonnene Sache tatkräftig zu Ende zu bringen; man soll also handeln, wenn und solange es möglich ist. D: »Man soll das Eisen schmieden, wenn/solange es heiß ist.« / »Wenn das Eisen glüht, soll man's schmieden. E: »Strike while the iron is hot.« L: »Dum ferrum candet, cudere quemque decet.«

244 Il faut bien que jeunesse se passe.

se passer: sich ereignen, geschehen, vorübergehen. – Beispiel für die in den SW häufig begegnende Opposition »jeunesse« vs. »vieillesse«. D: »(Die) Jugend muss sich austoben.« E: »Youth will have its course (swing).« L: »Iuventus, ventus.« Vgl. auch Nr. 378.

245 Il faut bonne mémoire après qu'on a menti.

Variante: »Il faut qu'un menteur ait bonne mémoire.« D: »Ein Lügner muss ein gutes Gedächtnis haben.« E: »A liar ought to have a good memory.« L: »Mendacem memorem esse oportet.« Vgl. auch Nr. 521.

246 Il faut casser le noyau pour en avoir l'amande.

le noyau: (Nuss-)Kern. | **une amande:** Mandel. – Variante: »Il faut casser la noix pour en avoir la chair.« D: »Wer den Kern essen will, muss erst die Nuss knacken.« E: »He who would eat the nut must first crack the shell.« L: »Qui e nuce nuceum esse vult, frangit nucem.« Allgemeiner Sinn: Man muss sich Mühe geben, auch Unangenehmes ertragen zu können, bevor man aus etwas Nutzen ziehen kann.

247 Il faut compter sur l'ingratitude des hommes.

compter sur qc: mit etwas rechnen. | **une ingratitude:** Undank, Undankbarkeit. – Varianten: »Le monde paie d'ingratitude.« / »L'ingratitude est la mère de tous les vices.« D: »Undank ist der Welt Lohn.« E: »Ingratitude is the way of the world.«

248 Il faut de tout pour faire un monde.

Sinn: Liberalität und Toleranz, weise Neutralität und versöhnliche Distanz ermöglichen jedem das Recht auf eigene Meinungen, eigene Lebensart, d. h. seine ihm eigene Originalität. D: »Der liebe Gott hat wunderliche (seltsame) Kostgänger.« / »Es muss auch solche Käuze geben.« E: »It takes all sorts to make a world.«

249 Il faut faire contre mauvaise fortune bon cœur.

faire qc de bon cœur: etwas von Herzen gern tun. | **la mauvaise fortune:** Unglück, Pech. – D: »Man muss gute Miene zum bösen Spiel machen«, d. h. sich nicht unterkriegen lassen und sich zufriedengeben mit dem, was man hat. E: »You must put a good ace on a bad business.«

250 Il faut faire les choses en temps voulu (au moment propice).

Variante: »Chaque chose en (à) son temps.« Die biblische Quelle ist der Prediger Salomo: »Ein jegliches hat seine Zeit, und alles Vornehmen unter dem Himmel hat seine Stunde« (III,1). E: »There is a time for everything.«

251 Il faut faire tourner le moulin lorsque le vent souffle.

Eines der zahlreichen Wind-Dictons, dessen metaphorischer Gebrauch über die ursprüngliche metereologische Bedeutung hinausreicht; hier bezüglich der Opportunität einer Handlungsweise, d. h. man muss die günstigste Gelegenheit zu nutzen wissen. D: »Je mehr der Wind geht, je mehr klappern die Mühlen.« E: »Make hay while the sun shines.« / »Gather ye rosebuds while ye may.« Vgl. Nr. 243.

252 Il faut hurler avec les loups.

hurler: heulen. – Variante: »Qui est avec les loups doit hurler.« D: »Wenn man unter den Wölfen ist, muss man mit ihnen heulen.« E: »Who keeps company with a wolf will learn to howl.« Sinn: Aus Konformismus gewöhnt man sich an das Verhalten von Menschen, mit denen man zusammenlebt oder zu tun hat, selbst wenn man es nicht billigt.

253 Il faut laisser vivre chacun à sa guise.

à sa guise: nach seinem Geschmack, wie es ihm beliebt. – Variante: »Il faut vivre et laisser vivre.« D: »Leben und leben lassen!« E: »Live and let live.«

254 Il faut laver son linge sale en famille.

Nach dem französischen Schriftsteller und Politiker F. R. de Chateaubriand (1768–1848) soll Napoleon den Spruch berühmt gemacht haben. D: »Schmutzige Wäsche soll man zu Hause waschen.« E: »One does not wash one's dirty linen in public.«

255 Il faut lier le sac avant qu'il ne soit plein.

Variante: »On lie bien le sac avant qu'il soit plein.« D: »Wenn der Sack voll ist, bindet man ihn zu.« E: »Bind the sack ere (before) it be full.« Vgl. auch Nr. 210. Das mittelalterliche SW ist eine Aufforderung zum Bescheiden und Maßhalten.

256 Il faut manger pour vivre et non vivre pour manger.

Sokrates soll der Autor dieser »Weisheit« sein, nach heutigem Geschmack eher ein Gemeinplatz; nach Quintilian ein klassisches Beispiel für eine Antithese. D: »Man soll essen, um zu leben, und nicht leben, um zu essen.« E: »(We must) Eat to live, not live to eat.« L: »Non ut edam, vivo, sed ut vivam edo.« / »Edimus ut vivamus, non vivimus ut edamus.« Wörtlich wird dieses klassische Gesundheitsrezept der Mäßigung und des Maßhaltens persifliert von Harpagons Hofmeister Valère, in Molières Prosa-Komödie *L'Avare* (III,1).

257 Il faut prendre le bénéfice avec les charges.

le bénéfice: Gewinn, Nutzen, Vorteil. | **les charges** (f. pl.): Last, Kosten, Bürde. – D: »Kein Vorteil ohne Nachteil.« / »Wer den Vorteil hat, soll auch den Nachteil leiden.« Vgl. auch Nr. 292. E: »One must take the rough with the smooth.«

258 Il faut prendre le temps comme il vient.

D: »Man muss sich nach der Zeit richten«, d.h. sich in die Zeit schicken. E: »Take things as they come.« L: »Temporibus servire (aptari) decet.« Es geht um den »günstigen« Augenblick (griech. »Kairos«), der dem Menschen nach antiker Auffassung schicksalhaft entgegentritt und von ihm zu nützen ist.

259 Il faut qu'une porte soit ouverte ou fermée.

D: »Entweder … oder …! Ein Drittes gibt es nicht.« E: »A door must either be shut or open.« Die Bekanntheit des SW geht zurück auf den gleichnamigen Titel einer Komödie des französischen Romantikers Alfred de Musset (1845).

260 Il faut rendre à César ce qui est à César et à Dieu ce qui est à Dieu.

Es geht um die seit der Antike kontroverse Verteilung der Zuständigkeiten zwischen weltlicher und kirchlicher Macht und Autorität. Das aus der Bibel (Matth. XXII,21) bekannte Zitat wird dem römischen Kaiser Augustus, dem Großneffen Caesars (63 v. Chr. – 14 n. Chr.), zugeschrieben. D: »So gebet dem Kaiser, was des Kaisers ist, und Gott, was Gottes ist.« E: »Render to Caesar the things which are Caesar's and to God the things that are God's.«

261 Il faut saisir l'occasion par les cheveux.

saisir qc: (fig.) etwas ergreifen, wahrnehmen, nicht laufen lassen. | **une occasion:** Gelegenheit. – D: »Man muss die Gelegenheit beim Schopfe fassen.« E: »Opportunity never knocks twice at any man's door.« L: »Occasionem oblatam tenete!« (Cicero).

262 Il faut se lever de bon matin.

de bon matin: frühmorgens, in aller Frühe. – D: »Ein Kluger steht früh auf« (denn die Zukunft gehört denen, die früh aufstehen). E: »He that comes first to the hill, may sit where he will.«

263 Il faut semer qui veut moissonner.

Variante: »Il faut semer pour récolter (cueillir).« **semer:** säen. | **récolter/cueillir:** ernten, Ernte einholen. | **moissonner:** (Getreide) ernten. – Biblische Quelle: Paulus in einem Brief an die Galater: »Was der Mensch säet, das wird er ernten« (VI,7). E: »As you sow, so you reap.« / »No sweet without sweat.«
L: »Ut sementem feceris, ita metes« (Cicero).

264 Il faut séparer le bon grain de l'ivraie.

le grain: (Getreide) Korn. | **une ivraie:** (fig.) Unkraut. – Das normannische Rechts-SW aus dem 17. Jh. geht zurück auf die bei Matth. (XIII,24–30 u. 37–42) überlieferte Parabel »Kein Korn ohne Spreu« mit der Aufgabe, die Spreu vom Weizen zu trennen, d. h. die Guten von den Bösartigen, das Gute vom Bösen. Der gute Samen sind die Kinder des Reiches, und das Unkraut sind die Kinder des Bösen.
E: »You must separate the sheep from the goats.«

265 Il faut souffrir pour être beau (belle).

souffrir: leiden. – D: »Wer schön sein will, muss leiden.«

266 Il faut tailler son manteau (la robe) selon son (le) drap.

tailler qc: etwas (zu)schneiden. | **le drap:** Tuch. – D: »Man muss den Rock nach dem Tuch schneiden.« E: »Cut your coat according to your cloth.« Sinn: Man muss sich nach der Decke strecken, d. h. man muss seine Wünsche an seinen Mitteln messen, sich nach seinem Geldbeutel richten.

267 Il faut toujours avoir plusieurs (deux) cordes à son arc.

la corde: Sehne, Bespannung. | **un arc:** Bogen (Waffe). – Variante: »Il est bon d'avoir plus d'une corde à son arc.« Um sein Ziel zu erreichen, muss man mehrere Pläne machen bzw. verschiedene Lösungen voraussehen. Das war – historisch – auch die Erfahrung französischer Bogenschützen auf ihren mittelalterlichen Kreuzzügen. D: »Man muss immer mehrere Eisen im Feuer (mehr als einen Pfeil in seinem Köcher) haben.« / »Doppelt genäht hält besser.« E: »To have two strings to your bow.« / »It is good to have more than one string to one's bow.«

268 Il faut toujours entendre les deux sons de cloche.

le son de cloche(s) (f.): Glockenklang. – Variante: »Qui n'entend qu'une cloche n'entend qu'un son/rien.« Das alte Rechts-SW besagt, dass man in einem Streit erst urteilen kann, wenn man beide Seiten gehört hat, d. h. ein Richter müsse zwei gleiche Ohren haben. Mythisches Vorbild ist das sog. »Salomonische Urteil« (benannt nach dem biblischen König von Israel und Juda). E: »Don't hear one and judge two.« L: »Audiatur et altera pars!«

269 Il faut (toujours) garder une poire pour la soif.

Sinn: Aus Klugheit sparsam sein und etwas aufbewahren als Reserve für den Notfall. D: »Spare in der Zeit, so hast du in der Not.« E: »Lay (something) by for a rainy day.«

270 Il faut tourner sept fois sa langue dans sa bouche avant de parler.

Schon im arabischen Mittelalter war die Sieben eine heilige Zahl: Bei wichtigen Fragen soll man reiflich überlegen, ehe man seine Meinung sagt. D: »Überlege dir hundertmal, ehe du sprichst.« E: »Turn your tongue seven times before talking.« / »Think twice before you speak.«

271 Il faut vieillir ou mourir jeune.

vieillir: alt werden. – Das Alter(n) ist ein unausweichliches Übel, eine menschliche Katastrophe. In einer seiner *Maximen* (1665, Nr. 423) heißt es bei dem Moralisten La Rochefoucauld: »Peu de gens savent être vieux«. E: »Old age is sickness of itself.« / »Old be, or young die.« L: »Aetas senilis mala merx.«

272 Il faut vivre à Rome comme à Rome.

Variante: »Quand tu seras à Rome, agis comme les Romains.« Konformismus kann auch positiv gesehen werden. D: »Man soll in Rom tun, wie Rom tut.« E: »When in Rome, do as the Romans do.« L: »Si fueris Romae, Romano vivito more« (nach Augustinus).

273 Il faut vouloir ce qu'on ne peut empêcher.

Variante: »Il faut faire de nécessité vertu.« D: »Es geht wie es mag, und nicht, wie es will.« / »Wer nicht hat (kann), was er will, muss wollen, was er hat (kann).« / »Aus der Not eine Tugend machen.« E: »What can't be cured, must be endured.«

274 Il n'a pas plu ce qu'il pleuvra.

Die metaphorisch zu verstehende Wetterprognose soll ankündigen, dass das Schlimmste noch nicht eingetreten ist.

275 Il n'est bois si vert qu'il ne s'allume.

s'allumer: aufflammen, auflodern. – Variante: »Il n'est feu que de bois vert.« D: »Auch frisches Holz fängt Feuer.« / »Grünes Holz, große Hitze.« Die erotischen Anspielungen sind deutlich: frisches, grünes Holz = junge, hitzige Jugend; Flamme = Feuer der Jugend. Das SW kann aber auch bedeuten, dass selbst der Geduldigste und Sanfteste aufbrausen und sich ereifern kann.

276 Il n'est jamais trop tard pour bien faire.

D: »Gutes tun ist nie zu spät.« / »Zur Besserung ist es nie zu spät.« Denn: »Besser spät als gar nicht.« E: »Better late than never.« / »Never too late to mend.« Vgl. Nr. 609.

277 Il n'est nuls petits ennemis.

nul, le (pron. indéf.): kein. – Variante: »Il n'est pas de petit ennemi.« D: »Auch den kleinsten Feind verachte nicht« (denn auch er kann schaden). E: »There is no little enemy.« L: »Hostis, etiamsi vilis, nunquam contemnendus.«

278 Il n'est pas sage qui a peur d'un fou.

Variante: »Qui ne sait être fou n'est pas sage.« Narrheit und Dummheit sind ein häufiges Begriffspaar in der Welt der SW. Denn in jedem von uns steckt ein Quentchen Torheit, Unklugheit, allgemein: Irrationales. Vgl. dazu die Satire *Lob der Torheit* (1511) von Erasmus. Vgl. auch Nr. 288. Die positive Qualität kommt auch in einem Aphorismus (Nr. 209) des französischen Moralisten La Rochefoucauld zum Ausdruck: »Qui vit sans folie n'est pas si sage qu'il croit«.

279 Il n'est (pas) pire aveugle que celui qui ne veut pas voir.

D: »Keiner ist blinder, als der nicht sehen will.« E: »There's is none so blind as those who will not (won't) see.« Vgl. auch Nr. 281.

280 Il n'est pire eau que l'eau qui dort.

Variante: »Il faut se méfier de l'eau qui dort.« Menschen, die etwas verbergen, die sich verstellen, muss man vor allem misstrauen, sich vor ihnen in acht nehmen.« D: »Stille Wasser gründen (sind) tief.« E: »Still waters run deep.« L: »Altissima flumina minimo sono labuntur.« Vgl. auch Nr. 563.

281 Il n'est pire sourd que celui qui ne veut pas entendre.

sourd, e: gehörlos, taub. – D: »Niemand ist so taub, wie wer nicht hören will« (denn tauben Ohren ist schlecht predigen). E: »There's none so deaf as those who will not hear.« L: »Deterior surdus eo nullus qui renuit audire.« Vgl. auch Nr. 279. In der Komödie *L'Amour médecin* (1665) lässt Molière die Zofe Lisette ausrufen: »On dit bien vrai qu'il n'y a point de pires sourds que ceux qui ne veulent point entendre« (I,4).

282 Il n'est point de bonheur sans nuage(s).

sans nuage(s) (fig.): ungetrübt. – D: »Keine Freude ohne Leid.« E: »There are no unmixed blessings.« Vgl. auch Nr. 292.

283 Il n'est si petit buisson qui ne porte son ombre.

le buisson: Busch, Strauch. | **une ombre:** Schatten. – Üblicherweise wird dem SW eine negative Bedeutung gegeben: Auch der kleinste, schwächste Feind könne schädlich sein, einem Schaden zufügen. D: »Jeder Busch hat seinen Schatten.« E: »Even a hair casts its shadow.«

284 Il n'est si petite chapelle qui n'ait son saint.

la chapelle: Kapelle. | **le saint / la sainte:** Heilige(r). – D: »Jedem Heiligen seine Kerze.« Sinn: Auch ›kleine‹ Leute können große Gönner, Förderer haben, denn jeder verdient die ihm gebührende Ehre.

285 Il n'y a d'effet sans cause.

Eine offensichtliche »lapalissade« (Binsenweisheit), die auch umgekehrt gilt: »Il n'y a pas de cause sans effet.« D: »Keine Wirkung ohne Ursache.« Vgl. auch Nr. 287. E: »Take away the cause, and the effect must cease.«

286 Il n'y a pas d'heure pour les braves.

le/la brave: mutiger, tapferer, tüchtiger Mensch. – Variante: »La fortune sourit aux braves (aux audacieux).« D: »Dem Glücklichen schlägt keine Stunde.« / »Dem Kühnen hilft das Glück.« E: »Fortune favours the brave.« L: »Audentes (audaces) fortuna iuvat.« Das SW ist bei mehreren antiken Autoren belegt (Livius, Ovid, Seneca, Vergil).

287 Il n'y a pas de fumée sans feu.

Variante: »Il n'est jamais feu sans fumée.« D: »Wo Rauch ist, ist auch Feuer.« / »Wo Rauch aufgeht, muss Feuer sein.« E: »Where there is smoke there is fire.« L: »Fumus ignem« (Cicero). / »Flamma fumo est proxima« (Plautus). Die pejorative Feuer-Metapher ist als Warnung zu verstehen: Es ist immer etwas dran am Klatsch, das kleinste Gerücht beruht auf einem Körnchen Wahrheit.

288 Il n'y a pas de grands esprits sans un grain de folie.

un grain de: ein bisschen. – Das sehr alte SW unterscheidet zwischen der (negativen) »sottise« (Dummheit, Idiotie) und der deutlich positiv konnotierten »folie« (Narrheit, Verrücktheit). D: »Keiner ist so klug, dass er nicht ein wenig Narrheit übrig hätte«, d.h.: Man soll nicht zu klug sein wollen. E: »No man can play the fool so well as the wise man.« In seiner Komödie *Le Médecin malgré lui* (1666) lässt Molière den Diener Valère (mit Bezug auf Aristoteles!) sagen: »Tous les grands hommes ont toujours du caprice, quelque petit grain de folie mêlé à leur science« (I,4).

289 Il n'y a pas de petit profit.

le profit: Gewinn, Nutzen. – D: »Ein kleiner Gewinn ist auch ein Gewinn.« E: »Light gains make a heavy purse.« So läppert es sich zusammen, und aus vielen kleinen Beträgen kann sich eine ansehnliche Summe ergeben.

290 Il n'y a pas de quoi fouetter un chat.

fouetter: schlagen, peitschen. – D: »Das ist (doch) kein Grund zur Aufregung.« / »Da ist (doch) nichts dabei.«

291 Il n'y a pas de règle sans exception.

Varianten: »Toute règle a ses exceptions« und die Umkehr: »L'exception confirme la règle«. D: »Keine Regel ohne Ausnahme« und die – pädagogisch verkürzte – Wiedergabe der Umkehr: »Ausnahmen (Fälle, die nicht ausdrücklich ausgenommen sind) bestätigen die Regel«. E: »All rules have their exceptions.« / »The exception proves the rule.« L: »Nulla regula sine exceptione« und die vollständige Umkehr: »Exceptio probat regulam in casibus non exceptis«. Vgl. auch Nr. 408. Es gibt also Regeln und eine Liste von Ausnahmen (die vorab definiert sein müssen).

292 Il n'y a pas de rose(s) sans épines.

Variante: »Nulle rose sans épines.« D: »Keine Rose ohne Dornen.« E: »No rose without a thorn.« L: »Rosa de spinis floret.« Ein altes floristisches Dicton (vgl. Nr. 975 u. 977), das heute überwiegend in seiner proverbialisierten Bedeutung gebraucht wird: dass kein Vergnügen absolut sei und dass es nichts Gutes ohne Mängel gebe. Vgl. auch Nr. 623.

293 Il n'y a point de plus sage abbé que celui qui a été moine.

un abbé: Abt. | **le moine:** Mönch, Klosterbruder. – Variante: »Il faut apprendre à obéir pour savoir commander.« D: »Wer befehlen will, muss gehorchen können (gelernt haben zu gehorchen).« E: »No man can be a good ruler, unless he has first been ruled.«

294 Il n'y a pas de sot métier, il n'y a que de sottes gens.

sot, sotte: dumm, läppisch. – Wert und Lob guter Arbeit, welcher Art auch immer. Der zweite Teil der Parataxe ist ein späterer Zusatz. D: »Es gibt kein dummes Handwerk, es gibt bloß dumme Leute.« E: »Who has a trade has a share everywhere.«

295 Il n'y a que celui qui ne fait rien qui ne se trompe pas.
D: »Wer nichts tut, dem misslingt nichts.« E: »If you don't make mistakes you don't make anything.«

296 Il n'y a que la foi qui sauve.
D: »Der Glaube allein macht selig.« E: »Faith is half the battle.« / »Faith is everything.« Das parodierte Bibelzitat »Wer's glaubt, wird selig« (Mark. XVI,16), um einem Gegenüber ironisch klar zu machen, dass es wenig Hoffnung auf Taten gibt, allenfalls Glauben (ohne Werke).

297 Il n'y a que la vérité qui offense (fâche, blesse).
offenser: wehtun, verletzen. – Sinn: Die Vorwürfe, die uns am meisten treffen, sind die berechtigten. D: »Die Wahrheit ist eine bittere Pille (hört man nicht gern).« E: »Nothing hurts like the truth.« Vgl. auch Nr. 859.

298 Il n'y a que le premier pas qui coûte.
Variante: »Ce qu'il y a de plus difficile, c'est le commencement.« D: »Der erste Schritt ist immer der schwerste.« / »Aller Anfang ist schwer.« E: »It is the first step that is difficult.« L: »Omne initium difficile.«

299 Il n'y a que les imbéciles qui ne changent jamais d'avis.
un/une imbécile: Dummkopf, Idiot(in), Schwachsinnige(r). – D: »Nur der Dummkopf lernt nie um.« E: »A wise man changes his mind, a fool never will.«

300 Il n'y a que les montagnes qui ne se rencontrent jamais.
Variante: »Les montagnes ne se rencontrent pas, mais les hommes.« D: »Berg und Tal kommen nicht zusammen, aber Menschen.« E: »Friends may meet but mountains never greet.« L: »Occurrunt homines, nequeunt occurrere montes.« Allgemeiner Sinn: warnender Hinweis, dass man niemandes Freundschaft oder Feindschaft unterschätzen sollte, denn fast alles ist möglich, auch was absolut unwahrscheinlich und nicht voraussehbar erscheint.

301 Il n'y a rien de nouveau sous le soleil.

Was sich wie ein moderner Gemeinplatz anhört, ist uralt, d.h. 3000 Jahre alt. Steht so wörtlich im Ecclesiastes (Prediger Salomo, I,9): »Nichts Neues gibt es unter dieser Sonne.« D: »Es geschieht nichts Neues unter der Sonne.« E: »There is nothing new under the sun.« L: »Nihil sub sole novum.« / »Nihil novi sub sole.« Die biblische Lehre lautet: Wissen ist eitel.

302 Il n'y a si fort qui ne trouve son maître.

le fort: Starke(r), Tüchtige(r). – Ein sehr altes SW: »Es gibt immer einen Stärkeren, Kompetenteren als man selbst.« D: »Es ist kein Meister so gut, er findet einen über sich.«

303 Il n'y a si méchant pot (méchante marmite) qui ne trouve son couvercle.

le pot: Topf. | **la marmite :** (Koch-)Topf. | **le couvercle:** Deckel. – Variante: »À chaque pot son couvercle.« D: »Kein Topf so schief, es passt ein Deckel drauf.« / »Jeder Topf hat seinen Deckel.« E: »Every Jack has his Jill.« L: »Invenitque protinus patella operculum.« Die englische Entsprechung verweist auf die figurative Bedeutung, die Partnersuche der Geschlechter: Jede Frau findet einen Mann, selbst ein hässlicher Mensch findet eine Gesellin, einen Gesellen. D: »Jeder Hans findet seine Grete.«

304 Il ne faut choisir ni son linge, ni sa femme à la lueur d'une bougie.

la bougie: Kerze. – Ein SW spanischen Ursprungs. Variante: »La femme ni la toile ne se choisissent à la chandelle.« Sinn: Man muss bei der Partnerwahl wie bei einem Kauf genau hinschauen.
E: »Never choose your women or your linen by candlelight.«

305 Il ne faut jamais battre une femme, même avec une fleur.

Die Prügel von Kindern und Dienstboten sind uns aus der Kulturgeschichte und der Literatur bekannt; die Frau zur Strafe zu schlagen (nicht nur, um ihr den Teufel auszutreiben) war noch im Frankreich des 16. Jh. ein altes Gewohnheitsrecht der Ehemänner. In Molières Komödie *Le Médecin malgré lui* (1666) verprügelt Sganarelle gleich in der ersten Szene seine Frau Martine, um sich dann sofort wieder zu versöhnen – scheinbar! Der französische surrealistische Schriftsteller Paul Éluard hat sich in seinen SW-Parodien von 1925 eine subversiv-respektlose Variation des alten SW ausgedacht: »Il faut battre sa mère pendant qu'elle est jeune«, wobei die parodierte alte Vorlage bewusst durchleuchtet. Für den »blumigen« Zusatz des SW gibt es eine alte indische Quelle.

306 Il ne faut jamais défier un fou.

défier qn: jdn. herausfordern, es mit jdm. aufnehmen. – Zum Verständnis kann eine Briefstelle des Paulus an die Korinther beitragen: »Denn die göttliche Torheit ist weiser, denn die Menschen sind« (I,1,25). Die »Torheit« Gottes steht gegen die »Weisheit« = »Eitelkeit« dieser Welt. Der profane Sinn: Man soll niemanden herausfordern, z. B. nicht wetten, dass jemand, der sich für eine Unternehmung kühn genug fühlt, dieses Überspannte, Extravagante nicht tun kann bzw. wird.

307 Il ne faut jamais désespérer.

D: »Niemals verzweifeln!« E: »Never despair.«

308 Il ne faut jamais dire jamais.

D: »Nimmermehr ist eine lange Zeit.« / »Man soll niemals ›nie‹ sagen.« E: »Never is a long time.« Vgl. auch Nr. 309 u. 319.

309 Il ne faut jurer de rien.

jurer: schwören; (fig.) versprechen, versichern. – D: »Man kann nie wissen.« Denn man ist nie sicher, zu früh zu schwören, denn wer leicht schwört, der lügt auch leicht; ganz im Sinne des biblischen Gebots, nicht zu schwören (Matth. V,34–35). Titel einer Komödie von Musset (1848). D: »Man soll nicht zu viel versprechen.« Denn es ist auch unklug, heißt es in der *Nikomachischen Ethik* des Aristoteles, sich für etwas zu verbürgen oder für etwas Zukünftiges Verantwortung zu tragen. E: »Never is a long day.«
Vgl. auch Nr. 308 u. 319.

310 Il ne faut pas acheter chat en poche.

la poche: hier: Sack. – Sehr alte und international verbreitete Warnung, etwas ohne genaue Prüfung zu kaufen oder einen Vertrag ohne genaue Prüfung abzuschließen. D: »Man kauft die Katze nicht im Sacke.« / »Man soll die Katze nicht im Sack kaufen.« E: »Never buy a pig in a poke.«

311 Il ne faut pas avoir les yeux plus gros que le ventre.

Variante: »Les yeux sont plus grands que le ventre.« D: »Die Augen sind größer als der Bauch (Magen).« E: »The eye is bigger than the belly.« Sinn: Man soll seine Fähigkeiten nicht falsch einschätzen, zu hoch hinaus wollen. Sehr schön illustriert in La Fontaines Fabel *La Grenouille qui se veut faire aussi grosse que le bœuf* (I,3).

312 Il ne faut pas cacher la lampe (mettre la lampe allumée) sous le boisseau.

le boisseau: Scheffel (altes Hohlmaß, Gefäß). – D: »Man soll sein Licht nicht unter den Scheffel stellen« (wörtlich nach Matth. V,15; vgl. zusätzlich Luk. XI,33). E: »You don't light a candle to put under a bushel.« Sinn: Die Wahrheit soll ans Licht kommen; auf Personen bezogen: Man sollte seine Fähigkeiten nicht verbergen.

313 Il ne faut pas changer de cheval au milieu de la rivière.

D: »In der Furt (mitten im Fluss) soll man die Pferde nicht wechseln.« E: »Don't change horses in mid-stream.« Offensichtlich eine deutsche Lehnübersetzung; das Original wird dem amerikanischen Präsidenten Abraham Lincolm (1809–65) zugeschrieben.

314 Il ne faut pas changer un (troquer son) cheval borgne contre un aveugle.

borgne: einäugig, blind auf einem Auge. – Variante: »Mieux vaut être borgne qu'aveugle.« D: »Man vertauscht oft ein einäugiges Pferd gegen ein blindes.« E: »Better to have one eye than be blind altogether.« Das Bild stammt aus dem Pferdehandel auf dem Markt: Wer es eilig hat und schnell eine Entscheidung trifft, läuft Gefahr, einen geringen Vorteil mit Nachteil herzugeben.

315 Il ne faut pas chanter magnificat à matines.

le magnificat: (katholischer Ritus) Magnifikat (Lobgesang der Jungfrau Maria), das nur in der Vesper am Abend gesungen/gebetet wird, aber nicht schon in der Frühmesse. | **les matines** (f. pl.): im Klosterritus die morgendliche Frühmette. – Das »verkehrte« Bild warnt davor, sich vor der Zeit zu rühmen, etwas zum falschen Zeitpunkt und bei falscher Gelegenheit zu tun. E: »Do not triumph before the victory.« / »Catch your bear before you sell its skin.«

316 Il ne faut pas chômer les fêtes avant qu'elles soient venues.

chômer (v. tr.): (Fest) feiern, d. h. nicht arbeiten. – Sinn: Man soll sich nicht zu früh freuen (oder traurig sein), bevor das Ereignis eingetreten ist (vielleicht auch gar nicht eintreten wird).
E: »Count not four, except you have them in a wallet.«
Vgl. auch Nr. 350.

317 Il ne faut pas courir (poursuivre) deux lièvres à la fois.

courir: hier: hinterherrennen, nachlaufen. | **le lièvre:** Hase. – Variante: »Qui court deux lièvres n'en prend aucun.« D: »Wer zwei Hasen zugleich jagt, fängt keinen.« E: »If you run after two hares you will catch neither.« L: »Duos qui lepores sequitur, neutrum capit.« Das SW geht auf den antiken griechischen Fabeldichter Äsop (5. Jh. v. Chr., *Der Löwe und der Hase*) zurück und lehrt: Man soll sich mit einer Sache beschäftigen, sich ganz auf eine Sache konzentrieren. In der Moderne hat man dem SW auch einen erotischen Hintergrund gegeben.

318 Il ne faut pas dire «Fontaine, je ne boirai pas de ton eau».

D: »Niemand soll sagen: Von diesem Wasser werde ich nicht trinken.« / »Man soll niemals ›nie‹ sagen.« E: »Never is a long time.« / »Don't say I'll never drink of this water, how dirty so ever it be.« Die anekdotische Quelle ist schnell erzählt: Ein Trinker schwört, dass er nie Wasser trinken werde, der aber – Ironie des Schicksals – im Becken eines Brunnens ertrinkt. Vgl. auch Nr. 309.

319 Il ne faut pas émouvoir les frelons.

émouvoir: in Erregung versetzen, unruhig machen. | **le frelon:** Hornisse. – Das schon bei Rabelais (III,14) belegte SW ist eine Aufforderung zur Vorsicht: Sanftmütige Menschen solle man nicht reizen; überhaupt sei es unklug, sich Feinde zu machen, seien sie noch so klein und unbedeutend. D: »Wer ins Feuer bläst, dem stieben die Funken in die Augen.« L: »Ignem gladio ne fodias.« Vgl. auch Nr. 778.

320 Il ne faut pas être plus catholique que le pape.

Variante: »Il ne faut pas être plus royaliste que le roi.« D: »Man soll nicht päpstlicher (katholischer) sein als der Papst.« Die ältere französische Fassung geht nach Chateaubriand auf die Zeit Ludwigs XVI. zurück (regierte 1774–93). Die deutsche Lehnbildung stammt von Bismarck. Hintergrund ist wohl die konfliktbeladene Verkündung des Dogmas der päpstlichen Unfehlbarkeit (1870).

321 Il ne faut pas jeter le bébé avec l'eau du bain.

D: »Man soll das Kind nicht mit dem Bade ausschütten.« E: »Don't throw the baby out with the bathwater« (Lehnübersetzung?) / »Never throw the rope in after the bucket.« Sinn: Es wird davor gewarnt, das Gute zusammen mit dem Schlechten zu beseitigen, das Objekt der Besorgnis selbst mit seinen Schwierigkeiten zusammen zu beseitigen. Vgl. auch Nr. 322.

322 Il ne faut pas (jamais) jeter le manche avec la cognée.

le manche: Stiel, Griff, Heft. | **la cognée:** Axt; Eisen, Klinge. – D: »Man soll nicht die Flinte ins Korn werfen.« E: »Never throw the helve after the axe.« Sinn: Man soll eine Sache, ein Vorhaben nicht aus Entmutigung oder Überdruss aufgeben.

323 Il ne faut pas jouer avec le feu.

D: »Man soll nicht mit dem Feuer spielen.« E: »If you play with fire you get burnt.« Sinn: Man soll nicht unklug sein und mit der Gefahr spielen.

324 Il ne faut pas juger de l'arbre par l'écorce.

juger de qc: über etwas urteilen, etwas beurteilen. | **une écorce:** (Baum-)Rinde, Borke. – Variante: »On ne juge pas l'arbre à l'écorce.« Sinn: Man darf nicht dem äußeren Schein vertrauen, die Leute nicht nach ihrem Aussehen beurteilen, denn der Schein kann trügen. Vgl. Nr. 326, 327 u. 413. E: »You cannot judge a tree to its bark.«

325 Il ne faut pas juger le sac à l'étiquette.

Variante: »L'étiquette ne doit pas être plus grosse que le sac.« Im Zeitalter der reizüberflutenden Werbung ein sehr aktuelles SW über die Täuschungen von Etikette und äußerem Schein. E: »None can guess the jewel by the casket.« Vgl. auch Nr. 324, 326 u. 327.

326 Il ne faut pas juger les gens sur la mine.

la mine: Äußeres, Aussehen. – Sinn: Man soll die Menschen nicht nach ihrem Äußeren, ihrem Aussehen beurteilen. Dazu passt die Moral in La Fontaines Fabel *Le Cochet, le chat et le souriceau*: »Garde-toi, tant que tu vivras, / De juger les gens sur la mine« (VI,5). E: »Never judge from appearances.« Vgl. auch Nr. 324, 325 u. 327.

327 Il ne faut pas juger un paquet d'après ses ficelles.

la ficelle: Schnur, Kordel, Bindfaden. – Ein weiteres SW zum voreiligen Urteil und zum trügerischen Schein. E: »Don't judge a book by its cover.« Vgl. auch Nr. 324, 325 u. 326.

328 Il ne faut pas laisser croître l'herbe sur le chemin de l'amitié.

Sehr bildhafte Mahnung, seine Freunde nicht zu vernachlässigen. Vgl. Nr. 580.

329 Il ne faut pas laisser la proie pour l'ombre.

la proie: Beute. | **une ombre:** Schatten. – D: »Wer nach dem Schatten greift, hat nichts in der Hand.« / »Was man hat, hat man.« E: »Never quit certainty for hope.« Auch diese Lehre hat La Fontaine im Titel einer seiner Fabeln treffend illustriert: *Le Chien qui lâche sa proie pour l'ombre* (VI,17).

330 Il ne faut pas louer un homme avant sa mort.

Die unter Moralisten strittige These geht auf einen Vers im Ecclesiasticus zurück: »Niemanden preise vor dem Tode glücklich!« (XI,28), denn an seinem Ende nur erkennt man einen Menschen. D: »Man soll den Tag nicht vor dem Abend loben.« Vgl. auch Nr. 593. E: »Praise day at night, and life at the end.«

331 Il ne faut pas manger son blé en herbe.

le blé: hier: junge, grüne Saat. | **en herbe:** vor der Ernte. – D: »Heute muss dem Morgen nichts borgen.« E: »Wasteful want makes wasteful woe.« Sinn: Man soll sein Geld, seinen Gewinn nicht vorzeitig und im voraus ausgeben.

332 Il ne faut pas mélanger les torchons et (avec) les serviettes.

le torchon: Geschirrtuch. – D: »Man darf nicht alles in einen Topf werfen.« D.h., man muss auch bei den Menschen Unterschiede machen (so wie der Hirte die Schafe von den Böcken scheidet). Die biblische Symbolik der Guten und Bösen, der Auserwählten und der Verdammten wird im SW des 19. Jh. eine soziologisch bestimmte Differenzierung zwischen Dienstboten (»torchon«) und Bürgerlich-Mondänen (»serviette«). E: »Separate the sheep from the goats.« / »The goat must bleat where she is tied.«

333 Il ne faut pas mesurer les autres à son aune.

une aune: Elle (altes Längenmaß = ca. 1,20 m). – Das Toleranzgebot gebietet, die anderen nicht nach eigenen Maßstäben zu messen. D: »Jeder messe sich mit seinesgleichen.« E: »Don't measure other's feet by your own last.« Vgl. Nr. 649.

334 Il ne faut pas mettre la charrue avant les bœufs.

la charrue: Pflug. – Ein gutes Beispiel für »Verkehrte Welt« im SW, wo die Welt häufig auf den Kopf gestellt ist – wie hier in der französischen Provinz des 14. Jh. unter dem Joch der Feudalherren und des Klerus. Heutiger Sinn: Man soll eine Sache nicht mit dem Ende, also ganz verkehrt, beginnen bzw. hurtig erledigen oder sich voreilig eine Meinung bilden. D: »Man soll das Pferd nicht am Schwanz aufzäumen.« E: »Don't put the cart (the plough) before the horse (the oxen).«

335 Il ne faut pas mettre le doigt entre l'arbre et l'écorce.

une écorce: (Baum-)Rinde, Borke. – Variante: »Ne mets pas ton doigt entre l'écorce et l'arbre.« D: »Wer die Finger zwischen Tür und Angel steckt, der klemmt sich gern.« Sinn: In einen Streit zwischen Angehörigen und Bekannten, vor allem Eheleuten, soll man sich nicht einmischen, was Molière im Eingangsdisput zwischen Sganarelle und Martine in *Le Médecin malgré lui* (1666) sehr treffend illustriert hat: »Apprenez que Cicéron dit qu'entre l'arbre et le doigt il ne faut point mettre l'écorce« (I,2), eine bei Molière häufige und typische Deformation eines alten SW.

336 Il ne faut pas mettre tous ses œufs dans le même panier.

le panier: Korb. – Ein ebenso kluger wie aktueller Rat an Anleger von Geld und Vermögen: seine Ressourcen zu »diversifizieren«. D: »Man soll nicht alles auf eine Karte setzen.« E: »Don't put all your eggs in one basket.«

337 Il ne faut pas (point) parler de corde dans la maison d'un pendu.

la corde: Strick, Strang. | **le pendu / la pendue:** Gehenkte(r).– D: »Im Haus des Gehängten redet man nicht vom Strick.« E: »Name not a rope in the house of a man that was hanged himself.« L: »Ne restim memores apud ipsum reste neccatum.« Sinn: Man soll sich hüten, alte Wunden aufzureißen und an Ereignisse zu erinnern, die andere verletzen könnten.

338 Il ne faut pas parler latin devant les clercs (les cordeliers).

parler latin: gelehrt, gebildet reden. | **le clerc** (vx.): Geistlicher, Gelehrter. | **les cordeliers** (m. pl.): (kath. Orden) Franziskaner. – Sinn: Man soll vermeiden, mit Menschen über Dinge zu reden, die diese besser kennen (die Franziskaner z. B. standen im Ruf, gute »Latinisten« zu sein).

339 Il ne faut pas péter plus haut que son (le) cul.

péter (vulg.): furzen. | **le cul** (vulg.): Hintern, Arsch. – ›Salonfähige‹ Variante: »Il ne faut pas se moucher plus haut que (son) nez.« Das drastisch-vulgäre Bild ist in der populären Umgangssprache durchaus geläufig, während deutsche Äquivalente schwer zu finden sind. D: (allgemein): »Man soll nicht zu hoch hinaus wollen.« E: »Stretch your arm no further than your sleeve will reach«, allgemein: »Don't aspire above your station.« Sinn: Das SW weist anmaßend-ehrgeizige Menschen, die hoch hinaus wollen, z. B. Dinge unternehmen, die ihre Kräfte übersteigen bzw. über ihre Verhältnisse gehen, in ihre Schranken.

340 Il ne faut pas que l'arbre cache la forêt.

Variante: »Les arbres l'empêchent de voir la forêt.« Sinn: Wenn man in Details stecken bleibt, verliert man den Blick fürs Ganze. D: »Er sieht den Wald vor (lauter) Bäumen nicht.« E: »He cannot see the wood for the trees.«

341 Il ne faut pas (jamais) remettre au lendemain ce que l'on peut faire le jour même.

remettre qc: etwas auf-, verschieben. | **le lendemain:** folgender Tag, Tag darauf. – Variante: »Ce qu'aujourd'hui tu peux faire, / Au lendemain ne diffère.« D: »Was du heute kannst besorgen, das verschiebe nicht auf morgen.« E: »Never put off till tomorrow what you can do (may be done) today.« Das Problem des Aufschiebens bzw. Vertagens ist seit der Antike durchaus unterschiedlich gesehen worden: Talleyrand (1754–1838), der große Diplomat, z. B. empfahl: »Il ne faut jamais faire le jour même ce que l'on peut remettre au lendemain.« Vor allem sollte man nicht übereilt und unter Druck handeln.

342 Il ne faut pas remuer l'ordure.

remuer qc: etwas aufwühlen. | **une ordure:** Schmutz, Dreck. – Variante: »Plus on remue l'ordure (la boue), (et) plus elle pue« (*puer:* stinken). Auffällig die Verlagerung des organischen Schmutzes ins Moralische: Je mehr man die Hintergründe einer üblen Affäre ergründet, desto mehr stößt man auf schändliche Details; mitgedacht die Kehrseite der schon in der Antike verbreiteten Erfahrung: Wer die Wahrheit um jeden Preis erfahren will, riskiert sich dabei selbst zu ›verbrennen‹. D: »Je mehr man im Dreck rührt, desto mehr stinkt er.« E: »The more you stir, the more it stinks.« L: »Irritare canem noli dormire volentem.« Vgl. auch Nr. 343.

343 Il ne faut pas (r)éveiller (Ne réveillez pas) le chat (le chien) qui dort.

D: »Schlafende Hunde soll man nicht wecken.« E: »Let sleeping dogs lie.« Sinn: Man sollte vermeiden, die Aufmerksamkeit von Personen zu erregen, die einem schaden könnten. Einmal zur Ruhe gekommen, sollte man klugerweise nicht auf Gefahren aufmerksam machen.

344 Il ne faut pas scier la branche de l'arbre sur lequel on est assis.

scier qc: etwas (ab)sägen. – D: »Es sägt niemand gern den Ast ab, auf dem er sitzt.« E: »Don't cut the bough you are standing on.« Man beraubt sich selbst eines Vorteils, wenn man jemanden angreift, von dem man profitieren kann.

345 Il ne faut pas se fier à qui entend deux messes.

se fier à qn: jdm. trauen, vertrauen. – Warnung vor bigotten »Frömmlern«, die scheinheilig und übertrieben viel machen. E: »All are not saints that go to church.«

346 Il ne faut pas se fier aux apparences.

une apparence: Aussehen, Äußeres. – Variante: »Les apparences sont (souvent) trompeuses.« D: »Der Schein trügt.« E: »Appearances are deceptive.« / »Never judge from appearances.« L: »Fallitur visus.« / »Fronti nulla fides.«

347 Il ne faut pas se moquer des chiens avant d'être sorti du village (que l'on ne soit hors du village).

D: »Man soll nicht jubeln, ehe man über den Graben ist.« / »Man soll den Tag nicht vor dem Abend loben.« E: »Don't halloo till you are out of the wood.«

348 Il ne faut pas trop tirer sur la corde.

tirer sur une corde: an einem Strick ziehen; (fig.) übertreiben, einen Vorteil übermäßig ausnützen. – Variante: »Trop tirer rompt la corde.« D: »Wenn man den Bogen überspannt, dann bricht er.«

349 Il ne faut pas tuer la poule pour avoir l'œuf.

la poule: Henne, Huhn. –Variante: »Il ne faut pas tuer la poule aux œufs d'or.« D: »Besser heute ein Ei als morgen die Henne.« E: »Don't kill the goose that lays the golden eggs.« Alles verlieren, um alles zu gewinnen, ist eine uralte Erfahrung der Habsüchtigen, die in ihrer Gier nach mehr auch das einbüßen, was sie bereits in Händen haben. Wie man die Quelle des Reichtums zum Versiegen bringt (indem man die Henne schlachtet, die goldene Eier legt), nur um einen kleinen Vorteil zu erhaschen, hat La Fontaine glänzend illustriert in der »belle leçon« der Fabel *La Poule aux œufs d'or* (V,13), die auf den antiken Fabeldichter Äsop zurückgeht.

350 Il ne faut pas (jamais) vendre la peau de l'ours avant de l'avoir tué.

un ours: Bär. – Variante: » Il ne faut pas vendre la peau de l'ours avant qu'on ne l'ait mis à terre.« D: »Man soll nicht das Fell des Bären verkaufen, bevor man den Bären hat.« / »Man soll den Tag nicht vor dem Abend loben.« E: »Don't count your chickens before they are hatched.« / »Don't cry herrings till they are in the net.« Auch hierzu gibt es eine meisterhafte, schon bei Äsop vorhandene Fabel von La Fontaine, *L'Ours et les deux compagnons* (V,20). Vgl. auch Nr. 317.

351 Il ne faut point mettre le feu où il n'y a pas d'eau.

mettre le feu: ein Feuer legen. – D: »Es ist bald ein Feuer angeblasen, aber nicht sobald gelöscht.« Feuer/Wasser gehört zu den stereotypen Oppositionen in der Welt der SW. Sinn: Man soll sich davor hüten, Streit und Zwietracht zu schüren, wenn man nicht sicher ist, schlichten zu können – ein weiser Rat insbesondere mit Bezug auf eheliche Verhältnisse.

352 Il ne faut qu'une (Il suffit d'une) brebis galeuse pour gâter (tout) un troupeau.

la brebis: Schaf. | **galeux, -euse:** räudig. | **gâter:** verderben; hier: anstecken. – D: »Ein räudiges Schaf steckt die ganze Herde an.« E: »One scabbed sheep infects the whole flock.« L: »Pomum compunctum cito corrumpit sibi junctum.« Sinn: Ein einzelner (abartiger, widerlicher) Mensch kann eine ganze Gesellschaft verderben.

353 Il ne sert à rien de pleurer sur le lait répandu.

pleurer sur qc: etwas beklagen. | **répandu, e:** vergossen, verschüttet. – Variante: »Le vin répandu ne sera pas recueilli.« D: »Wer um Verlorenes weint, verschwendet seine Tränen.« / »Hin ist hin, verloren ist verloren.« E: »It is no use crying over spilt milk.«

354 Il suffit d'une étincelle pour allumer un incendie.

une étincelle: Funke. | **allumer qc:** etwas anzünden, entfachen. | **un incendie:** (Groß-)Brand. – D: »Aus einem kleinen Fünklein kann ein großes Feuer werden.« E: »A single spark can start a prairie fire.« L: »Parva scintilla magnum saepe excitat incendium.« Vgl. auch Nr. 698. Eines der zahlreichen Beispiele für die Disproportion zwischen (kleiner) Ursache und (großer) Wirkung.

355 Il vaut mieux absoudre un coupable que condamner un innocent.
Cf. die häufige Variante: Mieux vaut …

absoudre qn: (jur.) jdn. freisprechen. – D: »Besser zehn Schuldige lossprechen als einen Unschuldigen verdammen.« In Voltaires Roman *Zadig ou la destinée* (1747) verkündet die Hauptfigur, den Propheten Zarathustra zitierend: »Il vaut mieux hasarder de sauver un coupable que de condamner un innocent.«

356 Il vaut mieux avoir affaire (s'adresser) à Dieu qu'à ses saints (ministres).

avoir affaire à qn: es mit jdm. zu tun haben. | **le saint:** hier: Untergebener (*le saint / la sainte:* Heilige[r]). – Variante: »Il vaut mieux prier Dieu que ses saints.« Sinn: Es ist besser, sich gleich an die oberste Stelle, den Vorgesetzten, zu wenden, als an in der Hierarchie Untergebene. E: »Always deal with the top man.« / »Better to speak to the master, than the man.«

357 Il vaut mieux être jeune, riche et en bonne santé que vieux, pauvre et malade.

Diese Binsenweisheit erreichte in empirischen Befragungen einen hohen Bekanntheitsgrad.

358 Il vaut mieux être le dernier au ciel que le premier en enfer.

D: »Lieber unter den Letzten der Erste als unter den Ersten der Letzte.« / »Die Letzten werden die Ersten sein« E: »The first shall be the last.« Zum biblischen Hintergrund dieses sprichwörtlichen Denkens des Gegensätzlichen vgl. Nr. 584. Ein Reicher wird nach biblischer Lehre schwer ins Himmelreich, zur Schar der Gerechten, kommen, sondern dank seiner Entscheidung (im Leben) ins Reich der ewig Verdammten. Die Bibel lehrt: »Wer der Erste sein möchte, der sei der Letzte und der Diener aller« (Mark. IX,35).

359 Il vaut mieux être marteau qu'enclume.

une enclume: Amboss. – Für das schon in der Antike bekannte SW gibt es mehrere Varianten für eine Lebenssituation, in der man nicht verhindern kann, anderen wehzutun oder selbst Schmerz zu erleiden; in der man, mit anderen Worten, in bedrängter Lage zwischen zwei Stühlen = Übeln sitzt. D: »Lieber Hammer als Amboss«, d. h. Henker statt Opfer, Schläger statt Geschlagener, ein Drittes gibt es nicht. E: »One must be either hammer or anvil.«

360 Il vaut mieux être seul que mal accompagné (qu'en mauvaise compagnie).

la compagnie: Gesellschaft. – D: »Besser allein als in böser (schlechter) Gesellschaft.« E: »Better alone than in bad company.«

361 Il vaut mieux faire envie que pitié.

faire envie (f.) / **pitié** (f.): Neid/Mitleid erregen, erwecken. – D: »Besser beneidet als bemitleidet.« / »Besser zehn Neider als ein Mitleider.« E: »Better be envied than pitied.« L: »Praestat invidos habere quam misericordiam.«

362 Il vaut mieux perdre un bon mot qu'un ami.

le bon mot: geistreiche, witzige Bemerkung. – Der Tadel der Spötter, die glänzen möchten zum Schaden anderer, ist ein »Gedanke« des Philosophen Pascal (»diseur de bons mots, mauvais caractère«), den der Moralist La Bruyère im Kapitel »De la cour« seiner *Caractères* (1688) zitiert und sozialkritisch kommentiert. Vgl. auch Nr. 568.

363 Il vaut mieux plier que rompre.

plier: biegen. | **rompre:** brechen. – D: »Besser biegen als brechen.« / »Was nicht biegen will, muss brechen.« Dass es besser ist, Zugeständnisse zu machen, statt sich im Widerstand zu widersetzen, lehrt das Schilfrohr in der bekannten Fabel von La Fontaine *Le Chêne et le roseau* (I,22). E: »Better bend than break.«

364 Il vaut mieux prévenir que guérir.

prévenir qc: einer Sache vorbeugen. | **guérir:** heilen. – D: »Vorbeugen ist besser als heilen.« E: »Prevention is better than cure.« L: »Praestat cautela quam medela.« Über den Krankheitsfall hinaus betont das SW die allgemeine Bedeutung der Vorsorge und Voraussicht. D: »Vorsicht ist besser als Nachsicht.«

365 Il vaut mieux se fier à ses yeux qu'à ses oreilles.

se fier à qc: sich auf etwas verlassen; auf etwas vertrauen. – Eine auch juristisch relevante Beobachtung, dass man sicherer ist bei dem, was man sieht, als bei dem, was man hört. D: »Sehen geht vor Hörensagen.« / »Die Augen glauben sich selbst, die Ohren andern Leuten.« E: »One eyewitness is better than ten ear-witnesses.« Vgl. auch Nr. 897.

366 Il vaut mieux tenir que courir.

D: »Was man hat, hat man.« / »Ein Haben ist besser als zwei Kriegen.« E: »Better to have than to wish.« / »Quit not (Never quit) certainty for hope.« Vgl. auch Nr. 611 u. 896.

367 Il y a beaucoup d'appelés mais peu d'élus.

un appelé / une appelée: Berufene(r) (hier bibl.). | **un élu / une élue** (v. *élire*): Gewählte(r); (fig. bibl.) Auserwählte(r). – D: »Viele sind berufen, wenige aber auserwählt« (Matth. XX,16). E: »Many are called but few were chosen.« Vgl. Nr. 358 u. 562. Der biblisch-paradiesische Hintergrund ist im heutigen SW-Gebrauch verblasst.

368 Il y a folie à tout âge.

la folie: Narrheit, Torheit. – Variante: »On fait des folies à tout âge.« D: »Alter schützt vor Torheit nicht.« E: »There is no fool like an old fool.« Vgl. auch Nr. 158.

369 Il y a loin de la coupe aux lèvres.

la coupe: Schale, Pokal. – Variante: »Entre la coupe et les lèvres il y a place pour un malheur.« D: »Zwischen Becher und Gaum' / Ist ein großer Raum.« / »Es ist noch nicht aller Tage Abend.« E: »There's many a slip 'twixt (arch. = zwischen) cup and lip.« / »From words to deed is a great space.« Sinn: Auf dem Weg zur Realisierung eines Planes gibt es oft unerwartete Hindernisse und Störungen. Das SW ist eine Anspielung auf die Sitte der Römer, halb liegend auf einem »Bett« zu speisen und zu trinken.

370 Il y a remède à tout, hors à la mort.

le remède: Arznei, Heilmittel. | **hors** (prép.): außer, mit Ausnahme von. – Variante: »Contre la mort point de remède.« D: »Gegen den Tod ist kein Kraut gewachsen.« E: »There is a remedy for everything except death.« L: »Contra vim mortis. / Non est medicanem in hortis.«

371 Il y a toujours un diable pour empêcher la procession de passer.

la procession: feierlicher, bes. kirchlicher (katholischer) Umzug. – Sinn: Wie der Teufel als Widersacher Gottes, gibt es auch im Leben immer wieder Menschen, die sich anderen in den Weg stellen und eine gute Sache zu verhindern suchen, denn, wie ein anderes SW sagt: »Le diable ne dort jamais.«

372 Il y a un commencement à tout.

D: »Es muss ein Ding einen Anfang haben.« E: »Every thing has a beginning.« / »There is always a first time.« Aber auch das Gegenteil ist sprichwörtlich: »Il y a une fin à tout.« D: »Alles hat einmal ein Ende.« / »Wo ein Anfang ist, muss auch ein Ende sein.« E: »Every thing has (must have) an end.«

373 Il y a un Dieu pour les ivrognes.

un/une ivrogne: Trunkenbold, Trinker(in). – Sinn: So wie die göttliche Vorsehung nach theologischer Auffassung für den Lebensunterhalt aller Kreaturen, Menschen wie Tiere, sorgt, gibt es auch einen besonderen Schutz für diese Randgruppe der Gesellschaft, der sie vor Unheil bewahrt. E: »God sends fortune to fools.« / »Heaven protects children, sailors and drunken men.« Eine frühere, weitergehende Fassung findet sich in Marguerite de Navarres Novellensammlung *L'Heptaméron* (1559): »Dieu aide toujours aux fous, aux amoureux et aux ivrognes.« Vgl. auch Nr. 420.

374 Il y a un temps de parler et un temps de se taire.

Variante: »Chaque chose a son temps.« Die biblische Quelle steht im Prediger Salomo: »Ein Jegliches hat seine Zeit« (III,3). D: »Schweigen und Reden hat seine Zeit.« E: »There is a time for all things.« / »There is a time to speak and a time to be silent.« Eine verallgemeinernde opportunistische Wendung lautet: »Selon le temps, la manière.«

375 Impossible n'est pas français.

Ein imagologisches Selbstbildnis der Franzosen, das man allenfalls übersetzen kann. Das anekdotisch aufbereitete »mot historique« wird allgemein Napoleon (1813) zugeschrieben. Das SW wird heute zumeist ironisch verwandt als angeblicher Teil des französischen Nationalcharakters. Vgl. Nr. 17. D: »Es ist nichts unmöglich.« E: »Nothing is impossibile to a willing heart.« Dagegen steht das juristische Dictum: »À l'impossible nul n'est tenu.« D: »Unmögliches kann man von niemandem verlangen.« L: »Impossibilium nulla obligatio est.« / »Ad impossibilia nemo obligatur.«

J

376 Jamais bon (vieux) chien n'aboie à faux.

aboyer: bellen, anschlagen. | **à faux** (loc. adv.): ohne Grund. – D: »Ein alter Hund bellt nie umsonst.« / »Wenn ein alter Hund bellt, soll man hinaussehen.« E: »When the old dog barks, he gives counsel.« Sinn: Ein erfahrener, umsichtiger Mensch wird nicht ohne Grund böse und nur zur richtigen Zeit geeignete Abwehrmittel ergreifen.

377 Jamais deux sans trois.

D: »Aller guten Dinge sind drei.« E: »Third time lucky.« / »Three is a magic number.« Die elliptische Konstruktion tradiert einen alten zahlenmystischen Aberglauben, demzufolge etwas, das sich zweimal ereignet hat, auch ein drittes Mal eintreten wird.

378 Jeunesse n'a pas de sagesse.

D: »Jugend hat keine Tugend.« E: »Boys will be boys.« / »You must not expect old heads on young shoulders.« L: »Juventus, ventus.« Vgl. auch Nr. 380 u. 819.

379 Jeunesse oiseuse, vieillesse disetteuse.

oiseux, -euse: müßig, untätig. | **disetteux, -euse** (vx.): arm, dürftig, notleidend. – Variante: »Jeunesse paresseuse, / Vieillesse pouilleuse« (*paresseux, -euse:* faul; *pouilleux, -euse:* armselig, verlaust). D: »Vom Müßiggehen wird man selten reich.« / »Faule Jugend, lausig(es) Alter.« E: »An idle youth, a needy age.« L: »Senem iuventus pigra mendicum creat.« Die positive Konsequenz für das Alter lautet: »On doit quérir en jeunesse dont on vive en la vieillesse« (*quérir*, litt.: holen). D: »Jugendfleiß belohnt sich im Alter.«

380 Jeunesse rêve, vieillesse décompte.

décompter (v. itr.): seine Erwartungen einschränken; (fig.) abrechnen. Sinn: Die Jugend lebt von Hoffnungen, das Alter von Erinnerungen.

381 Jeu(x) de main(s), jeu(x) de vilain(s).

le vilain: Tölpel, gemeiner Mensch (zum komisch-niederen Stand gehörend). – D: »Faustspiel, garstiges Spiel (Bauernspiel).« / »Wenn zwei sich puffen und knuffen, so artet es leicht in eine Rauferei aus.« E: »Manual jokes are clown jokes.« / »Rough play is low.« Ein frühes Beispiel dafür, dass Spiele häufig böse enden. Das SW konserviert eine Reminiszenz an mittelalterliche »vilains« (also Lümmel, Grobiane aus dem einfachen Volk), deren handgreifliche Streitigkeiten (ohne Waffen!) im Allgemeinen zu Prügeleien ausarteten. Die ursprüngliche Warnung vor der Anwendung unstandesgemäßer körperlicher Gewalt ist heute als Spielmetapher auch sexuell negativ konnotiert.

L

382 L'absence est l'ennemie de l'amour.

Kontrovers sind die Meinungen über die Bedeutung von Trennung und Abwesenheit. Überstehen sie eine flüchtige Liebschaft oder sind sie eine Probe für große Leidenschaft? Der Moralist La Rochefoucauld meinte: »L'absence diminue les médiocres passions, et augmente les grandes, comme le vent éteint les bougies, et allume le feu« (Nr. 276 seiner *Maximes*, 1664). D: »Abwesenheit ist eine Feindin der Liebe.« E: »Long absent, soon forgotten.« / »Absence makes the heart grow fonder.« Vgl. die hübsch erzählte Geschichte von La Fontaine in der Fabel *Les deux pigeons* (IX,2). Vgl. auch Nr. 592.

383 L'air ne fait pas la chanson.

un air: hier: Melodie (*avoir l'air:* scheinen). – Ein aus dem 19. Jh. stammendes Wortspiel mit der Doppelbedeutung von »air«. Ein »chanson« besteht aus »air« und »paroles«; der Anschein, der äußere Schein kann trügen, garantiert noch nicht das Sein; daher die Wendung: »Il en a l'air et la chanson«, d. h.: Er ist so wie er scheint. E: »All are not hunters that blow the horn.«

384 L'amour est aveugle.

D: »Die Liebe ist blind (und macht blind).« E: »Love is blind.« L: »Amor caecus.« / »Nemo in amore videt.« Die ikonografisch oft mit verbundenen Augen dargestellte Blindheit ist schon in der Antike belegt. Bei Platon (*Nomoi* = *Gesetze* Nr. 731e) ist zu lesen, dass die Eigenliebe die Augen trübe (mit positiven wie negativen Folgen); dass jeder Mensch von Natur aus sich selbst liebe und dass er wegen der starken Liebe zu sich selbst gegen das, was er liebt, verblendet sei.

385 L'amour est mêlé de miel et de fiel.

le miel: Honig; (fig.) Süße, Süßigkeit. | **le fiel:** Galle; (fig.) Bitterkeit, Falschheit, Hass. – Varianten: »Nul miel sans fiel.« / »Bouche (langue) de miel, cœur de fiel.« D: »Honig im Mund, Galle im Herzen.« / »Kein Honig ohne Gift.« L: »Mel in ore, fel in corde.« E: »A honey tongue is a heart of gall.«

386 L'amour fait passer le temps et le temps fait passer l'amour.

passer qc: etwas vertreiben. – Durch die Überkreuzung syntaktischer und semantischer Satzglieder entsteht ein die gedankliche Antithese ausdrückendes rhetorisches Wortspiel (Chiasmus). E: »Love is the fruit of idleness.«

387 L'âne frotte l'âne.

un âne: Esel. | **frotter qn:** jdn. frottieren, reiben. – D: »Ein Esel reibt sich gern an einem Esel.« / »Zwei Dummköpfe loben sich gegenseitig.« E: »You scratch my back, I'll scratch yours.« L: »Asinus asinum fricat.« Vgl. Nr. 900. Hinzuweisen ist auch auf die hübsche Eselsgeschichte in La Fontaines Fabel *Le Lion, le singe, et les deux ânes* (XI,5).

388 L'appétit vient en mangeant.

Das sehr bekannte SW wird auch heute noch sowohl im konkreten, eigentlichen Sinn gebraucht wie in der figürlichen, übertragenen Bedeutung, wenn auch letztere häufiger ist im Sinne von »Plus on a, plus on veut avoir.« In Rabelais' *Gargantua* (1534) ist die Wendung belegt mit der Ergänzung: »… et la soif s'en va en buvant.« E: »Appetite comes with eating.« / »The more you have the more you want.«

389 L'arbre ne tombe pas du premier coup.

Variante: »D'un seul coup ne s'abat un chêne.« Sinn: Man braucht viel Mühe und Anstrengung, um in einer Sache zum Erfolg zu kommen. D: »Ein Baum fällt nicht von einem Streich.« / »Es fällt keine Eiche / Vom ersten Streiche.« E: »An oak is not felled at one stroke.« L: »Arbor per primum quaevis non corruit ictum.«

390 L'arbre tombe toujours du côté où il penche.

pencher à (v. itr.): zu etwas neigen, tendieren; einen Hang zu etwas haben. – Variante: »On tombe toujours du côté où l'on penche.« Sinn: Der Mensch handelt oft nach seinen Neigungen und Vorlieben. D: »Wo der Baum hinfällt, da liegt er auch.« / »Wie man sich bettet, so liegt man.« E: »The thread breaks where it is weakest« (vgl. Prediger Salomo XI,3).

391 L'argent attire l'argent.

Varianten: »L'argent va à l'argent.« / »L'argent appelle l'argent.« Die zahlreichen Geld-SW sind von außerordentlicher Aktualität. D: »Wo Geld ist, kommt (will) Geld hin.« »Geld will zu Geld« (sagt man von Geldheiraten). E: »Money makes (begets) money.« L: »Nummus nummum parit.« Die Liebe zum Geld sei eine Wurzel aller Übel, schreibt Paulus im ersten Brief an Timotheus (VI,10). Aus der Bibel stammt auch die ironische Verwendung eines Gleichnisses beim Evangelisten Matthäus: »Wer da hat, dem wird gegeben, dass er die Fülle habe.«

392 L'argent est le nerf de la guerre.

le nerf: Nerv; (fig.) Kraft, Energie. – D: »Geld regiert die Welt.« / »Geld ist der nervus rerum.« E: »Money is the sinews of war.« Der französische Ministerpräsident Georges Clemenceau soll diesen Satz 1917 in der Nationalversammlung gesagt haben. Die Erfahrung, dass Geld das Mittel zu allem sei, ist aber schon bei dem Römer Cicero mehrfach belegt: L: »Nervi belli pecunia infinita.« / »Pecunia est nervus rerum (belli).«

393 L'argent est un bon serviteur, et (mais c'est) un mauvais maître.

le serviteur: Diener. | **le maître:** Herr, Gebieter. – D: »Geld ist ein guter Diener, aber ein schlechter Herr.« E: »Money is a good servant, but a bad master.« L: »Pecuniae imperare oportet, non servire« (Seneca). / »Imperat aut servit collecta pecunia cuique« (Horaz). Man müsse dem Geld gebieten, nicht gehorchen; steht auch im Vorwort des berühmten Romans *La Dame aux camélias* von Alexandre Dumas fils (1848), der den Stoff für Verdis Oper *La Traviata* (1853) geliefert hat.

394 L'argent n'a pas d'odeur.

D: »Geld stinkt nicht.« / »Gewinn riecht gleich gut aus jeder Ware.« E: »Money has no smell.« L: »(Pecunia) Non olet.« Das berühmte SW geht anekdotisch auf den römischen Kaiser Vespasian (9–79) zurück, der eine »anrüchige« Urinsteuer auf die Benutzung öffentlicher Toiletten (vgl. frz. »la vespasienne«) eingeführt hatte, was er gegenüber seinem Sohn begründen musste.

395 L'argent ne fait pas le bonheur.

Eine Fülle von SW hat die Geld-Metapher zum Thema. Das Original wird häufig zitiert mit einem kritischen, utilitaristischen Zusatz: »... mais il y contribue«. D: »Geld allein macht nicht glücklich.« E: »Money doesn't buy happiness.« / »Money isn't everything.« Es gibt aber auch eine ganz andere proverbiale ›Wahrheit‹: »On ne peut pas vivre sans argent.« / »Faute d'argent c'est douleur sans pareil.«

396 L'assassin revient toujours sur les lieux de son crime.

un assassin: Mörder(in). – D: »Den Mörder treibt es immer an den Ort der Tat.« Eine literarische Variante findet man in Jean Giraudoux' Komödie *Intermezzo* (1933): »Le criminel revient toujours au lieu de son crime« (I,5).

397 L'avenir (Le monde, Paris) appartient à ceux qui se lèvent tôt.

Varianten: »Paris (La fortune) appartient à ceux qui se lèvent tôt.« / »A bon gain / Qui se lève matin.« D: »Morgenstund(e) hat Gold im Mund(e)« (SW mit sehr hoher Frequenz). E: »The early bird catches the worm.« L: »Aurora musis amica.« Vgl. auch Nr. 262. Das SW aus dem 19. Jh. empfiehlt, möglichst früh zu beginnen, wenn man zu Erfolg kommen will.

398 L'eau va (toujours) à la rivière.

D: »Wer hat, dem wird gegeben.« / »Alle Wasser laufen ins Meer« (Prediger Salomo I,7). E: »Much will have more.« Dass der Reichtum zu denen kommt, die schon reich sind, kommt in einer Kombination von Wasser- und Geldmetaphorik zum Ausdruck: »L'eau va à la rivière comme l'argent au millionnaire.«

399 L'écriture est la science des ânes.

Der Esel, eine beliebte Figur der proverbialen Metaphorik, gilt als Symbol für Dummheit und Ignoranz. In der Tat ist derjenige ein Esel, der seine eigene Schrift nicht mehr lesen kann, wie in einem SW verlautet: »Il est bien âne de nature, qui ne peut lire son écriture.«

400 L'enfer est pavé de bonnes intentions.

être pavé, e de: gepflastert sein mit. – D: »Der Weg zur Hölle ist mit guten Vorsätzen gepflastert.« E: »Hell is full of good meanings and wishes (is paved with good intentions).« Die genaue Herkunft des SW ist nicht gesichert (Bernhard von Clairvaux [12. Jh.]?) Nach christlicher Lehre hat jeder Sünder, auch wenn er noch so schlecht wäre, den Wunsch zur Besserung, Läuterung. In weltlicher Sicht führen gute Absichten und Beschlüsse oft zu abscheulichen Ergebnissen.

401 L'ennui est le père de tous les péchés.

un ennui: Langeweile, Müßiggang; Überdruss. | **le péché:** Sünde; (fig.) Schwäche. – Eher eine moralische Maxime aus alter Zeit als ein SW, daher von einigen Moralisten sehr kritisch gesehen, war sie doch schon bei den Römern Quelle von Ausschweifungen und Lastern. Vgl. auch Nr. 424. E: »If you are bored, work, it is the only remedy for this terrible evil.« Zur doppelten Bedeutung von *otium* = Muße, Ruhe, Langeweile heißt es in den *Propos sur le bonheur* (1925) des französischen Philosophen Alain: »L'Oisiveté est mère de tous les vices, mais de toutes les vertus aussi« (S. 133). L: »Otia dant vitia.« D: »Müßiggang ist aller Laster Anfang.«

402 L'erreur est humaine.

Varianten: »L'erreur n'est pas (ne fait pas) compte.« / »Tout homme est faillible.« D: »Irren ist menschlich.« / »Irrtum ist verzeihlich.« E: »To err is human, to forgive divine.« L: »Errare humanum est« (Seneca). Vgl. auch Nr. 625 u. 852.

403 L'espoir est souvent une chimère.

la chimère: (myth.) Chimäre, (fig.) Wahnbild, Hirngespinst. – Varianten: »On est souvent dupé par l'espoir.« / »Tel qui vit d'espoir meurt à jeun.« D: »Hoffen und Harren macht manchen zum Narren.« / »Wer von Hoffnung lebt, stirbt vor Hunger.« E: »Who lives by hope will die by hunger.« L: »Fallitur augurio spes bona saepe suo« (Ovid).

404 L'espoir fait vivre.

Variante: »Tant qu'il y a de la vie, il y a de l'espoir.« D: »Die Hoffnung erhält das Leben.« / »So lange ich atme, hoffe ich.« E: »While there is life, there's hope.« L: »Dum spiro, spero.«

405 L'esprit court les rues.

courir les rues: in aller Munde, überall zu finden sein. – Variante: »L'esprit, cela ne court pas les rues.« Kritische Warnung vor geistreichem Gebahren und intellektueller Pseudotiefe, die Montesquieu in seinen *Pensées* verspottet: »Quand on court après l'esprit on attrape la sottise.« »Que les gens d'esprit sont bêtes!« verkündet gleich in der ersten Szene Suzanne, die kluge Verlobte Figaros, in Beaumarchais' *Le Mariage de Figaro* (1784).

406 L'esprit est prompt mais la chair est faible.

prompt, e: rasch, flink; schnell begreifend. | **la chair:** Fleisch, Leib, Körper. – D: »Der Geist ist willig, aber das Fleisch ist schwach« (nach Matth. XXVI,41). E: »The spirit is willing but the flesh is weak.« L: »Spiritus quidem promptus est, caro autem infirma« (Matth., ebd.). Nach Seneca kann uns auch die Leidenschaft der Liebe zum Sklaven des Fleisches machen.

407 L'exactitude est la politesse des rois.

D: »Pünktlichkeit ist die Höflichkeit (Tugend) der Könige.« E: »Punctuality is the politeness of kings.« Der historische Satz wird Ludwig XVIII. (1814–24), einem eher schwachen Herrscher, zugeschrieben.

408 L'exception confirme la règle.

une exception: Ausnahme. | **confirmer qc:** etwas bestätigen. – D: »Ausnahmen bestätigen die Regel.« / »Keine Regel ohne Ausnahme.« E: »The exception proves the rule.« L: »Exceptio firmat (probat) regulam in casibus non exceptis.« Der lateinische Zusatz ist ein Hinweis darauf, dass es sich um ein altes Rechts-SW handelt.

409 L'excès de justice est excès d'injustice.

un excès: Übermaß, Unmaß. – Variante: »Justice extrême est extrême injustice.« D: »Das strengste Recht – das größte Unrecht.« E: »More than enough breaks the cover.« / »If in excess, even nectar is a poison.« L: »Vitiosum est ubique, quod nimium est« (Seneca). Vgl. Nr. 410.

410 L'excès en tout nuit (est un défaut).

D: »Allzu viel ist ungesund.« / »Alles mit Maß(en).« E: »Moderation in all things.« / »Enough is enough.« L: »Modus omnibus rebus, soror, optimum est habitus« (Plautus). Das richtige Maß, Mitte und Mäßigung sind ein häufiges Thema der SW.

411 L'exercice fait le maître.

D: »Übung macht den Meister.« / »Übung ist der beste Schulmeister.« E: »Practice makes perfect.« L: »Exercitatio artem parat« (Tacitus). / »Usus magister est optimus« (Cicero). Vgl. auch Nr. 110 u. 903.

412 L'habit, c'est (fait) l'homme.

Es geht wieder – wie so oft in den SW – um Schein oder Sein, Aussehen oder Ansehen, was ihr hohes Alter unterstreicht. D: »Kleider machen Leute.« / »Das Kleid macht den Mann.« E: »The garment makes the man.« / »The tailor makes the man.« L: »Vestis virum reddit (facit)« (Erasmus). Vgl. auch Nr. 413.

413 L'habit ne fait pas le moine.

D: »Die Kutte macht keinen Mönch.« E: »The cowl doesn't make the monk.« / »Fine clothes do not make the gentleman.« L: »Cucullus non facit monachum.« Vgl. auch Nr. 325 u. 383. Sinn: Man soll die Menschen nicht nach dem Äußeren beurteilen. Z. B. hält man den für fromm, der eine Kutte trägt.

414 L'habitude est une seconde nature.

une habitude: Gewohnheit. – Variante: »La coutume est une autre nature.« D: »Gewohnheit ist die andere (wird zur zweiten) Natur.« E: »Habit (custom) is a second nature.« L: »Consuetudo est (quasi) altera natura« (Cicero). Vgl. auch Nr. 417. Sinn: Zwischen Kultur und Natur wächst in uns eine identitätstiftende Einheit von angeborenen und gewohnheitsmäßig erworbenen Fähigkeiten. Es ist daran zu erinnern, dass nach dem Römischen Recht Gewohnheit zum förmlichen Gesetz werden konnte. In den *Pensées* diskutiert Pascal die Frage, weshalb die Gewohnheit (bei ihm »la coutume« vgl. II,93) nicht natürlich sein solle.

415 L'herbe est toujours plus verte dans le pré voisin.

D: »Nachbars Weizen steht immer besser.« E: »The grass is always greener on the other side.« Das SW ist erst um 1900 entstanden.

416 L'histoire est un perpétuel (éternel) recommencement.

Variante: »L'histoire se répète.« Das SW ist eine wörtliche Übersetzung einer Geschichtstheorie des Griechen Thukydides (5. Jh. v. Chr.) in seiner *Geschichte des Peloponnesichen Krieges.* D: »Die Geschichte wiederholt sich.« E: »History repeats itself.«

417 L'homme est un être d'habitudes.

une habitude: Gewohnheit. – D: »Der Mensch ist ein Gewohnheitstier« (E: »creature of habits«). Witzige Sentenz, die im Umkreis des Schriftstellers Gustav Freytag (1816–95) aufgekommen sein soll. Man könnte naturgeschichtlich nachgewiesene ritualisierte Normen sozialen Verhaltens diskutieren. Vgl. auch Nr. 414.

418 L'homme est un loup pour (à) l'homme.

D: »Ein Mensch ist des andern Wolf.« E: »Man is a wolf to man.« L: »Homo homini lupus (est).« Der Satz aus der Eselskomödie *Asinaria* von Plautus (250–184 v. Chr.) ist berühmt geworden durch Hobbes in seinem staatsphilosophischen Hauptwerk *Leviathan* (1651).

419 L'homme ne vit pas seulement de pain.

Wörtliche Übernahme aus dem Matthäus-Evangelium (IV,4). D: »Der Mensch lebt nicht von Brot allein« (sondern er braucht auch geistige Nahrung). E: »Man does not live by bread alone.«

420 L'homme propose, et Dieu dispose.

D: »Der Mensch denkt und Gott lenkt.« E: »Man proposes, God disposes.« L: »Homo proponit, sed Deus disponit.« Das auf die Bibel zurückgehende SW (Sprüche Salomos XVI,9 u. Jeremias X,23) hat eine selten gekannte homogene Internationalisierung erfahren. In der christlichen Literatur des Mittelalters spielte der Spruch eine zentrale Rolle (z. B. in der *Imitatio Christi* des Thomas von Kempen [1424]). Heute wird der Spruch häufig ironisch verwendet, wenn es anders kommt, als man es sich wünscht. Dazu ist B. Brecht in dem Antikriegsstück *Mutter Courage* (1939) eine tiefgründige Variation eingefallen, die lediglich durch Veränderung der Interpunktion die ursprüngliche Aussage ins genaue Gegenteil verkehrt: »Der Mensch denkt: Gott lenkt. / Keine Rede davon.«

421 L'hôte et la pluie, après trois jours ennuient.

un hôte: Gast. – Varianten: »La pluie, le vent et les parents, / Après trois jours sont ennuyants.« / »Hôte et poisson après trois jours sont puants.« D: »Dreitägiger Gast ist eine Last.« / »Ein seltener Gast fällt nie zur Last.« E: »Fish and guests stink after three days.« L: »Post tres saepe dies vilescit piscis et hospes.« Ein Beispiel der seltenen Verbindung von Mensch und Natur in einem SW, das auch als ein Dicton angesehen werden kann.

422 L'ignorance est toujours prête à s'admirer.

D: »Dummheit und Stolz wachsen auf einem Holz.« E: »Ignorance is the mother of impudence.«

423 L'occasion fait le larron.

le larron: Dieb. – D: »Gelegenheit macht Diebe.« E: »Opportunity makes a (the) thief.« L: »Occasio facit furem.« Sinn: Der Zufall lässt uns tadelnswerte Handlungen begehen, und besondere Umstände können zu unbedachten Aktionen verleiten.

424 L'oisiveté est (la) mère de tous les vices.

une oisiveté: Müßiggang, Nichtstun, auch: Muße. | **le vice:** Laster. – D: »Müßiggang ist aller Laster Anfang.« E: »Idleness is the root of all evil.« L: »Omnium malorum origo otium.« / »Nihil agendo homines male agere discunt.« Das Vorurteil ist schon in der Bibel angelegt: »l'oisiveté enseigne tous les mauvais tours.«, heißt es im Sirach/Ecclesiasticus (XXX,28). Das SW steht wörtlich so in den *Propos sur le bonheur* des Kulturphilosophen Alain (eigtl. Émile Chartier, 1868–1951), der allerdings hinzufügt: » … mais de toutes les vertus aussi« (ganz im Sinne der römischen Idee von *otium cum dignitate:* Muße, verbunden mit Würde).

425 L'on ne peut servir ensemble et Dieu et le Diable.

D: »Niemand kann zwei Herren dienen (…) ihr könnet nicht Gott dienen und dem Mammon« (wörtlich nach Matth. VI,24). E: »No man can serve two masters.« / »You cannot serve God and Mammon.« L: »Nemo potest dominis pariter servire duobus.« Sinn: Der Mensch müsse wissen, was ihn gut macht, ihm zum guten Ziel verhilft.

426 L'opinion est la reine du monde.

D: »Die Meinung [gemeint: ›l'opinion publique‹ = die öffentliche Meinung] ist die Königin der Welt.« Das seit Anfang des 19. Jh. verbreitete SW soll auf Voltaire zurückgehen, der im *Dictionnaire philosophique* (1764) unter dem Stichwort »opinion« schrieb: »On la nomme la reine du monde; elle l'est si bien, que quand la raison veut la combattre, la raison est condamnée à mort.« Und der Moralist Nicolas Chamfort (1741–94) fügte in seinen *Maximes* (1796) den Zusatz hinzu, die Meinung sei die Königin der Welt »parce que la Sottise est la Reine des sots«.

427 L'orgueil précède la chute (les chutes).

un orgueil: Stolz, Hochmut. | **précéder qc:** einer Sache voran-, vorausgehen. – D: »Hochmut kommt vor dem Fall« (wörtlich nach Sprüche Salomos XVI,18). E: »Pride goes before a fall.« L: »Cito ignominia fit superbi gloria.« / »Sequitur superbos ultor a tergo deus« (Seneca).

428 L'un bat les buissons et l'autre prend les oiseaux (les oisillons).

battre les buissons: (Jagd) auf den Busch / die Büsche schlagen/ klopfen (damit das Wild hervorkommt) (*le buisson:* Busch, Strauch). | **un oisillon:** kleiner, junger Vogel. – D: »Der eine klopft auf den Busch, der andere fängt den Vogel.« E: »One beats the bush, another gets (catches) the bird(s).« Sinn: Der eine hat die Mühe, der andere profiert davon und hat den Lohn.

429 L'union fait la force.

D: »Eintracht bringt Macht.« / »Einigkeit macht stark.« E: »Union is strength.« L: »Concordia res parvae crescunt, discordia et magnae (maximae) dilabuntur.« So lautete der Spruch in der Urfassung der Römischen Geschichte, mehrfach überliefert bei Sallust und Seneca. Im 16. Jh. wurde er Wahlspruch der Niederländer in ihrem Befreiungskampf gegen die Spanier. In abgewandelter Form eröffnet das SW als vorgreifende Moral La Fontaines Fabel *Le Vieillard et ses enfants* (IV,18): »Toute puissance est faible à moins que d'être unie.«

430 La bave du crapaud n'atteint pas la blanche colombe.
la bave: Schleim, Geifer. | **le crapaud:** Kröte (gilt als hässliches, plumpes Tier). | **ne pas atteindre:** nicht treffen, erschüttern können; über etwas erhaben sein. | **la colombe:** Taube (Symbol der Reinheit, der Unschuld, des Friedens). – Ein bei uns weniger bekanntes SW, dessen Tiere proverbial auch nicht sehr ergiebig sind, dessen kontrastive Metaphorik durch formale Stilmittel besonders auffällt. E: »Sticks and stones may break my bones, but words will never hurt me.« Sinn: eine situationsbedingt ebenso scharfe wie verächtlich-ironische Zurückweisung einer Schmähung oder Beleidigung.

431 La belle cage ne nourrit pas l'oiseau.
nourrir qn: jdn. ernähren, füttern. – D: »Schöner Käfig nährt den Vogel nicht.« E: »Gold plate does not fill your belly.« Sinnverwandt eine ältere Variante: »Quand la cage est faite, l'oiseau s'en vole.« Sinn: In einer luxuriösen Wohnung kann es einem an allem fehlen.

432 La caque sent toujours le hareng.
la caque (de harengs): Heringsfass. – D: »Der Wein schmeckt nach dem Fass.« / »Was zuerst ins Fass kommt, darnach schmeckt es immer.« E: »The cask savours of the first fill.« / »Nature passes nurture.« Es geht – je nach Familie und Milieu – um die Probleme des sozialen Aufstiegs, denn seine Herkunft kann man nicht verleugnen.

433 La chance (La fortune) sourit aux audacieux.
Variante: »La fortune aide aux audacieux.« D: »Frisch gewagt ist halb gewonnen.« / »Dem Mutigen gehört die Welt.« E: »Fortune favours the brave.« L: »Audentes (Audaces) fortuna iuvat.« Das öfter bei antiken Autoren zitierte SW wird Renée de France (1510–75), einer Tochter Ludwigs XII., zugeschrieben, die in der Liebe kein »Glück« hatte.

434 La chemise est plus proche que le pourpoint.

le pourpoint (vx.): Wams (bis zur Taille reichendes [Männer-]Kleidungsstück). – D: »Das Hemd ist mir näher als der Rock.« E: »Near is my shirt, but nearer is my skin.« L: »Tunica propior pallio est« (Plautus). Sinn: Unsere persönlichen Interessen haben Vorrang vor denen anderer.

435 La clé d'or ouvre toutes les portes.

D: »Ein goldener [also seltener und wertvoller] Schlüssel öffnet jede Tür (alle Tore). E: »A golden key can open any door.« L: »Auro quaeque ianua panditur.« Vgl. auch Nr. 480.

436 La critique est aisée, mais (et) l'art est difficile.

aisé, e: einfach, leicht. – Mehr ein sog. Apophthegma, ein prägnanter, witziger Sinnspruch, als ein SW: Tadeln ist leicht, denn kritisieren kann jeder, besser machen ist schwer. Die Quelle ist eine Zeile aus der Komödie *Le Glorieux* (1732) des französischen Dramatikers Philippe Destouches (1680–1754). D: »Tadeln ist leicht, besser machen schwer.« E: »Everyone can find fault; few can do better.« / »Criticism is easy and art is difficult.« L: »Promptius est omnibus iudicare, quam facere.«

437 La culture, c'est ce qui reste quand on a tout oublié.

la culture: Bildung, Kultiviertheit. – Das SW fehlt in allen einschlägigen Sammlungen. Die immer wieder zitierte »Maxime« wird zumeist dem französischen Politiker Édouard Herriot (1872–1957) zugeschrieben (in *Notes et maximes*). Aber aus heutiger Sicht muss man fragen (wenn man das Bonmot ernst nimmt): Was bleibt denn dann eigentlich? Und was hat man (bzw. nicht) vergessen? Auf dem internationalisierten Begriffsfeld Wissen, Zivilisation und Kultur gibt es mehr Fragen als Antworten.

438 La culture, c'est comme la confiture: Moins on en a, plus on l'étale.

étaler qc: verstreichen, ausbreiten. – Eine gerade in französischen Schülerkreisen beliebte Persiflage der Originalversion (Nr. 437), für die Françoise Sagan als Autorin genannt wird.

439 La curiosité est un vilain défaut.

vilain, -aine: übel, hässlich. – D: »Zu große Neugier treibt den Vogel in die Schlinge.« E: »Curiosity killed the cat.« Das SW ist ausschließlich negativ konnotiert und einseitig dem weiblichen Geschlecht zugeordnet (in Verbindung mit der notorischen weiblichen Eifersucht). Der Philosoph Pascal formulierte vor 350 Jahren geschlechtsneutral: » … la maladie principale de l'homme est la curiosité inquiète des choses qu'il ne peut savoir« (*Pensées* I,18).

440 La dernière goutte est celle qui fait déborder le vase (la coupe).

la goutte: Tropfen. | **faire déborder qc:** etwas zum Überlaufen bringen. | **la coupe:** Schale, Pokal. – D: »Es ist der letzte Tropfen, der das Fass zum Überlaufen bringt.« / »Das schlägt dem Fass den Boden aus.« E: »It's the last straw that breaks the camel's back.« Sinn: Ein kleines Detail kann eine Situation unhaltbar machen und eine heftige Reaktion auslösen.

441 La façon de donner vaut mieux que ce qu'on donne.

Variante: »Chose bien donnée n'est jamais perdue.« D: »Es ist nicht, w a s man, sondern w i e man gibt.« E: »He that gives thee a bone, would have not thee die.« Den Bibelvers aus Sirach/Ecclesiasticus (XXXV,8) zitiert Cliton, der Diener von Dorante, wörtlich in der ersten Szene des *Menteur* von Pierre Corneille (1643).

442 La faim chasse (fait sortir) le loup du (hors du) bois.

D: »Der Hunger treibt den Wolf aus dem Walde.« E: »Hunger drives (fetches) the wolf out of the woods.« L: »Fames pellit lupum e silvis.« Das SW tradiert eine Erfahrung aus dem mediterranen Hirtenleben, die – ins Menschliche »übertragen« – bedeutet: Die Notwendigkeit kann einen zum Handeln zwingen, unter Umständen auch zu unklugen Aktionen.

443 La faim est le meilleur cuisinier.

D: »Hunger ist der beste Koch.« E: »Hunger is the best sauce.« L: »Cibi condimentum fames est« (Cicero).

444 La faim est une mauvaise conseillère.

le conseiller / la conseillère: Ratgeber(in), Berater(in). – D: »Dem Hungrigen hilft keine Predigt.« E: »A hungry man is an angry man.« / »An empty belly hears nobody.«

445 La femme du voisin est toujours plus belle.

D: »Nachbars Henne legt immer die größeren Eier.«

446 La femme est toujours femme.

Über das wankelmütige und veränderliche Wesen der Frau gibt es berühmte Urteile, die sprichwörtlich geblieben sind. In Vergils Hauptwerk *Aeneis* mahnt Merkur Aeneas zur Abfahrt von Karthago, damit aus den Fängen der Gründerin der Stadt, Dido, mit dem Vers: »Eile nun ohne Verzug! Denn unstet, veränderlich immer (›varium et mutabile semper femina‹) / Schwankt ja das Weib« (IV,569 f.). Daran erinnerte der französische König Franz I. (1494–1547), der auf einem Glasfenster seiner Privatgemächer auf Schloss Chambord einen berühmt gewordenen Doppelvers eingravieren ließ: »Souvent femme varie, / Bien fol est qui s'y fie.« Hundert Jahre später wurde die misogyne Warnung auf Veranlassung einer Mätresse Ludwigs XIV., Louise La Vallière, entfernt.

447 La fête passée, adieu le saint.

D: »Ist das Fest vorbei, so lacht man des Heiligen.« E: »Once on shore / We pray no more.« L: »Post festum fatuus superest.« Sinn: Nach dem Fest und dem Vergnügen vergisst man die Veranstalter, denn eine Wohltat ist schnell vergessen.

448 La fin est le plus difficile.

Varianten: »Il est plus facile de commencer que de finir.« Aber auch: »Ce qu'il y a de plus difficile, c'est le commencement.« / »C'est la fin qui couronne l'œuvre.« D: »Das Ende ist am schwierigsten.« / »Das Ende krönt das Werk.« E: »The end is the most difficult of all.« / »The end crowns all (the work).« L: »Finis coronat opus« (Ovid). Vgl. auch Nr. 372.

449 La fin justifie les moyens.

Variante: »Qui veut la fin veut les moyens.« D: »Wer den Zweck will, will auch die Mittel.« / »Der Zweck heiligt die Mittel.« E: »The end justifies the means.« / »He who wills the end, wills the means.« L: »Cum finis est licitus, etiam media sunt licita.« / »Exitus acta probat« (Ovid).

450 La folie se gagne (est contagieuse).

la folie: Narrheit, Wahnsinn. | **se gagner:** sich aus-, verbreiten. **contagieux, -euse:** ansteckend. – D: »Narrheit wirkt ansteckend.« / »Narrheit ist leicht zu lernen.« E: »Fools grow without watering.« Vgl. auch Nr. 368.

451 La fonction crée l'organe.

Sinn: Der Körper passt sich unseren Bedürfnissen an (und umgekehrt), ein evolutionistisch-darwinistischer Gedanke: Der Mensch (und die Tiere) erzeugen die für einen notwendigen Prozess nötigen konkreten Mittel und Werkzeuge zu seiner Erfüllung. Das SW wird heute in bestimmten Kreisen auch ironisch verwendet zur Betonung des geringen Nutzens gewisser Strukturen, bürokratischer oder anderer. Der Satz wird dem französischen Physiologen Claude Bernard (1813–78) zugeschrieben. – Erhellend ist eine Tagebuchnotiz des Amateur-Pianisten André Gide: »Peut-être que la fonction crée l'organe; mais, après, l'organe invite au fonctionnement« (16. 2. 1907).

452 La fortune est aveugle.

Schon in der Antike war die blinde Glücksgöttin ein geläufiges Bild. D: »Glück ist blind und macht blind.« E: »Fortune is blind.« L: »Fortuna caeca est« (Cicero).

453 La fortune est un sable mouvant.

mouvant, e: unsicher, sich ständig wandelnd. – D: »Das Glück ist wankelmütig.« E: »Fortune is variant.« L: »Fortuna numquam sistit in eodem statu.«

454 La fortune rit aux sots.

D: »Dumm hat's meiste Glück.« / »Die dümmsten Bauern haben die dicksten Kartoffeln.« E: »Fortune favours fools.« L: »Fortuna favet fatuis.«

455 La fortune vient en dormant.

D: »Das Glück kommt über Nacht.« E: »Good things come overnight.« / »All things come to those who wait.« Das SW geht anekdotisch auf den erfolgreichen Athener General Timotheos (4. Jh. v. Chr.) zurück, der tatsächlich »im Schlaf« seine Siege errungen haben soll. Die biblische Wendung »Den Seinen gibt's der Herr im Schlaf(e)« (Psalm CXXVII,2) wird nur noch ironisch verwendet (wenn jemand unverdientes Glück hat).

456 La gourmandise est un vilain défaut.

la gourmandise: Gefräßigkeit, Schlemmerei. | **vilain, -aine:** übel, anstößig. **le défaut:** Fehler, Laster. – Variante: »La gourmandise tue plus de gens que l'épée«, womit zum Ausdruck kommt, dass Exzesse bei Tisch tödlicher seien als der Krieg. D: »Mehr sterben vom Fraß als vom Schwert.« / »Allzu viel ist ungesund.« E: »Gluttony kills more than the sword.«

457 La guérison n'est jamais si prompte que la blessure.

la guérison: Heilung, Genesung. | **prompt, e:** schnell, geschwind. | **la blessure:** Wunde; (fig.) Unglück, Unfall, Kränkung. – Varianten: »Le mal arrive d'un seul coup et se retire par parcelles.« / »Les maladies viennent à cheval et s'en retournent à pied.« D: »Verletzen ist leicht, heilen schwer.« E: »Time is a great healer.« Vgl. auch Nr. 461.

458 La lettre tue, et (mais) l'esprit vivifie.

vivifier: beleben. – D: »Der Buchstabe tötet, der Geist macht lebendig.« E: »The letter killeth, but the spirit giveth life.« Es handelt sich um ein wörtliches Paulus-Zitat (vgl. 2. Korintherbrief III,6), worin der Apostel verkündet, das Neue Testament sei ein Amt des Geistes und des Lebens, nicht wie das Gesetz ein Amt des tötenden Buchstabens.

459 La liberté de chacun s'arrête là où commence celle d'autrui.

Die Maxime wird dem französischen kommunistischen Politiker Roger Garaudy (1913–2012) zugeschrieben, die nichts anderes als Art. 4 der *Déclaration des droits de l'homme et du citoyen* von 1791 variiert: »La liberté consiste à pouvoir faire tout ce qui ne nuit pas à autrui.« Vgl. auch Nr. 614.

460 La loi est dure, mais c'est la loi.

Variante: »La loi c'est la loi.« / »C'est une dure loi, mais c'est la loi.« D: »Ein hartes Gesetz, aber ein Gesetz.« L: »Dura lex, sed lex.«

461 La maladie vient (les maladies viennent) à cheval et s'en retourne(nt) à pied.

D: »Übel kommt geritten, / Geht aber weg mit Schritten.« / »Krankheit kommt zu Pferde und geht zu Fuß weg.« E: »Agues come on horseback, but go away on foot.« L: »Venit morbus eques, suevit abire pedes.« / »Citius venit malum quam revertitur.«

462 La montagne a enfanté une souris (a accouché d'une souris).

enfanter / accoucher de: gebären, zur Welt bringen; (fig.) hervorbringen, schaffen. – Variante: »La montagne qui accouche d'une souris.« D: »Es kreisen die Berge – ein Mäuslein zu gebären.« – »Viel Lärm um nichts.« / »Viel Geschrei und wenig Wolle.« E: »Much ado about nothing« (Shakespeare). / »The mountain has brought a mouse.« / »Much cry and little wool.« L: »Parturiunt montes, nascetur ridiculus mus« (Horaz). Die klassische Vorlage wurde popularisiert durch La Fontaines gleichnamige Fabel *La Montagne qui accouche* (V,10).

463 La musique adoucit les mœurs.

adoucir qc: (fig.) etwas verfeinern, mäßigen. – D: »Wo man singt, da lass dich ruhig nieder.« Die mittelalterliche Maxime hat der spanische Dichter Miguel de Cervantes in seinem Roman *Don Quijote* (1615) aufgegriffen und bekanntgemacht: Die Musik sei immer ein Zeichen der Freuden und Festlichkeiten gewesen, verkündet der in

SW schwelgende Diener Sancho Panza: »Wo Musik ist, da kann nichts Böses sein« (II,35 Ende).

464 La nature a horreur du vide.

D: »Die Natur duldet kein Vakuum.« E: »Nature abhors a vacuum.« L: »Natura abhorret vacuum.« Der Abscheu der Natur vor dem Leeren (»horror vacui«) geht auf Aristoteles zurück, der die Annahme vertrat, die Natur sei überall bemüht, den leeren Raum aufzufüllen. Literarisch überliefert ist die Theorie in Rabelais' *Gargantua* (I,5), wo der Satz als Ausdruck der Furcht vor der Leere während eines Saufgelages wörtlich trivialisiert erscheint.

465 La nature ne fait rien en vain.

en vain (loc. adv.): umsonst, vergeblich. – Variante: »La nature ne fait pas de sauts.« D: »Die Natur macht keine Sprünge.« E: »Nature does nothing in vain.« L: »Natura in operationibus suis non facit saltum.« Der philosophische Aphorismus (nach Aristoteles) vertritt die Auffassung von einer stufenlosen fließenden Abfolge aller ontogenetischen Vorgänge. Nichts geschieht ohne Sinn und ganz umsonst, und es gibt keine sprunghaften Veränderungen.

466 La nature ne perd jamais ses droits.

D: »Die Natur will ihr Recht.« / »Die Natur lässt sich biegen, aber nicht brechen.« E: »Nature will have her course.«

467 La nuit porte conseil.

Variante: »La nuit, le conseil vient au sage.« D: »Guter Rat kommt über Nacht.« E: »Night is the mother of counsel.« L: »Noctu urgenda consilia.« / »In nocte consilium.« Vgl. auch Nr. 909.

468 La nuit tous les chats sont gris.

D: »Nachts sind alle Katzen grau.« E: »All cats are grey in the dark.« Sinn: In der Dunkelheit ist es schwierig, Farben, d.h. Menschen und Dinge, zu unterscheiden. Ein sehr bekanntes SW, häufig zitiert auch wegen der erotischen Konnotierung.

469 La parole est d'argent, le silence est d'or.

D: »Reden ist Silber, Schweigen ist Gold.« E: »Speech is silver, but silence is golden.« Diesen geistreichen Aphorismus (in der Nähe des Gemeinplatzes) erwähnt La Fontaine in seiner Fabel *L'Ours et l'amateur des jardins* (VIII,10). L: »Narratio argentea, silentium vero aureum est.« Vgl. auch Nr. 239, 374. Aber diese Weisheit ist alt; sie spielt schon eine große Rolle im rabbinischen Sammelwerk des *Talmud* (5. Jh.) wie auch in verschiedenen Texten des Alten und Neuen Testaments.

470 La patience a des limites.

D: »Geduld hat Grenzen.« E: »There is a limit to one's patience.« / »Patience is a virtue.« L: »Patientia virtus.« Vgl. auch Nr. 471.

471 La patience est la vertu des ânes.

Esel sind klüger als man denkt und weiser als das traditionell negativ geprägte Bild, ganz im Sinne der Moral von La Fontaines Fabel *Le Lion et le rat* (II,11): »Patience et longueur de temps / Font plus que force ni que rage.« Gewiss: Man sollte nicht dickköpfig, hartnäckig oder gar starrsinnig sein in einer Situation, die unerträglich scheint. Positiv gewendet ist die sprichwörtlich gewordene Geduld des Esels die Kunst zu hoffen (so der Moralist Vauvenargues in seinen *Maximes et pensées* [1746]). Vgl. Nr. 856.

472 La patience vient à bout de tout.

D: »Geduld überwindet alles.« / »Beharrlichkeit führt zum Ziel.« E: »Patience overcomes all things.« / »The world is for him who has patience.« L: »Patientia vincit omnia.« Vgl. auch Nr. 471. Ein erneutes Lob der geduldigen Ausdauer, die mit allem fertig wird.

473 La patrie est partout où l'on est bien.

Variante: »(Là) Où l'on est bien, là est la patrie.« D: »Wo es mir wohl(er)geht, da ist mein Vaterland.« E: »One's country is wherever one is well off.« L: »Ubi bene, ibi patria.« / »Patria est, ubicumque est bene.« Die von Cicero überlieferte griechische Quelle (Aristophanes' Komödie *Die Vögel* [414 v. Chr.]) besagt, Vaterland sei nicht, wo man geboren ist, sondern wo man frei und glücklich lebt und sich wohlfühlt.

474 La peur donne des ailes.

D: »Furcht macht Beine.« E: »Fear gives (lends) wings.« L: »Pedibus timor addidit alas« (Vergil).

475 La peur (La crainte) du gendarme est le commencement de la sagesse (de la raison).

Varianten: »La crainte de Dieu est le commencement de la sagesse« (Sprüche I,7). / »Le doute est le commencement de la sagesse.« D: »Die Furcht des Herrn ist der Weisheit Anfang.« E: »(The) Fear of the Lord is the beginning of Wisdom.« Dieser Grundtenor in den Texten des Alten und Neuen Testaments erleidet in dem sehr bekannten SW eine profanierte Abwandlung, in der die polizeiliche Machtausübung als neues Symbol der Autorität erscheint.

476 La peur est mauvaise conseillère.

le conseiller / la conseillère: Berater(in), Ratgeber(in). – Variante: »La colère est mauvaise conseillère.« Vgl. auch Nr. 444.

477 La pluie du matin n'arrête pas le pèlerin.

le pèlerin / la pèlerine: Pilger(in). – Variante: »Pluie du matin ne décourage pas l'homme d'entreprise.« D: »Ein kleiner Regen macht nicht nass.« E: »For a morning rain leave not your journey.« Entstanden in der Zeit der mittelalterlichen Pilgerströme nach Santiago de Compostela, gehört die Aufforderung, sich durch anfängliche Schwierigkeiten nicht entmutigen zu lassen, längst zu den proverbialisierten Dictons der zahlreichen Wetterprognosen (vgl. Nr. 1000), die im konkreten Fall auch positiv gedeutet werden konnten: »La pluie du matin réjouit le pèlerin« insofern – da der Regen nicht den ganzen Tag lang anhält – er auch Erfrischung vor einem heißen Pilgertag sein konnte.

478 La plus belle fille (du monde) ne peut donner que ce qu'elle a.

D: »Niemand kann über seinen Schatten springen.« E: »Where nothing is, nothing can be done.« / »A man can do no more than he can.« L: »Impossibilium nulla obligatio est.« / »Ultra posse nemo obligatur.« Die alte Rechtsregel hielt fest, dass niemand geben kann, was er nicht hat.

479 La poële se moque du chaudron.

la poële: (Brat-)Pfanne. | **le chaudron:** (Koch-)Kessel. – Die gelegentlich zitierte Fortsetzung des SW gibt die Begründung für diesen alten Küchenspott: »… parce qu'il a le cul noir.« D: »Der Kessel schimpft (schilt) immer den Ofentopf.« / »Ein Esel schimpft den andern Langohr.« E: »The pot calls the kettle black.« L: »Asinum asellus culpat.«

480 La politesse est une clef d'or qui ouvre toutes les portes.

D: »Höflichkeit und gute Sitten machen wohlgelitten.« Proverbial ist die Höflichkeit (»eine Gabe der Weisen« nach Max Frisch) ein wenig ergiebiges Thema. Für Goethe (*Wahlverwandtschaften*) war die »Höflichkeit des Herzens« der Liebe verwandt, im Gegensatz zu der nur aufgesetzten, leeren Förmlichkeit. Vgl. auch Nr. 407, 435.

481 La pomme ne tombe jamais loin de l'arbre.

D: »Der Apfel fällt nicht weit vom Stamm.« E: »The apple never falls far from the tree.« Dieses SW aus dem 19. Jh. illustriert das bekannte Naturgesetz, dass es keine Wirkung ohne Ursache gibt.

482 La poule ne doit pas chanter devant (avant) le coq.

la poule: Henne, Huhn. – Das alte Rechts-SW (Adage) aus dem mittelalterlichen *Rosenroman* (13. Jh.) führt den Leser auf einen Hühnerhof, wo eine strenge Hierarchie herrscht: Das Huhn darf nicht gackern, bevor der Hahn gekräht hat. E: »It is a sad house where the hen crows louder than the cock.« Das antifeministische SW erteilt den Ehefrauen den Rat, im Haushalt nicht das Sagen haben zu wollen. Er ist der Herr im Haus, lässt Molière in den *Femmes savantes* wörtlich wieder die Küchenmagd Martine zum alten Bourgeois Chrysale triumphierend sagen (»Si j'avais un mari, je le dis, / Je voudrais qu'il se fît le maître du logis«, V,3), der Molières ganze Sympathie gehört.

483 La qualité se révèle à l'usage.

se révéler: sich zeigen, sich erweisen. – Ein eher seltenes kaufmännisches SW in der Nähe eines bekannten Werbeslogans (vgl. Nr. 531).

484 La raison du plus fort est toujours la meilleure.

D: »Der Stärkere hat immer Recht.« / »Der Stärkste hat Recht.« E: »Might overcomes right.« L: »Ius est in armis, opprimit leges timor« (Seneca). Vgl. auch Nr. 228. So lautet wörtlich auch der Eröffnungsvers der berühmten Fabel *Le Loup et l'agneau* von La Fontaine (I,10), die aber nicht seine Erfindung ist, sondern thematisch auf den griechischen Fabeldichter Äsop (Nr. 155) zurückgeht.

485 La réalité dépasse la fiction.

dépasser qc: etwas übersteigen, über etwas hinausgehen. – Die Spannung zwischen Dichtung und Wahrheit, Fiktion und Wirklichkeit, ist ein Zentralbegriff der Kunsttheorie: Die Wirklichkeit kann noch außerordentlicher, außergewöhnlicher sein als alles, was man sich vorzustellen, einzubilden vermag. E: »Truth is stronger than fiction.«

486 La religion est l'opium du peuple.

Die französische Lehnübersetzung gehört zur Gattung »neuer« SW, wenn es so etwas gibt. Autor dieses berühmten Dictums ist Karl Marx, der 1844 in seiner Abhandlung »Zur Kritik der Hegelschen Rechtsphilosophie« die Religion als eine Massendroge, als letztes Zufluchtsmittel eines unterdrückten und ausgebeuteten Volkes bezeichnete. Die sprichwörtlich tradierte Fassung ist eine missverständliche Verkürzung des Originalzitats, das in einem größeren gesellschaftlich-marxistischen Zusammenhang steht.

487 La révolution dévore toujours ses propres enfants.

dévorer: (auf)fressen, verschlingen. – Auch dies ein »neues« grenzüberschreitendes SW, über dessen Aufnahme in dieser Auswahl man streiten kann. Die Lehnübersetzung bezieht sich auf Georg Büchners Drama *Dantons Tod* (1835), wo Danton unverkürzt sagt: »Ich weiß wohl – die Revolution ist wie Saturn, sie frisst ihre eignen Kinder« (I,5). Es geht um die geschichtlich oft belegte Erfahrung, dass die Initiatoren eines politischen Ereignisses leicht auf der Strecke bleiben oder, allgemeiner gesagt, zunächst positive Ansätze ins Negative umschlagen und sich damit selbst zerstören.

488 (La) sagesse vaut mieux que (la) force.

la sagesse: Klugheit, Vernunft. | **la force:** Stärke, Gewalt. – D: »Klugheit geht über Stärke.« E: »Wisdom goes beyond strength.« Als Quelle sind mehrere Bibel-Stellen zu nennen; u. a. Prediger Salomo IX,16.

489 La souris qui n'a qu'un trou est bientôt prise.

le trou: Loch. – D: »Es ist eine schlechte Maus, die nur ein Loch weiß.« / »Eine kluge Maus hat mehr als ein Loch.« E: »The mouse that has but one hole, is easily (quickly) taken.« L: »Mus miser est, antro qui solum clauditur uno.«

490 La valeur n'attend pas le nombre des années.

Dieser berühmte Vers des jugendlichen romantisch-heroisierten Helden D. Rodrigue (II,2) in Pierre Corneilles Tragikomödie *Le Cid* (1636) ist als Lob der Jugend und ihrer Qualitäten unabhängig vom Alter ein bekanntes SW geworden. Man kann schon in jungen Jahren ein Held sein, und Wert und Ehre des Menschen sind vom Alter unabhängig.

491 La vengeance est un plat qui se mange froid.

D: »Zur Rache sei langsam, zur Tugend schnell.« / »Gemach / Zur Rach.« E: »Revenge is sweet.« / »Vengeance does not spoil with keeping.« Eines der wenigen un-, ja antichristlichen SW; selbst wenn man die Einschränkung bedenkt, dass Rache gut und lange überlegt sein will. »›Die Rache ist mein, ich will vergelten!‹ spricht der Herr« (5. Moses XXXII,35). Rache sei süß, ist heute eine meistens scherzhaft gemeinte Racheandrohung, die als »Nemesis« schon in der nicht-/vorchristlichen Antike belegt ist.

492 (La) Vérité en deçà (des Pyrénées), erreur au-delà.

en-deçà (de) (loc. prép.): dieseits (von). | **au-delà** (adv.): jenseits. – Ein berühmt gewordener »Gedanke« Pascals (V,294) über die Relativität des Wahren, des Gerechten, je nach Stand- und Blickpunkt des Betrachters, mit satirisch gemeinten Beispielen zum Lauf eines Flusses oder zu einer Gebirgsgrenze. Vgl. auch Nr. 6.

493 La vérité est (se cache) au fond d'un puits.

le puits: Brunnen. – Es ist oft schwierig, die Wahrheit zu entdecken, vor allem, wenn sie sich bewusst verbirgt. E: »Truth lies at the bottom of a well.« L: »Veritas nunquam perit« (Seneca). / »In puteo veritatem iacere demersam.«

494 La vérité est dans le vin.

D: »Im Wein ist Wahrheit.« / »Wein sagt die Wahrheit.« E: »There is truth in wine.« L: »In vino veritas.« Der ursprüngliche Sinn dieser seit den Griechen klassischen Volksweisheit ist, dass Weingenuss ein Weg von der Erkenntnis zur Wahrheit sei, da der Wein die Zunge löst und die Menschen in ihren Aussagen aufrichtig macht.

495 La vérité sort de la bouche des enfants.

Variante: »Enfants et fous disent la vérité.« D: »Kinder und Narren sagen die Wahrheit.« / »Kindermund tut Wahrheit kund.« E: »Children and fools tell (speak) the truth.« L: »Stultus puerque vera dicunt.« / »Infantes perhibet et stultos dicere verum.« Das SW ist sehr alt, z. B. schon bei Plato belegt.

496 La violence engendre la violence.

engendrer qc: etwas erzeugen, hervorbringen. – D: »Wo Gewalt herrscht, schweigen die Rechte.« / »Gewalt kann man mit Gewalt vertreiben.« Im Deutschen wird häufig die Bibel zitiert: »Alle, die das Schwert ergreifen, werden durch das Schwert zugrunde gehen« (Matth. XXVI,52). Dass man mit Güte mehr erreicht als mit Gewalt, hat La Fontaine in seiner weniger bekannten Fabel *Phébus et Borée* sehr schön illustriert; sie schließt mit der Moral »Plus fait douceur que violence« (VI,3). Vgl. Nr. 471. Das Paradebeispiel dafür, dass Gewalt zu Gegengewalt eskalieren kann, ist die Tragödie *Agamemnon* von Äschylos (465 v. Chr.).

497 Le beau jour se prouve au soir.

se prouver: sich zeigen. – Variante: »Loue le beau jour au soir (et la vie à la mort).« D: »Der Abend lobt den Tag.« / »Man soll den Tag nicht vor dem Abend loben.« L: »Diem vesper commendat.« Die proverbiale Bedeutung dieses ursprünglich metereologischen Dictons liegt auf der Hand.

498 Le bonheur des uns fait le malheur des autres. (Auch umgekehrt: Le malheur…)

Variante: »Ce qui nuit à l'un sert à l'autre.« D: »Des einen Glück ist des andern Unglück.« E: »The folly of one man is the fortune of another.« L: »Mors tua, vita mea.« Die Relativierung zweier Moralbegriffe auf der Basis individueller Interessen und Konflikte ist schon in Michel de Montaignes *Essais* (1580) vorgeprägt: »Le profit de l'un est le dommage de l'autre« (I,22).

499 Le chat parti, les souris dansent.

D: »Wenn die Katze fort (aus dem Haus) ist, tanzen die Mäuse.« E: »When the cat's away, the mice will play.«

500 Le cœur a ses raisons que la raison ne connaît pas.

Ein berühmter Aphorismus aus den *Pensées* von Pascal (IV, 277), der seinen gefühlsmäßigen Glauben an Gott bekräftigen soll: »C'est le cœur qui sent Dieu, et non la raison.« Das Herz lügt nicht, es sagt uns, was zu tun ist. E: »The heart sees farther than the head.« / »Love is without reason.« D: »Die Liebe kennt keine Vernunft.« L: »Cor non mentitur.«

501 Le cœur n'a pas de rides.

la ride: Falte, Runzel. – Sinn: Das Herz altert nicht; in jedem Alter begegnet uns die Liebe, so Mme de Sévigné (1626–96) in einem ihrer zahlreichen Briefe an die geliebte Tochter Mme de Grignan.

502 Le (Un) coq est bien fort sur son fumier.

le fumier: Mist(haufen). – Variante: »Le coq est roi sur son fumier.« D: »Der Hahn ist König (kühn/stolz) auf seinem Mist.« E: »Every cock will crow upon his own dunghill.« L: »Gallus in suo sterquilino plurimum potest.« Das SW ist ein Zitat von Seneca, der die bekannte Streit- und Kampfsucht des Hahns, der keinen fremden Hahn auf seinem Hof duldet, ins Feld führt, um die unrechtmäßige Macht- und Gewaltausübung seines Kaisers Claudius zu verspotten.

503 Le coût fait perdre le goût.

le coût: Preis, Kosten. | **perdre le goût de qc:** die Freude an etwas verlieren. – Der hohe Preis eines Objekts kann einem nachträglich den Kauf verleiden. Man beachte die auffällige Phonemopposition c-g.

504 Le crime ne paie pas.

payer: hier (fam.): etwas einbringen, sich lohnen, sich auszahlen. – Ein sog. »neues« SW eines nicht zu überbietenden eiskalten Pragmatismus. D: »Ehrlich währt am längsten.« E: »Crime does not pay.«

505 Le dernier, le loup le mange.

»Den Letzten beißen die Hunde.« (Daher: »Rette sich, wer kann!«) E: »The devil takes the hindmost.«

506 Le diable chante la grand-messe.

la grand-messe: (kath.) Hochamt, feierliche Messe. – D: »Wenn man den Teufel in die Kirche lässt kommen, will er gar auf den Altar.« E: »The devil goes up the belfry by the vicar's skirts.« Das SW bezieht sich auf einen Heuchler, der die Maske der Tugend aufsetzt.

507 Le diable était beau quand il était jeune.

D: »Auch der Teufel war schön, als er jung war.« E: »Old wives were aye good maidens.« Zum Verständnis muss man wissen, dass der Teufel in seiner Jugend zu den Engeln gehörte, die rein, schön und jung waren.

508 Le diable n'est pas si noir qu'on le fait.

D: »Der Teufel ist nicht so schwarz, wie man ihn malt.« Oder trivial ausgedrückt: »Nichts wird so heiß gegessen, wie es gekocht wird.« E: »The devil is not so black as he is painted.« L: »Diabolus non est tan ater, ac pingitur.« / »Multa narrantur atrociora quam sint.«

509 Le doute est le commencement de la sagesse.

D: »Wer nicht zweifeln kann, ist ein dummer Mann.« E: »Doubt is the key of knowledge.« Der Ausdruck skeptischer Erkenntnisunsicherheit gehört nicht zu den frequenten Themen des SW-Bestands. Das SW umschreibt den Sinn des Zweifels in der philosophisch-methodischen Erkenntnisphilosophie von René Descartes, für den der methodische Zweifel der Wahrheitsfindung diente.

510 Le génie est une longue patience.

D: »Genie ist Fleiß.« E: »Genius is an infinite capacity for taking pains.« Alles sei harte Arbeit und Beharrlichkeit, lautete die spöttisch-desillusionierende Behauptung des berühmten amerikanischen Erfinders Thomas Alva Edison (1847–1931), der 1930 in einem Vortrag folgende pragmatische Definition kundtat: Genie sei 1 % Inspiration und 99 % Transpiration.

511 Le hasard fait bien les choses.

Variante: »Il faut laisser quelque chose au hasard.« E: »It is the unexpected that always happens.« Der Mensch kann nicht alles vorhersehen, beherrschen oder entscheiden. Die Anerkennung der Rolle des Zufalls im Leben, des plan- oder regellosen Auftretens zufälliger Ereignisse, ist ein Zeichen menschlicher Klugheit, auch ohne den christlichen Glauben an die Vorsehung Gottes, die Fügung des menschlichen Schicksals.

512 Le jeu ne vaut pas la chandelle.

la chandelle: Kerze, Talglicht; hier: Beleuchtung. – D: »Das Spiel lohnt nicht den Einsatz (ist nicht das Licht wert).« E: »The game is not worth the candle.« Das SW stammt aus der Zeit vor der Elektrizität und der Petroleumlampe. Für den Würfelspieler lohnte sich die ganze Sache nicht; das Spiel brachte so wenig Geld ein, dass man damit nicht einmal die beim Spiel leuchtende Kerze bezahlen konnte. – Heute drückt man mit dem SW aus, dass ein Plan die ganze Mühe nicht lohnt, die Sache die ganze Mühe nicht wert ist.

513 Le lierre meurt où il s'attache.

le lierre: Efeu. | **s'attacher:** sich ranken, (fest)kleben. – Efeu ist ein Symbol für Treue und Beständigkeit, zugleich ein Bild intimer Liebesbeziehung. E: »Faithfulness is a sister of love.« / »The lover is not where he lives but where he loves.«

514 Le lièvre revient toujours à son gîte.

le lièvre: Hase. | **le gîte:** Sasse (Lager des Hasen in der Jägersprache). – D: »Dem Hasen ist nirgends wohler, als wo er geworfen ist.« E: »The hare always return to her form.« L: »Vult lepus esse loco semper generatus erat quo.« Das SW kann Verschiedenes bedeuten: Einerseits kehrt man gern zurück an den Ort, wo man seine (glückliche) Kindheit verbracht hat; andererseits findet man – früher oder später – aber mit Geduld, was man sucht, das aber verschwunden schien.

515 Le linceul n'a pas de poches.

le linceul: Leichentuch. – Variante: »Le plus riche en mourant n'emporte qu'un linceul.« D: »Das Leichentuch hat keine Taschen.« E: »Shrouds have no pockets.«

516 Le lion qui tue ne rugit pas.

rugir: brüllen. – Sinn: Der starke Mann spricht nicht von seinen Plänen.

517 Le loup change de poil, mais non de naturel.

changer de poil: (fig.) sein Aussehen ändern (*le poil:* [Tier] Haar, Haarkleid, Fell). | **le naturel:** Wesen. – Varianten: »Les loups peuvent perdre leurs dents, mais non leur naturel.« / »Le loup est toujours loup.« D: »Aus einem Wolf wird kein Lamm.« / »Der Wolf ändert wohl sein Haar, aber er bleibt, wie er war.« E: »Wolves may loose their teeth but not their nature.«

518 Le mal d'autrui n'est que songe.

le mal: hier: Leid, Schmerz. | **le songe:** Traum. – Variante: »Nous avons tous assez de force pour supporter les maux d'autrui«, schreibt La Rochefoucauld in seinen *Reflexionen und moralischen Sentenzen* (1665). D: »Fremder Schmerz geht nicht ans Herz.« E: »The comforter's head never aches.« L: »Nemo claudicat alieno ex dolore.«

519 Le mal vient à cheval et le bonheur à pied.

le mal: hier: Leid, Schmerz. – Variante: »Le mal vient à cheval et s'en va à pied.« D: »Böses (Übel) kommt im Ritt, / Geht aber weg im Schritt.« E: »Misfortunes come on wings and depart on foot.« L: »Citius venit malum quam revertitur.« Vgl. auch Nr. 461.

520 Le malheur des uns fait le bonheur des autres. (Vgl. Nr. 498)

Variante: »Ce qui nuit à l'un sert à l'autre.« D: »Des einen Not ist des andern Brot.« E: »One man's misfortune is another man's happiness.« L: »Mors tua, vita mea.«

521 Le menteur ne va pas loin.

le menteur / la menteuse: Lügner(in). – Varianten: »Les mensonges ont de courtes jambes.« Deshalb sagt man auch: »On attrape plus vite un menteur qu'un voleur.« D: »Lügen haben kurze Beine.« E: »Lies have short legs.« L: »Mendacem memorem esse oportet« (Quintilian). Deshalb sagt ein anderes SW, ein Lügner müsse ein gutes Gedächtnis haben. Vgl. auch Nr. 245, 886.

522 Le miel est doux mais l'abeille pique.

une abeille: Biene. | **piquer:** stechen. – D: »Wer Honig lecken will, darf die Bienen nicht scheuen.« E: »Honey is sweet, but the bee stings.« Sinn: Man muss zunächst leiden, ehe man ein Vergnügen genießen kann. Daher heißt es verallgemeinernd: »Nul miel sans fiel.« Vgl. Nr. 605.

523 Le mieux est l'ennemi du bien.

D: »Das Bessere ist des Guten Feind.« E: »The good is the enemy of the best« / »Good is good, but better carries it.« L: »Spe meliori amittitur bonum.« Vg. auch Nr. 896. Sinn: Der Konservative warnt vor Übertreibung, denn beim Versuch, das Perfekte zu finden, riskiert man, alles zu verderben.

524 Le monde est petit.

D: »Die Welt ist ein Dorf.« E: »It's a small world.« Ist das SW nicht längst ein Gemeinplatz?

525 Le papier souffre tout et ne rougit de rien.

Variante: »On écrit sur le papier tout ce qu'on veut.« D: »(Das) Papier ist geduldig.« / »Papier wird nicht rot.« E: »Paper puts up with everything (endures all).« L: »Epistula enim non erubescit« (Cicero). Sinn: Aus dem, was geschrieben ist, geht nicht hervor, folgt nicht, dass es gewiss ist, soll Katharina II., die russische Kaiserin (1729–96), ihrem französischen Gast Diderot geantwortet haben.

526 Le peu donné à temps vaut mieux que grand présent.

le présent: Geschenk. – Varianten: »Mieux vaut peu que rien.« / »Plusieurs peu font un beaucoup.« D: »Wenig zu wenig macht zuletzt viel.« Vgl. Nr. 707. – Historischer Hintergrund sind die Almosen und Spenden in der Zeit der mittelalterlichen Pilgerströme, z. B. von Paris nach Santiago de Compostela.

527 Le pire n'est pas toujours (jamais) certain.

le pire: das Schlimmste. – Es stammt aus dem spanischen SW-Fundus, dass das Schlimmste nicht immer eintrifft: *No siempre lo peor es cierto* lautet der Titel einer SW-Komödie von Calderon (1675). Und der französische Dramendichter Paul Claudel gab seinem größten dramatischen Werk, dem *Soulier de satin* (1924) den Untertitel »ou le pire n'est pas toujours sûr«. E: »The lower millstone grounds as well as the upper.«

528 Le plus riche en mourant n'emporte qu'un (que son) linceul.

le linceul: Leichentuch, -hemd. – Der biblische Einfluss der Erkenntnis, dass es nach dem Tod weder Reich noch Arm gibt, ist ganz offensichtlich. Vgl. auch Nr. 515. E: »We shall lie all alike in our graves.«

529 Le plus sage se tait.

sage: klug, weise, vernünftig. – Ein altes, schon antikes Rechts-SW. D: »Der Klügere gibt nach.« E: »The wisest are the first to give way.« / »From hearing comes wisdom; from speaking repentance.« L: »Cedendo victor abibis« (Ovid).

530 Le poisson commence à sentir (pourrir) par la tête.

D: »Der Fisch fängt am Kopf an zu stinken.« E: »The fish always stinks from the head downwards.« »Faule Fische« gab es schon immer; aber heute ist die Metapher besonders aktuell: Von Menschen geführte Einrichtungen und Unternehmen beginnen oft auf der Leitungsebene, moralisch abzusinken und zu verfallen.

531 Le prix s'oublie, la qualité reste.

Ein raffinierter Werbeslogan. Vgl. Nr. 483 u. 503.

532 Le remède est souvent pire que le mal.

Schon bei antiken Autoren war die Erfahrung verbreitet, dass die Arznei oft schlimmer ist als das Übel, die Krankheit. D: »Die Arznei ist oft ärger als das Übel.« E: »There are some remedies worse than the disease.« L: »Sunt remedia saepe deteriora malis.«

533 Le ridicule tue.

D: »Lächerlichkeit tötet.« Oder auch nicht? Es gibt nebeneinander beide Fassungen: Einerseits war die Lächerlichkeit ein Lieblingsthema der französischen Moralisten des 17. und 18. Jh.: Wer sich lächerlich gemacht hat, wird sich nicht wieder erholen: »Le ridicule tue plus que le déshonneur«, schrieb La Rochefoucauld in seinen *Reflexionen.* Vauvenargues ergänzte: Lächerlich erscheine der Mensch, der seinen Charakter und seine Kräfte überschreite. Jemand, der nicht mehr ernst genommen wird, ist zum Scheitern verurteilt. E: »The shafts of mockery are deadly.« Die Contra-Position relativiert die Wirkung der Lächerlichkeit, weil es ganz offensichtlich Schlimmeres in der menschlichen Gesellschaft gibt.

534 Le roseau plie mais ne rompt pas.

le roseau: Schilf(rohr). | **plier:** sich biegen; (fig.) sich beugen, nachgeben. – Variante: »Mieux vaut plier que rompre.« D: »Lieber biegen als brechen.« E: »Better bend than break.« Berühmt geworden ist die literarische Referenz in La Fontaines sehr persönlicher Fabel *Le Chêne et le roseau* (I,22): »Je plie et ne romps pas«, erwidert wörtlich das Schilfrohr.

535 Le soleil luit (brille) pour tout le monde.

D: »Die Sonne scheint für jedermann.« / »Alle Menschen haben dasselbe Recht auf Glück.« E: »The sun shines upon all alike.« L: »Sol omnibus lucet.« Gemeinsame Quelle ist eine Stelle im Evangelium von Matth. (V,45): »Er lässt ja Seine Sonne aufgehen über Böse und Gute und lässt regnen über Gerechte und Ungerechte.« Erinnert sei an den Film des Amerikaners John Ford *The Sun shines bright* (*Wem die Sonne lacht*, 1953).

536 Le temps, c'est de l'argent.

D: »Zeit ist Geld.« E: »Time is money.« Amerikanische Quelle: Benjamin Franklins *Poor Richard's Almanack* (1736).

537 Le temps guérit toutes les blessures.

la blessure: Verletzung, Wunde; (fig.) Kränkung. – Varianten: »Le temps guérit les douleurs et les querelles.« / »Le temps est le médecin de tous les maux.« / »Il n'est pas de douleur que le sommeil ne sache vaincre.« D: »(Die) Zeit heilt alle Wunden.« E: »Time is a great healer.« L: »Nullus dolor est, quem non longinquitas temporis minuat ac molliat« (Cicero).

538 Le temps perdu ne se rattrape (répare) jamais (ne revient point).

se rattraper: wieder aufholen, wieder wettmachen. – D: »Verlorene Zeit kommt nie wieder.« / »Die Zeit entflieht.« E: »Time lost cannot be won again.« / »Time flies.« L: »Tempus fugit.«

539 Le travail, c'est la santé.

D: »Gesundheit ist eine Tochter der Arbeit.« E: »Rest is good after the work is done.« L: »Labor omnia vincit improbus« (Vergil). / »In labore virtus optimum obsonium labor.« Popularisiert wurde dieses Lob der Arbeit, das Arbeitsethos allgemein, durch die Eingangsmoral in La Fontaines Fabel *Le Laboureur et ses enfants*: »Travaillez, prenez de la peine: / C'est le fonds qui manque le moins« (V,9).

540 Le trop et le trop peu gâtent le jeu.

gâter qc: (fig.) verderben. – Variante: »Entre trop et trop peu est la juste mesure.« D: »Zu viel und zu wenig verderben das Spiel.« / »Nichts allzu sehr (im Übermaß).« E: »Keep the golden mean.« / »The mean is the best.« L: »Ne qui nimis.« Die Devise »Rien de trop« schmückte einst den Frontgiebel des Apollontempels in Delphi.

541 Le ver est dans le fruit.

le ver: Wurm. – Variante: »Il y a un ver dans chaque pomme.« Das ursprüngliche Dicton ist seit antiker Zeit zunehmend proverbialisiert zum metaphorischen Ausdruck einer Krise. Jede Sache kann Unangenehmes enthalten, Nachteile verbergen, obwohl sie verlockend aussieht.

542 Le vice se cache sous le manteau de la vertu.

le vice: Laster. | **la vertu:** Tugend. – D: »Die Laster stehlen der Tugend die Kleider.« E: »Vice is often clothed in virtue's habit.« Das SW über die Masken der Menschen, ihre Eitelkeit und Eigenliebe, war ein beliebtes Thema bei den französischen Moralisten des 17. und 18. Jh.: »Nos vertus ne sont le plus souvent que les vices déguisés« hat La Rochefoucauld seinen *Réflexions ou sentences et maximes morales* (1675) als Motto vorangestellt. Vgl. dazu auch die sarkastische Gesellschaftskritik Dom Juans in der gleichnamigen Komödie von Molière (1665), vor allem in V,2.

543 **Les absents ont (toujours) tort.**
Variante: »Il faut être présent pour défendre ses intérêts.« D: »Der Abwesende muss Haare lassen.« / »Die Abwesenden haben immer Unrecht.« / »Wer nicht kommt zur rechten Zeit, muss warten, ob man ihm was beut (bietet).« E: »The absent are always in the wrong.« L: »Absens haeres non erit.« Als Quelle wird ein Zitat aus dem Drama *Le Glorieux* von Philippe Destouches (1732) angegeben.

544 **Les affaires sont les affaires.**
D: »Geschäft ist Geschäft.« E: »Business is business.« Scheinbar ein Gemeinplatz: Die tautologische Rechtfertigung skrupellosen Geschäftssinns stammt ursprünglich aus der Komödie *The Hair-at-Law* (1797) des Engländers George Colman, später in Frankreich popularisiert durch Octave Mirbeaus (1848–1917) gleichlautende Gesellschaftssatire (1903). Das Geldinteresse rechtfertigt auch hier alle Mittel zur Durchsetzung radikalen, skrupellosen Profitstrebens. Heute überwiegend negativ verwendet.

545 **Les amis de nos amis sont nos amis.**
D: »Die Freunde meiner Freunde sind auch meine Freunde.« E: »The friends of my friends are also my friends.«

546 **Les années font plus de vieux que de sages.**
D: »Alt an Jahren, an Verstand ein Kind.« / »Alter ist nicht immer Weisheit.« E: »The head grey and no brains yet.« »Peu de gens savent être vieux« schrieb der französische Moralist La Rochefoucauld 1675 in einem Brief an seine Kollegin Mme de Sablé (*Maximes* Nr. 423).

547 **Les arbres l'empêchent de voir la forêt.**
D: »Er sieht den Wald vor lauter Bäumen nicht.« E: »He cannot see the wood for trees.« Das SW will sagen, dass die Details oft den Blick auf das Ganze verdecken.

548 Les avares font nécessité de tout.

la nécessité: Bedürftigkeit, Ärmlichkeit, Notstand. – D: »Dem Geizigen mangelt alles.« / »Der Geizige entbehrt, was er hat, und begehrt, was er nicht hat.« E: »Beggars' bags are bottomless.« Sinn: Den Geizigen fehlt alles Notwendige, weil sie von ihren Gütern keinen Gebrauch machen.

549 Les battus paient l'amende.

le battu / la battue: Besiegte(r), Geschlagene(r), Verlierer(in). | **une amende:** (Geld-)Strafe, (Geld-)Buße. – D: »Wer den Schaden hat, braucht für den Spott nicht zu sorgen.« E: »Losers are always in the wrong.« / »Woe to the vanquished.«

550 Les beaux (grands) esprits se rencontrent.

un esprit: (hier metonymisch) Person. D: »Große Geister treffen (finden) sich immer.« E: »Great minds think alike.« Vgl. auch Nr. 387. Die neutrale, sachlich gemeinte Formulierung geht auf einen Brief Voltaires an M. Thiériot vom 30. Juni 1760 zurück. Im heutigen Sprachgebrauch erhält das SW eher eine ironische Note, wenn zwei Gesprächspartnern derselbe Gedanke in den Sinn kommt.

551 Les belles paroles n'écorchent pas la langue.

les belles paroles: schöne Worte. | **écorcher:** (fig.) entstellen, verhunzen. – D: »Güte tut mehr als Gewalt.« E: »Talking pays no toll.« / »All by love, nothing by force.« Selbst leere Versprechungen und Versicherungen, die man nicht (ein)halten kann, verlangen eine höfliche Rede.

552 Les belles paroles ont bien de force et coûtent peu.

D: »Schöne Worte kosten nichts.« / »Ein gutes Wort ist besser als eine große Gabe.« Die Kehrseite des SW ist viel bekannter, vor allem realistischer: »Les belles paroles ne font pas bouillir la marmite«, d. h.: »Von schönen Worten wird man nicht satt.« / »Schöne Worte machen den Kohl nicht fett.«

553 Les bons comptes font les bons amis.

le compte: Rechnung, (Rechnungs-)Buch, Konto. D: »In Geldsachen hört die Freundschaft auf.« / »Kurze Rechnung – lange Freundschaft.« E: »Short reckonings make long friends.« L: »Clara pacta, amicitia longa.« Sinn: Appell zu Offenheit und Ehrlichkeit unter Freunden.

554 Les bons maîtres font les bons valets.

le maître: Herr. | **le valet:** Diener, Knecht. – Variante: »Tel maître, tel valet.« D: »Wie der Herr (der Meister), so der Knecht.« E: »Such (like) master, such (like) man.« / »Good masters make good servants.« L: »Qualis dominus, talis et servus.« Sinn: Der Wert eines guten Herrn misst sich an der Persönlichkeit seiner Schüler; denn die Meister haben die Schüler (Diener, Knechte), die sie verdienen.

555 Les chiens aboient (Le chien aboie), la caravane passe.

Variante: »Chien qui aboie ne mord pas.« Das SW – oft zitiert – ist nicht französischen, sondern arabisch-maghrebinischen Ursprungs. Sinn: Wenn man seines Rechtes sicher ist, soll man sich trotz Protesten nicht von seinem Ziel abhalten lassen, z. B. in einer politischen Diskussion: Wir lassen uns nicht beirren, wir halten an unserer Linie fest. E: »Dogs bark, but the caravan goes on.«

556 Les chiens ne font pas de(s) chats.

Es ist klar, dass Hund und Katze sich nicht vertragen. Ähnlich brüten Adler keine Tauben (»L'aigle n'engendre point la colombe.«) E: »Eagles do not breed doves.«

557 Les cimetières sont remplis de gens indispensables.

indispensable: unentbehrlich, unverzichtbar. – Ein SW oder die kritische Reflexion über einschlägige Gattungen wie Todesanzeige, Trauerrede usw.?

558 Les conseilleurs ne sont pas les payeurs.
le conseilleur (vx., litt.): Ratgeber. – D: »Guter Rat kostet nichts.« / »Raten ist leichter als helfen.« / »Ratgeber bezahlen nicht.« E: »Advisers run no risk.« / »Nothing is given so freely as advice.« L: »Magis consiliarius est, quam auxiliarius.« Eine ironische Mahnung zur Vorsicht, denn die Ratgeber kümmern sich nicht um die Folgen und übernehmen schon gar nicht Verantwortung für das, was sie tun.

559 Les contraires s'attirent.
le contraire: Gegensatz. – D: »Gegensätze ziehen sich an.«

560 Les corbeaux entre eux ne se crèvent pas les yeux.
le corbeau: Rabe. | **se crever les yeux:** sich die Augen ausstechen. – D: »Eine Krähe hackt der andern kein Auge aus.« E: »One crow will not pick out another crow's eyes. L: »Cornix cornici nunquam effodit ocellum.« Vgl. auch Nr. 571. Der schlechte Ruf des Vogels spielt in einem anderen englischen SW eine Rolle: »Breed up a crow and he will tear out your eyes.« Aber wahr ist auch, dass sich die Gemeinen nicht gegenseitig bekämpfen.

561 Les cordonniers sont toujours les plus mal chaussés.
le cordonnier / la cordonnière: Schuster(in), Schuhmacher(in). **être chaussé, e:** beschuht sein, Schuhwerk anhaben. – D: »Der Schuster trägt immer die schlechtesten Stiefel (Schuhe).« E: »The shoemaker's son always goes barefoot.« / »The cobbler's wife is the worst shod.«

562 Les derniers seront les premiers.
Die Instabilität des Schicksals und der plötzliche Wandel in der Hierarchie von Arm und Reich sind ein Leitthema der Evangelien: »Viele Erste werden Letzte sein und viele Letzte werden Erste sein« (Mark. X,31) und etwas früher: »Wer der Erste sein möchte, der sei der Letzte und der Diener aller« (IX,35). Ähnlich auch Matth. XIX,30. Vgl. dazu Nr. 358, 584.

563 Les eaux calmes sont les plus profondes.

Variante: »L'eau dormant vaut pire que l'eau courant.« D: »Stille Wasser gründen tief.« E: »Still waters run deep.« Vgl. auch Nr. 280. L: »Quo flumen placidum est, forsan latet altius unda.« Sinn: Heuchlerischen, falschen Menschen (die schweigen und sanft scheinen) soll man misstrauen.

564 Les envieux mourront, mais non jamais l'envie (mais l'envie ne mourra jamais).

un envieux / une envieuse: Neider(in), (fam.) Neidhammel. | **une envie:** Neid. – Variante: »Envieux meurent, mais envie ne meurt jamais.« D: »Die Neider sterben zwar, doch leben bleibt der Neid.« / »Neid tut sich selbst Leid.« E: »Envy has no holidays.« / »Envy is its own torturer.« L: »Invidia immortale peccatum.« Das spätmittelalterliche Adage hat Molière im *Tartuffe* (V,3) wörtlich Madame Pernelle, der Mutter von Orgon, in den Mund gelegt.

565 Les extrêmes se touchent.

D: »Die Gegensätze berühren sich.« Vgl. auch Nr. 559. E: »Extremes meet.« L: »Extremitates, aequalitates.« Gegensätzliche Dinge haben dennoch Berührungspunkte und können z. B. zum selben Ergebnis führen. Auch im zwischenmenschlichen Bereich ist die Fähigkeit gefragt, Extreme zu begreifen und in ihnen zu leben. Eine triviale Erfahrung, bei deren Erwähnung gern auf Pascal hingewiesen wird, der in einer seiner berühmten *Pensées* (1670) sehr moderne Überlegungen zu den letzten Prinzipien der Welt zwischen den beiden Abgründen des Unendlichen und des Nichts niedergeschrieben hat: »Ces extrémités se touchent et se réunissent à force de s'être éloignées, et se retrouvent en Dieu, et en Dieu seulement« (II,72).

566 Les fruits défendus sont toujours les meilleurs (les plus doux).

D: »Verbotene Frucht schmeckt süß (am besten).« E: »Forbidden fruit is sweet.« L: »Nitimur in vetitum semper cupimusque negata« (Ovid).

567 Les grandes douleurs sont muettes.

muet, -te: stumm; (fig.) sprachlos. – D: »Großer Schmerz, stummer Schmerz.« / »Großer Schmerz macht stumm.« E: »Little griefs are loud, great griefs are silent.« L: »Parvae curae loquuntur, ingentes stupent« (Seneca). Dazu gibt es eine klassische literarische Reminiszenz: In Jean Racines u. a. auf Seneca basierender Tragödie *Andromaque* (1667) sagt Cléone zu ihrer Herrin Hermione, die in ihrer grenzenlosen Wut und Eifersucht zu allem bereit ist: »La douleur qui se tait n'en est que plus funeste« (III,3). Erwähnenswert auch, dass das SW als politischer Slogan im Mai 1968 an Pariser Häuserwänden zu lesen war.

568 Les grands diseurs ne sont pas les grands faiseurs.

le diseur / la diseuse: Erzähler(in), Deklamator(in); (péj.) Schwätzer(in). | **le faiseur / la faiseuse:** Macher(in). – D: »Wer viel redet, tut am wenigsten.« / »Sagen (Reden) und Tun ist zweierlei.« E: »The greatest talkers are the least doers.« / »Loud talking, little doing.«

569 Les gros poissons mangent les petits.

D: »Große Fische fressen die kleinen.« E: »Big fish eat little fish.« / »Great fish eat up the small.« L: »Pisces magni parvulos comedunt.« / »Piscem vorat maior minorem.« Ein sehr altes, berühmtes SW, schon in der Antike und in der Bibel belegt, denn dass die Mächtigen die Schwachen unterdrücken, ist so alt wie die Menschheit.

570 Les jours se suivent et ne se ressemblent pas.

D: »Der eine Tag folgt dem andern, aber sie gleichen nicht einander.« / »Es ist nicht ein Tag wie der andere.« E: »No two days are alike.« / »Tomorrow is another day.« L: »Ipsa dies quandoque parens, quandoque noverca.« Der scheinbar gleichförmige und austauschbare Alltag klingt wie ein aphoristischer Gemeinplatz. Das SW ist aber alt, denn es war schon immer so: Die Umstände und Zustände ändern sich mit der Zeit; das Leben ist eine Verkettung glücklicher und weniger glücklicher Ereignisse.

571 Les loups ne se mangent pas entre eux.

D: »Ein Wolf frisst nicht den andern.« / »Der Wolf ist vor Wölfen sicher.« E: »Dog does not eat dog.« Vgl. auch Nr. 560.

572 Les mauvaises nouvelles ont des ailes.

D: »Schlechte Nachrichten kommen schnell an.« / »Schlimme Boten reiten schnell.« E: »Bad (Ill) news travel(s) fast.« L: »Fama, malum qua non aliud velocius ullum« (Vergil).

573 Les mêmes causes produisent les mêmes effets.

Variante: »Il n'y a pas d'effet sans cause.« Das Kausalprinzip ist häufig Ansatz eines SW. Vgl. Nr. 287, 481, 579.

574 Les morts ne mordent plus.

Variante: »Chien mort ne mord pas.« D: »Tote Hunde beißen nicht.« / »Was tot ist, beißt nicht mehr«, d. h. ist nicht mehr in der Lage zu schaden oder Böses zu tun. E: »Dead men tell no tales.« Vgl. Nr. 613. Das antike SW zitiert Erasmus in seiner berühmten Adages-Sammlung.

575 Les murs ont des oreilles.

D: »Die Wände haben Ohren.« E: »Walls have ears.« In einschlägigen Werken wird das SW Katharina von Medici (1519–89), der Gemahlin Heinrichs II., zugeschrieben, die in der Zeit der von ihr provozierten Bartholomäusnacht (1572) angeblich unsichtbare Horchkanäle in den Wänden des Louvre, damals königliches Schloss, hatte einbauen lassen – aus Gründen, die man nicht erklären muss. Das SW ist aber sehr viel älter, z. B. schon im »Talmud«, einem Hauptwerk des Judentums, nachgewiesen.

576 Les os sont pour les absents.

D: »Die Knochen sind für die Abwesenden.« Sinn: Kein Fleisch ohne Knochen, die bei den Mahlzeiten übrigbleiben. Wer seine Rechte oder Ansprüche nicht an Ort und Stelle geltend macht, wird schlecht bedient und muss mit dem vorlieb nehmen, was übrig bleibt. E: »The absent party is always to blame.«

577 Les paroles dites au matin / N'ont pas au soir même destin.

Variante: »Les paroles du matin ne ressemblent pas à celles du soir.« D: »Man soll den Tag nicht vor dem Abend loben.« L: »Nescis quid vesper serus vehat.« Sinn: Die Menschen ändern oft ihre Meinung.

578 Les paroles s'envolent, les écrits restent.

D: »Das Wort verhallt, die Schrift bleibt.« / »Die Rede verfliegt, das Geschriebene bleibt.« E: »Words are but wind, the written letter remains.« L: »Verba volant, scripta manent.« / »Nescit vox missa reverti« (Horaz).

579 Les petites causes produisent souvent de grands effets.

D: »Kleine Ursache(n), große Wirkung(en).« Vgl. Nr. 287, 481, 573. E: »A little leak will sink a big ship.«

580 Les petits cadeaux entretiennent l'amitié.

Auch mit dem Zusatz: » ... et les grands cadeaux entretiennent l'amour.« D: »Kleine Geschenke erhalten die Freundschaft.« E: »Little gifts keep friendship warm.« Kleine materielle Geschenke unter Freunden haben vor allem einen symbolischen Wert.

581 Les petits ruisseaux forment les grandes rivières.

le ruisseau: Bach, (poét.) Strom. – D: »Kleine Bäche machen einen Strom.« / »Viele Bäche machen einen Fluss.« E: »Little brooks make great rivers.« Sinn: Nach und nach häuft man viel an und wird reich.

582 Les peuples heureux n'ont pas d'histoire.

D: »Die glücklichen Völker haben keine Geschichte.« E: »Happy is the nation that has no history.« Sinn: Wo das Glück ist, geschieht nichts Außerordentliches: keine Kriege, keine Revolution; es gibt weder Geschichten noch Helden: eine zu einfache Lebenswelt, um darüber zu berichten. Ältere Fundstellen zu diesem bekannten Diktum sind mir nicht begegnet. Belegt ist eine Variante des »Hellenen« A. Camus, der in seinem Tagebuch (Dezember 1937) im Anschluss an kritische Ausführungen zu Oswald Spenglers berühmtem

Hauptwerk *Der Untergang des Abendlandes* (1918/1922) bemerkte: »Les Grecs, peuple heureux, n'ont pas d'histoire« (Carnets I, 1962, S. 100).

583 Les plaisanteries les plus courtes sont les meilleures.
la plaisanterie: Scherz, Spaß. – D: »Kurzer Scherz ist der beste.« / »Kürze ist des Witzes Würze.« E: »Brevity is the soul of wit.« / »Don't carry a joke too far.«

584 Les premiers seront les derniers.
D: »Die Ersten werden (sollen) die Letzten sein.« E: »The first shall be the last.« Das biblische Gegenstück zu Nr. 562.

585 Les raisins sont trop verts.
vert, e: hier: unreif, zu jung. – D: »Wenn man die Trauben nicht bekommen kann, schilt man sie sauer.« Eine literarisch bekräftigte Erfahrung in La Fontaines Fabel *Le Renard et les raisins*, wo der Fuchs behauptet: »Ils sont trop verts, dit-il et bon pour des goujats« (III,11) (*goujats:* faule Lümmel).

586 Les rats quittent le navire qui coule.
le navire: (großes) Schiff. | **couler:** untergehen, sinken. – D: »Die Ratten verlassen das sinkende Schiff.« E: »Rats desert a sinking ship.« L: »Cum ruinae imminent, mures migrant.« Die Vorahnung der Ratten bei einer drohenden Katastrophe ist ein alter Seemannsglaube. Das SW wird in übertragener Bedeutung verwendet, wenn Schmeichler und Schmarotzer, also unzuverlässige Menschen, sich bei drohendem Unglück zuerst zurückziehen.

587 Les rivières retournent à la mer.
Variante: »Toutes les rivières retournent à la mer.« D: »Alle Flüsse laufen ins Meer.« E: »Money begets (makes) money.« Vgl. Nr. 391, 581. Das SW dient auch als Schema für Werbeslogans.

588 Les vieux amis et les vieux écus sont les meilleurs.
un écu: (hist.) Taler. Variante: »Ami et vin vieux sont bons en tous lieux.« D: »Alte Freunde und alter Wein sind am besten.« E: »Old friends and old wine are best.«

589 Les vieux fous sont plus fous que les jeunes.

Varianten: »Un vieux fou est le pire des fous.« / »En vieillissant, on devient plus fou et plus sage.« D: »Alter schützt vor Torheit nicht.« E: »There's no fool like an old fool.«

590 Les voyages forment la jeunesse.

D: »Reisen bildet.« E: »Travel broadens the mind.«

591 Les yeux sont le miroir de l'âme.

Variante: »Les yeux sont les messagers du cœur.« D: »Das Auge ist der Seele Spiegel.« / »Was die Augen sehen, glaubt das Herz.« E: »The eyes are the windows of the soul.« L: »Oculus animi index.« / »Oculi sunt in amore duces« (Properz).

592 Loin des yeux, loin du cœur.

D: »Aus den Augen, aus dem Sinn«, d. h. man denkt kaum noch an die, welche man nicht mehr sieht. E: »Out of sight, out of mind.« L: »Procul ex oculis, procul ex mente« (Propertius).

593 Loue le beau jour au soir, et la vie à la mort.

louer qc: etwas loben. – D: »Man soll den Tag nicht vor dem Abend loben.« E: »Praise day at night, and life at the end.« L: »Diem vesper commendat.« Sinn: Man soll das Ende einer Unternehmung abwarten, wenn man seines Resultates sicher ist.

M

594 Mains froides, cœur chaud.

Varianten: »À main froide cœur chaud.« / »Froides mains, chaudes amours.« D: »Kalte Hände, heißes Herz (warme Liebe).« E: »Cold hands (A cold hand), warm heart.« Kalte Hände gelten als Zeichen für Leidenschaft und Temperament.

595 Mal pense qui ne repense.

repenser qc: etwas (noch einmal) überdenken, sich etwas noch überlegen. – D: »Die besten Gedanken kommen hinterdrein.« E: »Second thoughts are best.« Dazu passt als Variante: »Qui pense peu se trompe beaucoup.« Sinn: Man soll nicht der ersten Regung nachgeben, einer spontanen Reaktion folgen.

596 Mal vit qui ne s'amende.

s'amender: sich bessern, besser werden. – Der lebt schlecht, der sich nicht bessert, der seine Fehler nicht korrigiert.

597 Malheur à celui par qui le scandale arrive.

malheur à …: (ellipt. Ausruf): wehe (+ Dativ). | **le scandale:** (bibl.): Anstoß, Ärgernis. – Die Bibelstelle nach Matth. XVIII,7 lautet in deutscher Übersetzung: D: »Ärgernisse müssen zwar kommen, doch weh dem Menschen, durch den das Ärgernis kommt.« (Vgl. auch Luk. XVII,1.)

598 Malheureux au jeu, heureux en amour.

D: »Unglück im Spiel, Glück in der Liebe.« E: »Lucky at cards, unlucky in love.« Es gibt auch die umgekehrte Variante: »Heureux au jeu, malheureux en amour« = »Glück im Spiel, Pech in der Liebe.« (Vgl. Nr. 237.)

599 Mariage pluvieux, mariage heureux.

pluvieux, -euse: regnerisch, regenreich. – Eigentlich ein Dicton wie heute noch die Variante: »S'il pleut le jour du mariage, / Les écus rentreront dans le futur ménage.« Beispiel für prognostischen Aberglauben.

600 Mauvais ouvrier ne trouve jamais bon outil.

D: »Schlechter Arbeiter wird nie gutes Gerät finden.« E: »A bad workman blames his tools.«

601 Mauvaise herbe croît (pousse) toujours.

la mauvaise herbe: Unkraut. – D: »Unkraut vergeht nicht (sprosset ungesät).« E: »Ill weeds grow apace.« L: »Herba mala cito crescit.« Das schon im Mittelalter bekannte Adage bedeutet im übertragenen Sinn: Nichtsnutze gedeihen schnell; Böses greift schnell um sich, denn Unkraut pflanzt der Teufel. Und was die Erziehung betrifft: Ein Kind mit schlechtem Charakter wird mit zunehmendem Alter schwierig. Aus dieser Erfahrung hat La Fontaine in der Tierfabel *L'Hirondelle et les petits oiseaux* (I,8) eine hübsche Geschichte gemacht.

602 Méchanceté porte sa peine.

la méchanceté: Bosheit, Boshaftigkeit. | **la peine:** Strafe, Bestrafung. – Wer sich böse zeigt, wird oft Opfer seines Handelns, was in der Bibel an mehreren Stellen thematisiert wird mit der Lebensregel, dass der Jubel der Frevler nicht lange währt (Hiob XX,5), da der Frevler durch seine Schlechtigkeit gestürzt werde (Sprüche XIV,32). Vgl. auch Nr. 601. E: »A guilty conscience needs no accuser.« / »Like fault, like punishment.«

603 Méfiance est mère de sûreté.

D: »Vorsicht ist die Mutter der Weisheit.« Die scherzhafte Umformung »Vorsicht ist die Mutter der Porzellankiste« wird gebraucht, wenn man übertrieben große Sicherheitsvorkehrungen (»Vorsicht, Porzellan!«) belächelt. E: »Trust is the mother of deceit.« L: »Fiducia pecuniam amisi, diffidentia vero servavi« (Erasmus).

604 Mère assurée, père supposé.

assuré, e: sicher, gesichert. | **supposé, e:** vermutet, angenommen. – Die Mutter ist allzeit gewiss – im Gegensatz zur Vaterschaft.

605 Miel sur la bouche, fiel sur le cœur.

le fiel: Galle; (fig.) Bosheit, Bitterkeit. – Variante: »Nul miel sans fiel.« D: »Honig im Mund(e), Galle im Herzen.« E: »A honey tongue is a heart of gall.« L: »Mel in ore, fel in corde.« Vgl. auch Nr. 522.

606 Mieux vaut être aimé qu'admiré.

Kritisiert wird eine Erfahrung des französischen Moralisten La Rochefoucauld: »Nous aimons toujours ceux qui nous admirent, et nous n'aimons pas toujours ceux que nous admirons« (*Maximes* 294). Dazu passt: »Il faut aimer pour être aimé« (Seneca).

607 Mieux vaut peu que rien.

D: »Etwas ist besser denn nichts.« E: »Something is better than nothing.« L: »Parum accipere plus est quam nihil omnino.« Vgl. auch Nr. 609.

608 Mieux vaut sagesse que richesse.

la sagesse: Weisheit, Klugheit. – Dass Weisheit besser ist als Stärke und Reichtum, ist ein Gemeinplatz in den Lehrbüchern des Alten Testaments: »Après de la sagesse, tout l'or du monde n'est qu'un peu de sable, à côté d'elle, l'argent compte pour de la boue« (*Livre de la sagesse* VII,9). Vgl. Nr. 488.

609 Mieux vaut tard que jamais.

Variante: »Il vaut mieux tard que jamais.« D: »Besser spät als nie (gar nicht).« E: »Better late than never.« L: »Potius sero quam numquam« (Livius). Leichte Ironie ist unüberhörbar.

610 Mieux vaut un sage ennemi qu'un imprudent ami.

imprudent, e: unbesonnen, unklug. – D: »Besser offener Feind als zweideutiger Freund.« E: »Better an open enemy than a false friend.« Es ist ein in allen Kulturen verbreitetes Thema, dass ein Freund eher schädlich sein kann als ein Feind, der uns offen die Wahrheit sagt.

611 Moineau en main vaut mieux que perdrix qui vole.

le moineau: Sperling, Spatz. | **la perdrix:** Rebhuhn. – D: »Besser ein Sperling (ein Spatz) in der Hand als ein Kranich (eine Taube) auf dem Dach.« E: »A bird in the hand is worth two in the bush.« Vgl. auch Nr. 896. L: »Ad praesens ova cras pullis sunt meliora.« (Wörtlich zitiert in Rabelais, *Gargantua et Pantagruel* III,42.)

612 Morceau avalé n'a plus de goût.

avaler qc: etwas (hinunter)schlucken, essen. – D: »Gegessenes Brot ist bald vergessen.« E: »Eaten bread is soon forgotten.« Sinn: Was man gegessen hat, schmeckt man nicht mehr, ist bald vergessen. Ist einmal das Vergnügen vorbei, bleibt nichts übrig, so wie man schnell eine Wohltat oder eine schlechte Sache vergisst, weil die Zeit vergeht und man sich nicht mehr erinnert.

613 Morte la bête, mort le venin.

le venin: Gift. – D: »Tote Hunde beißen nicht.« Vgl. auch Nr. 574. E: »Dead men tell no tales (don't bite).« Sinn: Ist ein Mensch einmal tot, kann er nicht mehr schaden. In dieser historisch berühmten Sentenz, die verschiedenen Persönlichkeiten zugesprochen wird, symbolisiert das Gift die Bosheit der Menschen.

614 Ne fais pas à autrui ce que tu ne voudrais pas qu'on te fît.
autrui (pron.): der andere, die andern. – Mehrfach in den Evangelien belegte Lebensregel (vgl. Luk. VI,31; Matth. VII,12). D: »Was du nicht willst, dass man dir tu', das füg' auch keinem andern zu.« E: »Do as you would be done by.« / »Do unto others as you would they should do unto you.«

615 Nécessité est mère de l'invention.
la nécessité: Notwendigkeit. – Variante: »Nécessité est mère d'industrie« (*une industrie*, fig.: Kunstfleiß, Geschicklichkeit). D: »Not macht erfinderisch.« E: »Necessity is the mother of invention.« L: »Mater artium necessitas.« / »Ingenium mala saepe movent« (Ovid). Schon im Mittelalter gab es die überlieferte lateinische Regel: »Faire de nécessité vertu.« = »Aus der Not eine Tugend machen.«

616 Nécessité fait loi.
Variante: »La nécessité est une dure loi.« D: »Muss ist ein bitter Kraut.« / »Muss ist eine harte Nuss.« E: »Necessity is a hard weapon.« L: »Necessitas est lex temporis (ante rationem est)« (Seneca). / »Necessitatem ferre, non flere addecet« (Publilius Syrus). Vgl. auch Nr. 617. Gewisse Handlungen sind durch ihren unausweichlichen Charakter gerechtfertigt.

617 Nécessité n'a pas (point) de loi.
Variante: »Nécessité fait loi.« D: »Not kennt kein Gebot.« E: »Necessity knows (has) no law.« L: »Necessitas non habet legem (et ob hoc excusat dispensationem).« (Der Satz wird dem Kirchenlehrer Bernhard von Clairvaux [1091–1153] zugeschrieben.) Das SW dient heute zur Legitimierung einer außergewöhnlichen Maßnahme im Namen außergewöhnlicher Umstände. Vgl. dazu schon im klassischen Latein: »Necessitati est parendum.«

618 Ni Dieu ni maître.

Der anarchistische Slogan geht auf den Titel einer sozialistischen Zeitung des französischen Arbeiterführers Auguste Blanqui (1805–81) zurück, den Anführer der republikanischen Linken nach der Revolution von 1848 und der Pariser Kommune 1871. Im Kontrast mit SW Nr. 260 wollte man weder geistliche noch weltliche Gewalt anerkennen.

619 Noblesse oblige.

D: »Adel verpflichtet.« / »Tugend ist der beste Adel.« E: »Nobility is the one only virtue.« L: »Nobilis est ille quem nobilitat sua virtus.« In der proverbialisierten Maxime aus dem Beginn des 19. Jh. kommt die moralische Verpflichtung des Adligen zum Ausdruck, von der auch in Molières Komödien die Rede ist: z. B. in der Moralpredigt von Dom Louis an die Adresse seines Sohnes Dom Juan in der gleichnamigen Komödie: »Non, non, la naissance n'est rien où la vertu n'est pas« (ein klassischer Alexandriner in IV, 4) und wenig später lapidar: »… que la vertu est le premier titre de noblesse«.

620 Notre jour viendra.

D: »Auch unser Weizen wird einmal blühen.« E: »Our day will come.« Vgl. Nr 193. Sinn: Man erwartet den Tag der Entscheidung, des Gerichts, der Freude u. a.

621 Nous n'avons que notre vie en ce monde.

Varianten: »Telle vie, telle mort.« / »De telle vie, telle fin.« D: »Man soll zu leben wissen.« / »Wie gelebt, so entschwebt.« / »Es gibt kein besseres Leben als ein gutes Leben«. Eine existenzielle Warnung, bevor es zu spät ist: E: »As a man lives, so shall he die.«

622 Nouvelle cheminée est bientôt enfumée.

enfumé, e: verrußt, verräuchert. – Sinn der Sentenz aus dem 16. Jh.: Alles Neue verliert bald an Reiz. Das SW ist semantisch offen für zweideutige Witze.

623 Nul bien sans peine.

nul, le (adj. déterminatif, litt.): kein(e). – Variante: »On n'a rien sans mal.« D: »Ohne Fleiß kein Preis.« E: »No pains, no gains.« Vgl. auch Nr. 629.

624 Nul n'est censé ignorer la loi.

nul (pron. m. sing. sujet): keiner, niemand. –D: »Unkenntnis (des Gesetzes) schützt vor Strafe nicht.« E: »Ignorance of the law is no excuse for breaking it.« L: »Nemo censetur ignorare legem.« / »Ignorantia iuris neminem excusat.« Proverbialisierung einer berühmten Maxime des Römischen Rechts.

625 Nul (personne) n'est parfait.

D: »Niemand ist vollkommen (ohne Fehler).« E: »Every man has his faults.« L: »Nemo sine firmat regulam.« Vgl. auch Nr. 402, 692 u. 852. Eher ein (bekannter) Gemeinplatz als ein (traditionelles) SW.

626 Nul n'est prophète en son pays.

D: »Der Prophet gilt nichts im eigenen Land(e) (in seinem Vaterland).« E: »A prophet is not without honour save in his own country.« Das sehr bekannte SW ist mehrfach belegt im Neuen Testament (Matth. XIII,57; Mark. VI,4; Luk. IV,24).

627 Nul ne peut servir deux maîtres.

Variante: »L'on ne peut servir ensemble et Dieu et le Diable.« D: »Niemand kann zwei Herren dienen.« E: »No man can serve two masters.« Berühmte Quelle: Bergpredigt (Matth. VI,24).

628 Nul ne sait mieux que l'âne où le bât le blesse.

un âne: Esel. **le bât:** Packsattel. **blesser:** hier: drücken, wehtun. – D: »Viel Säcke sind des Esels Tod.« / »Zu schwere Last erdrückt den Esel.« E: »Everyone knows best where the shoe pinches (him).« Entsprechend D: »Jeder weiß am besten, wo ihn der Schuh drückt.« Vgl. auch Nr. 154. Sinn: Wer leidet, weiß selbst genau, wo der wunde Punkt ist, wo es ihm wehtut.

629 Nul pain sans peine.

Variante: »On n'a rien sans peine.« Vgl. Nr. 623. D: »Wer Brot will, darf den Schweiß nicht scheuen.« E: »No gain without pain.« / »No reward without toil.« ›Brot‹ ist das Symbol für ›Nahrung‹ ganz allgemein.

630 Nulle montagne sans vallée.

Varianten: »Après grande montagne, grande vallée.« / »Il n'y a pas de montagnes sans vallée.« D: »Es gibt nicht bloß Berge, es müssen auch Täler sein.« E: »Every cloud has a silver lining.« Sinn: Jedes Ding hat zwei Seiten, auch seine guten Seiten.

O

631 Œil pour œil, dent pour dent.

D: »Aug(e) um Auge, Zahn um Zahn.« E: »An eye for an eye, a tooth for a tooth.« / »Revenge is sweet.« Wörtlich der Rachegeist des sog. »Talion« als alter Strafrechtsgrundsatz: die Vergeltung von Gleichem mit Gleichem, wofür es im Alten Testament mehrere Belegstellen gibt (2. Mose XXI,24; 5. Mose XIX,21; 3. Mose XXIV,19–20). In der Bergpredigt verneint Matthäus mit ausdrücklichem Bezug auf das Alte Testament dieses »Gesetz«: »Ich aber sage euch: Leistet dem Bösen keinen Widerstand …« (V,38–42).

632 On a souvent besoin d'un plus petit que soi.

avoir besoin de qn/qc: jdn./etwas (dringend) brauchen, nötig haben. – D: »Das Große braucht oft den Kleinen.« / »Nötig sind uns oft, die kleiner sind als wir.« Diesen auf den antiken Fabeldichter Äsop zurückgehenden Lehrsatz hat La Fontaine an zwei Tierfabeln anschaulich gemacht: *Le Lion et le rat* und *La Colombe et la fourmi* (II,11/12).

633 On a tant crié, on a tant chanté Noël, qu'à la fin il est venu.

Variante: »Tant crie-t-on Noël qu'il vient.« D: »Man redet so lange vom Fest(e), bis es kommt.« Sinn: Was man mit Sehnsucht erwartet, tritt schließlich ein. Das SW, ein alter Freudenschrei, geht zurück auf einen früheren Brauch, in den Straßen vor Weihnachten und in der Kirche Wochen vor Weihnachten nach dem Fest zu rufen. »Tant crie l'on Noël qu'il vient« hat François Villon (1431?–63?) als Refrain für seine berühmte *Ballade des proverbes* gewählt (vgl. S. 225).

634 On apprend à tout âge.

Varianten: »On en apprend tous les jours.« / »On n'est jamais trop vieux pour apprendre.« D: »Keiner ist zu alt zum Lernen.« / »Man lernt nie aus.« E: »Never too old to learn.« L: »Nulla aetas ad discendum sera.« / »Etiam seni esse discendum« (Seneca).

635 On attrape (prend) plus de mouches avec du miel qu'avec du vinaigre.

D: »Mit einem Löffel Honig fängt man mehr Fliegen als mit einem Fass voll Essig.« E: »Honey catches more flies than vinegar.« / »Mildness does better than harshness.« Sinn: Milde ist mehr wert als Gewalt; mit Güte erreicht man mehr als mit Gewalt.

636 On est assez riche quand on a le nécessaire.

Variante: »Est assez riche qui est content.« Vgl. auch Nr. 178. D: »Wem nichts mangelt, der ist reich.« E: »He is rich enough that wants nothing.« In mehrfacher Hinsicht ein überaus aktuelles SW.

637 On est peu de chose.

Seit Pascal und bis Bergson ist dieser »Gedanke« eine Leitsentenz der Philosophie; heute umgangssprachlich eher ein Gemeinplatz, Ausdruck demütig-ironischer Selbsterkenntnis – oder auch nicht. Dazu »se croire quelque chose« = sich für wichtig halten.

638 On est (souvent) puni par où (l')on a péché.

pécher: sündigen. – D: »Womit einer sündigt, damit wird er gestraft.« / »Jede Sünde büßt sich selbst.« E: »The punishment always fits the crime.« Vgl. auch Nr. 40.

639 On fait des folies à tout âge.

faire une folie: eine große Dummheit, Torheit begehen. – D: »Alter schützt vor Torheit nicht.« E: »Never too old to play the fool.« Vgl. auch Nr. 368.

640 On a (n'a pas) l'âge de ses artères.

une artère (méd.): Arterie, Puls-, Schlagader. – Variante: »On a l'âge de son cœur.« D: »Man ist so alt, wie man sich fühlt«, d. h. man kann sein Alter nicht verleugnen. E: »A man is as old as he feels himself to be.«

641 **On n'a rien pour rien.**

Variante: »On ne fait (donne) rien pour rien.« D: »Man hat nichts umsonst.« / »Von nichts kommt nichts.« E: »Nothing for nothing.« / »Of nothing comes nothing.« L: »De nihilo nihilum.« / »Nihil ex nihilo existere vera sententia est.« In dem SW steckt immer der Hintergedanke der Hoffnung auf Gegenleistung.

642 **On n'arrête pas le progrès.**

E: »Procrastination is the thief of time.« Der »Fortschritt« gehört (noch) nicht zum SW-Schatz. Das Wort hat weder das Alter noch die Reife, was die Proverbialisierung des verbreiteten Fortschrittsglaubens angeht. Umgangssprachlich ist der oft ironisch gemeinte Satz eher ein Gemeinplatz als Kommentar zu einer Neuerung, einer neuen Sache, einem neuen Verfahren, denen man gern zustimmt.

643 **On n'attrape pas de lièvre avec un tambour.**

le lièvre: Hase. – Variante: »On ne prend pas le lièvre au tambourin.« D: »Es ist übel, Hasen mit Trommeln zu fangen.« E: »Drumming is not the way to catch a hare.« L: »Non capiunt lepores tympana rauca leves.« Sinn: Wenn man sich für eine heikle Sache engagiert, soll man seine Pläne nicht lauthals ankündigen, sondern diskret vorgehen.

644 **On n'est jamais si bien servi que par soi-même.**

D: »Selbst getan ist gut getan.« / »Selbst ist der Mann.« E: »If you want a thing done well, do it yourself.« / »If you would be well served, serve yourself.« Im SW kann auch eine negative Bedeutung zum Ausdruck kommen.

645 **On n'est jamais trahi que par les siens.**

trahir: verraten, Verrat begehen. | **les siens** (m. pl.): die Seinigen, Seinen; auch Freunde, Anhänger. – D: »Verrat lauert im Verborgenen.« E: »Save me from my friends.« Vgl. Nr. 201. Eine Mahnung zur Klugheit gegenüber Angehörigen, ja Leuten im eigenen Haus.

646 On ne badine pas avec l'amour.

badiner: scherzen, spaßen. – D: »Spiel nicht mit der Liebe.« Titel einer der *Comédies et proverbes* des romantischen Dramatikers Alfred de Musset (1834). E: »Do not trifle with love.«

647 On ne doit pas avoir les yeux plus grands que le ventre.

Variante: »Les yeux sont plus grands que le ventre.« D: »Die Augen sind größer als der Magen.« E: »The eye is bigger than the belly.« Sinn: Man soll seine Fähigkeiten nicht falsch einschätzen.

648 On ne fait pas d'omelette sans casser des œufs.

D: »Wer Eierkuchen will, muss Eier einschlagen.« / »Wo gehobelt wird, fallen Späne.« E: »You cannot make an omelette without breaking eggs.« In einer Art ethischem Pessimismus wird auf eine populäre Erfahrung hingewiesen: Eine radikale Veränderung führt zwangsläufig zu Beeinträchtigungen, die Nachteile mit sich bringen.

649 On ne mesure pas les hommes à la toise.

la toise (vx.):(altes Längenmaß) Klafter; (fig.) Maßstab. – D: »Man kann die Seele nicht mit der Elle messen.« / »Man misst gern fremdes Getreide mit seinem eigenen Scheffel.« Vgl. auch Nr. 333. Sinn: Man soll andere nicht nach seinem eigenen Maßstab messen, zumal das Verdienst sich nicht nach der Körpergröße richtet.

650 On ne meurt qu'une fois!

D: »Einen Tod kann der Mensch nur sterben.« / »Zweimal kann niemand, einmal muss jeder sterben.« E: »A man can only die once.« Der geistreich-frivole Gemeinplatz spielt auch in Molières Komödie *Le dépit amoureux* (1656) eine Rolle, in der der Diener Mascarille in klassischen Alexandrinern verkündet: »On ne meurt qu'une fois et c'est pour si longtemps!« (V, 4).

651 On ne perd pas de temps quand on aiguise ses outils.

aiguiser qc: etwas schärfen, schleifen. – Die Bedeutung einer guten Vorbereitungsarbeit kommt schon in einem der Sprüche Salomos zum Ausdruck: »Die Pläne schlagen fehl, wo die Beratung fehlt« (XV,22). E: »Patient waiters are not losers.«

Jean-Baptiste Oudry, Illustration (um 1755) zur
Fabel *Le Meunier, son fils, et l'âne* (1668)
von Jean de la Fontaine (III,1)

652 On ne peut avoir le drap et l'argent.

le drap: Tuch, Laken. – D: »Du kannst nicht alles haben, entweder ... oder ...« E: »You cannot have your cake and eat it.« Das SW geht zurück auf die literarische Figur des Maître Pierre Pathelin in der gleichnamigen Farce von 1485, der etwas kaufen wollte, ohne zu bezahlen. Alt ist auch der umgekehrte Fall des doppelt betrügenden

Profiteurs, der den Preis, das Geld verlangt und die Ware nicht liefert. Köstlich illustriert hat La Fontaine das Thema des »betrogenen Betrügers« in der Moral der Fabel *Le Coq et le renard* (II,15), wo es in der Schlussmoral heißt: »Car c'est double plaisir de tromper le trompeur.«

653 On ne peut complaire à tous.
complaire à qn: jdm. gefällig sein, gefallen. – Varianten: »Qui cherche à plaire à tous ne peut plaire à personne.« / »Impossible est de bien complaire à tous.« D: »Allen muss man nicht gefallen.« E: »You can't please everyone.« Vgl. auch Nr. 654.

654 On ne peut contenter tout le monde et son père.
contenter qn: jdn. zufriedenstellen, es jdm. rechtmachen. – D: »Man kann es nicht allen Leuten recht machen.« E: »You can't please everyone.« L: »Nemo omnibus placet.« Vgl. auch Nr. 67, 653 u. 656. Die proverbiale Problematik, wie man zwei entgegengesetzte Interessen befriedigen kann, geht auf ein altes pädagogisches Rätsel zurück, wie ein Fährmann einen Wolf, ein Schaf und einen Kopf Kohl ans andere Ufer übersetzen kann. Daraus hat La Fontaine in seiner Fabel *Le Meunier, son fils, et l'âne* (III,1) eine humorvoll-groteske Geschichte gemacht.

655 On ne peut être (à la fois) juge et partie.
la partie: (jur.) Partei, Kläger. – D: »In eigener Sache kann niemand Richter sein.« E: »No one should be judge in his own cause.« L: »Nemo debet esse iudex in propria causa.« Es handelt sich um ein altes, antikes Rechts-SW.

656 On ne peut ménager la chèvre et le chou.
ménager qc: etwas schonen, auf etwas Rücksicht nehmen. – Das SW geht auf die in Nr. 654 erwähnte Anekdote zurück. D: »Man kann nicht die Ziege und den Kohl retten.« L: »Integra omnia habere.« Es gibt einige Gründe dafür, dass das SW überwiegend negativ gebraucht wird: Man denkt an den Kohl im Topf und die Ziege am Spieß.

657 On ne peut (pas) être à la fois au four (à la foire) et au moulin.

le four: (Back-)Ofen, Backstube. | **la foire:** Markt. | **le moulin:** Mühle. – D: »Wir können nicht gleichzeitig (zugleich) hier sein und dort.« E: »One cannot be in two places at once.« L: »Hic esse et illic simul non possum.« Sinn: Man kann sich nicht gleichzeitig mit zwei Dingen beschäftigen, z. B. auf zwei Hochzeiten tanzen.

658 On ne peut pas avoir le beurre et l'argent du beurre.

Ähnlich wie Nr. 652: Man kann nicht etwas Gutes genießen und gleichzeitig seinen Verkauf; man muss wählen. Nach Robert (*Dictionnaire des expressions et locutions*) gebräuchlich (erst) seit 1980.

659 On ne peut pas être et avoir été.

D: »Man kann nicht jung sein und jung gewesen sein.« Eine moralistische Maxime zum Spannungsverhältnis Jugend – Alter, vielleicht mit einem tröstenden Unterton. In dem ihm eigenen sarkastischen Ton hat der französische Schriftsteller Léon Bloy (1846–1917) das SW korrigiert: »On ne peut être et avoir été. Mais si! On peut avoir été un imbécile et l'être toujours« (*Exégèse des lieux communs*, Paris 1922, 7e éd., S. 191).

660 On ne peut pas tout avoir.

Variante: »Celui qui tout convoite tout perd« (*convoiter qc:* etwas begehren). D: »Wer alles haben will, geht leer aus.« E: »Much would have more.« Vgl. auch Nr. 667 u. 798.

661 On ne peut pas vivre (ne vit pas) d'amour et d'eau fraîche.

D: »Man kann nicht von Liebe und Wasser leben«, also sich weder um Essen noch Trinken kümmern, seine Arbeit und alle Pflichten vergessen. Die weniger desillusionierende utopische Variante von der Liebe wird zwar in den Lexika verzeichnet, spielt im Alltag aber eine sehr viel geringere Rolle.

662 On ne prête qu'aux riches.

D: »Dem guten Zahler ist leicht borgen.« Frei nach Matthäus (XIII,12): »Wer hat, dem wird gegeben«, gewährt man Hilfe (und Kredit) demjenigen, der zurückerstatten kann. E: »To him that has, shall more be given.«

663 On ne saurait faire boire un âne qui n'a pas (s'il n'a pas) soif.

un âne: Esel. – D: »Pferde lassen sich zum Wasser bringen, / Aber nicht zum Trinken zwingen.« E: »You can (may) take a horse to the water, but you can't make him drink.« Sinn: Man muss die Dinge zur rechten Zeit wollen und andere nicht zu etwas zwingen. Erwähnenswert ist, dass die Esel-Metapher des Romanischen im anglogermanischen Kulturbereich durch das Pferd ersetzt wird.

664 On ne se baigne jamais deux fois dans le même fleuve.

D: »Man kann nicht zweimal in denselben Fluss steigen.« Der berühmte Aphorismus stammt aus den sog. *Fragmenten* des antiken Vorsokratikers Heraklit (Wende des 6. Jh. v. Chr.). Alles fließt (»Panta rhei«) ist der philosophische Gedanke vom ewigen Wandel der Dinge, der unaufhörlichen Bewegung. Das Innenleben der Menschen sei einem Fluss vergleichbar, der fließt und seine Fluten ständig ändert. E: »There is nothing permanent except change.«

665 On ne tire pas sur une ambulance.

une ambulance: Krankenwagen. – Ein »neues« SW oder doch nicht? Die politisch motivierte Parole war der Titel eines Leitartikels der Journalistin und Politikerin Françoise Giroud (1916–2003), erschienen am 24. 4. 1974 im *Express*, den sie 1953 zusammen mit J. J. Servan-Schreiber gegründet hatte. Sinn: Man stürzt sich nicht auf jemanden, den das Schicksal schon genug getroffen hat, um den Verwundeten, Angeschlagenen ganz niederzumachen.

666 On pend les petits voleurs et (mais) on épargne (laisse courir) les grands.

épargner: schonen. – D: »Kleine Diebe hängt man, große lässt man laufen.« E: »Little thieves are hanged, but great ones escape.« L: »Parvus pendetur fur, magnus abire videtur.« / »Sacrilegia minuta puniuntur, magna in triumphis feruntur« (Seneca). Die zeitlose Aktualität dieser Rechtserfahrung bedarf keines Kommentars.

667 On perd tout en voulant trop avoir (gagner).

Variante: »Qui veut tout avoir n'a rien.« D: »Wer zu viel verlangt, verliert noch, was er hat.« / »Wer das Ganze will, verliert das Ganze.« E: »All covet, all lose.« L: »Qui totum vult, totum perdit.« Vgl. auch Nr. 660.

668 On récolte ce qu'on sème.

Variante: »Il faut semer pour recueillir.« D: »Was der Mensch sät, das wird er ernten« (Paulus in seinem Brief an die Galater VI,7). E: »As you sow, so you reap.« Vgl. auch Nr. 263. Sinn: Man wird »ernten«, was man »gesät«, d. h. in seinem Leben erarbeitet hat; wobei es auch um das Gute geht, das man auf dem Gebiet des Geistes sät.

669 On reconnaît l'arbre à ses fruits.

D: »An der Frucht erkennt man den Baum.« E: »The tree is known by its fruit.« Sinn: Den Wert eines Menschen erkennt man an seinen Taten und deren Resultaten. Wieder ist die Bibel die Lehrmeisterin nach Matth. XII,33: »An ihren Früchten werdet ihr sie erkennen.«

670 On recule pour mieux sauter.

reculer (v. tr., itr.): verzögern, hinausschieben; zurückgehen, -treten. – Zwei Bedeutungen sind im Spiel: einerseits das Abwarten des günstigsten Zeitpunktes im Hinblick auf größere Erfolgschancen; andererseits das Hinauszögern einer unvermeidlichen Entscheidung, wodurch man sich einen Vorteil verschafft. Konkret liegen Situationen im sportlichen Wettkampf zugrunde. D: »Man muss rückwärts gehn, um recht zu springen.« E: »One must draw back in order to leap better.« / »Look before you leap.«

671 On revient toujours à ses premières amours.

les amours (f. pl., poét.): Liebesbeziehung, Liebschaft. – D: »Alte Liebe rostet nicht.« E: »Old love will not be forgotten.« L: »Antiquus amor cancer est« (Petronius).

672 On sait ce qu'on quitte, on ne sait pas ce qu'on trouve (prend).

D: »Was man hat, hat man.« E: »Quit not (never quit) certainty for hope.« Vgl. auch Nr. 366.

673 On voit (toujours) la (une) paille dans l'œil du prochain (de son voisin) et l'on ne voit pas la poutre qui est dans le sien.

la paille: Strohhalm, Splitter. | **la poutre:** Balken. – D: »Man sieht wohl den Splitter im fremden Auge, aber nicht den Balken im eigenen.« E: »The pot calls the kettle black.« / »The hunchback does not see his own hump.« Das klassische SW gegen die menschliche Heuchelei ist vorgegeben in der Bibel: Matth. VII,3–5; Luk. VI,41.

674 Où force domine (règne), raison n'a (point de) lieu.

ne pas avoir lieu: aus-, wegfallen. – D: »Wo Gewalt herrscht, schweigen die Rechte.« E: »Might is (overcomes) right.« Ein altes Rechts-SW aus dem 15. Jh. Vgl. auch Nr. 228.

675 Où il n'y a rien (pas de quoi), le roi perd son droit (ses droits).

D: »Wo nichts ist, hat der Kaiser [ursprünglich war Caesar gemeint] sein Recht verloren.« E: »Where nothing is, the king must lose his right.« / »Where nought's to be got, kings lose their scot.«

676 (Là) Où il y a de la gêne, il n'y a pas de plaisir.

la gêne: Zwang, Verlegenheit, Hemmung. – D: »Wo es förmlich (gezwungen) zugeht, fühlt man sich nicht wohl.« / »Wo ist Zwang, da ist kein Klang.« E: »A shame-faced beggar fares poorly.« Ein modernes SW, in der Nähe des Gemeinplatzes, mit einem häufig ironischen Akzent, z. B. wenn jemand besonders indiskret ist und sein Vergnügen auf Kosten anderer hat.

677 Où la chèvre est attachée (liée), il faut bien qu'elle y broute.

être attaché, e / lié, e: an-, festgebunden sein. | **brouter:** weiden, grasen. – Variante: »Quand on n'a pas ce que l'on aime, il faut aimer ce que l'on a.« D: »Wo die Ziege angebunden ist, da muss sie grasen.« E: »The goat must bleat where she is tied.« / »One should do the best of circumstances.« In der literarischen Rhetorik eine sog. »Wiederholungsfigur« (Metabole), d. h. die Zusammenstellung zweier Sätze, deren einer die Hauptbegriffe des andern in umgekehrter Folge enthält (vgl. Nr. 273 u. 731). Sinn: Man soll zufrieden sein mit dem, was man hat; man muss etwas aus der Situation machen, in der man ist, so wie die Amme Jacqueline in Molières Komödie *Le Médecin malgré lui*: »… et là où la chèvre est liée, il faut bian qu'alle y broute« (III,3; die Amme spricht Dialekt).

678 (Mais) Où sont les neiges d'antan?

d'antan (vx.): vorjährig, früher. – D: »Wo ist der Schnee vom letzten Jahr?« lautet der Refrain in François Villons berühmter *Ballade des dames du temps jadis* (1461/62), in der das im Mittelalter verbreitete Thema des »Ubi sunt«, das Vanitas-Motiv der Vergänglichkeit alles Irdischen, dargestellt wird: Melancholie des Bedauerns der vergangenen Dinge. D: »Eine Mühle kann nicht mit dem Wasser von gestern mahlen.« E: »The mill cannot grind with the water that is past.«

P

679 Paris (Rome) ne s'est pas faite en un jour.

Varianten: »Rome n'a pas été construite en un jour.« / »On ne fait pas tout en un jour.« D: »Rom ist nicht in einem Tag(e) gebaut worden.« / »Alles braucht seine Zeit.« E: »Rome was not built in a day.« L: »Roma non fuit una die condita.« Sinn: Das mittelalterliche SW will sagen, dass eine schwierige Aufgabe Zeit braucht.

680 Paris vaut bien une messe.

Ursprünglich ein sog. »mot historique« von Heinrich IV. (1593), der aus politischen Gründen zum Katholizismus übertrat. Im weiteren Sinne heute verwendet, um einen Widerruf, die mehr oder weniger achtbare Zurücknahme, zu rechtfertigen, die es ermöglicht, einen wichtigen Vorteil zu erlangen.

681 Partir, c'est mourir un peu.

D: »Scheiden tut weh.« / »Scheiden bringt Leiden, / Wiederkehr Freuden.« E: »Parting is such sweet sorrow.« Gemeint ist mit dem Dicton nicht nur die Trennung Liebender, sondern auch das »Zurücklassen« lieb gewordener Begegnungen im Reisezeitalter.

682 Pas (Point) d'argent, pas (point) de Suisse.

le Suisse: Schweizer; Mitglied der Schweizer Garde. – D: »Kein Kreuzer, kein Schweizer.« E: »No money, no Swiss.« / »No money, no piper.« Sinn: Man gibt oder macht nichts für nichts. Ohne den historisch-anekdotischen Kontext ist die oft parodierte Wendung kaum verständlich: Das SW soll unter König Franz I. (1494–1547) entstanden sein, als einmal kein Geld für die Entlohnung der Schweizer Söldner da war. Jean Racine hat dem Bonmot in seiner sprichwörterreichen Komödie *Les Plaideurs* (1668) gleich in der ersten Szene ein Denkmal gesetzt.

683 Pas de nouvelles, bonnes nouvelles.

D: »Keine Nachricht, gute Nachricht.« E: »No news is good news.« Vgl. auch Nr. 572. Ein insbes. im Englischen sehr beliebtes SW, ursprünglich aus der Welt des Aberglaubens; man will sich und andere beruhigen.

684 Pas vu, pas pris.

Variante: »Ni vu ni connu!« Sinn: Die Erleichterung/Genugtuung darüber, eine dubiose Sache, ja eine Untat verschleiert zu haben, wird begünstigt durch das Fehlen von Zeugen, die reden könnten. Die elliptischen Formeln unterstreichen das Ausbleiben nachteiliger Folgen, also Straffreiheit.

685 Patience et longueur de temps font mieux que force ni (que) rage.

D: »Mit Geduld und Zeit kommt man weit.« E: »Patient men win the day.« / »Patience drives a snail to Jerusalem.« Vgl. Nr. 472 u. 702. Das SW ist fast wörtlich die Moral in La Fontaines Fabel *Le Lion et le rat* (II,11).

686 Patience passe science.

In seinen Sprüchen stellt Salomo Geduld und Ausdauer gegen Wissen und Weisheit. In der Verfolgung wichtiger Ziele werden hier »Tugenden« gegeneinander ausgespielt. Vgl. auch Nr. 471, 472 u. 510.

687 Pauvre, mais honnête.

Die Verteidigung der Armut ist ein mehrfach belegtes Thema in den SW. Die beruhigend wirkende einräumende Verknüpfung der beiden menschlichen Befindlichkeiten erscheint bei genauerem Hinsehen als eine gehässige Trennung! Wer arm ist, bleibt arm. Aber: »Besser arm in Ehren als reich in Schanden.«

688 Pauvreté n'est pas vice.

le vice: Laster. – D: »Armut ist keine Schande.« E: »Poverty is not a crime.« L: »Paupertas non est vitium.« Eine deutliche Bekräftigung des im vorigen SW formulierten Sachverhalts, wenn auch die gesellschaftlichen Konsequenzen der Armut nicht aufgehoben sind.

689 Pauvreté ne déshonore pas.

déshonorer: entehren, Schande machen. – D: »Armut schändet nicht.« E: »Poverty is not a crime.« Vgl. auch Nr. 687.

690 Péché avoué est à demi (moitié) pardonné.

D: »Bekannt (Gebeichtet) ist halb gebüßt.« E: »A fault confessed is half redressed.« Vgl. auch Nr. 40 u. 224.

691 Pendant que le jeu est beau, il fait bon le laisser.

Variante: »Il faut bien laisser le jeu, quand il est beau.« D: »Wenn der Scherz (Spaß) am besten ist, soll man aufhören.« E: »Long jesting was never good.« / »Leave a jest, when it pleases you best.« L: »Jocus dum optimus, cessandum.« Sinn: Man muss im richtigen Moment Schluss machen können.

692 Personne (Nul) n'est infaillible.

infaillible: unfehlbar. – D: »Niemand ist unfehlbar.« / »Irren ist menschlich.« / »Niemand ist vollkommen.« E: »Every man has his faults.« L: »Errare humanum est.« Vgl. auch Nr. 625 u. 852. Ein sehr bekannter Gemeinplatz, auch sehr alt: Jeder Mensch kann sich irren; doch nur ein unkluger wird auf seinem Irrtum beharren.

693 Personne n'est indispensable.

indispensable: unbedingt notwendig, unentbehrlich. – D: »Niemand ist unersetzlich.« E: »No man is indispensable.« Vgl. auch Nr. 557.

694 Petit à petit, l'oiseau fait son nid.

petit à petit (loc. adv.): allmählich, nach und nach. Vgl. auch Nr. 581. – D: »Das Nest verrät den Vogel.« / »Nach und nach macht der Vogel sein Nest.« E: »By little and little, the bird makes his nest.« / »Hair by hair you will pull out the horse's tail.« Das (relativ) Kleine – im Gegensatz zum (ganz) Großen – wird in vielen SW thematisiert, zumeist positiv, wie in diesem Lob der Arbeit und der Ausdauer.

695 Petit poisson deviendra grand.

Das SW ist der wörtliche Beginn der Fabel *Le petit poisson et le pêcheur* (V,3) von La Fontaine (dort allerdings mit dem Zusatz: »Pourvu que Dieu lui prête vie.«) Es ist eine Warnung an die »Großen«: Auch der »Kleine« wird groß und der »Schwache« stark (und schlägt vielleicht zurück).

696 Petite cuisine agrandit la maison.

agrandir: vergrößern. – Variante: »Grandes maisons se font par petite cuisine.« D: »Die Küche frisst oft das Haus.« / »Kleine Küche macht großes Haus.« E: »A little kitchen makes a large house.« / »Small winnings make a heavy purse.« L: »Divitiae grandes homini sunt vivere parce.« Sinn: Durch Senken der täglichen Ausgaben für die bzw. in der Küche wird man reich.

697 Petite négligence accouche d'un grand mal!

la négligence: Nachlässigkeit, Unachtsamkeit. | **accoucher de qc:** (fig.) etwas gebären, erzeugen, hervorbringen. – Ein regionales französisches SW aus dem Ende des 19. Jh. nach dem Klein-Groß-Schema: Die Nichtbeachtung einer Regel, Vorschrift kann zu einer Katastrophe führen. Vgl. auch Nr. 699.

698 Petite pluie abat grand vent.

abattre qc: (Wind) die Kraft nehmen, niederschlagen. – D: »Mit Geduld kommt man zum Ziel.« E: »Small rain lays great dust.« / »Every little helps.« Im wörtlichen Sinn ein ehemaliges Dicton: »Ein kleiner Regen vertreibt den Wind« (vgl. auch Nr. 1001), das heute überwiegend metaphorisch gebraucht wird: Ein unbedeutendes Ereignis kann einen großen Streit, eine stürmische Affäre besänftigen.

699 Petites causes, grands effets.

Variante: »À petite cause, grands effets.« Elliptisch für: »Les petites causes produisent ... « D: »Kleine Ursache(n), große Wirkung(en).« Vgl. auch Nr. 285, 579. E: »A little leak will sink a big ship.« Sinn: Unbedeutende Ereignisse können die Quelle gewichtiger Entscheidungen sein.

700 Pierre qui roule n'amasse pas mousse.

rouler: rollen. | **amasser qc:** etwas an-, aufhäufen. | **la mousse:** Moos. – D: »Ein Stein, der rollt, setzt kein Moos an.« / »Wer rastet, der rostet.« E: »A rolling stone gathers no moss.« L: »Musco lapis volutus haud obducitur.« / »Qui autem non proficit, deficit« (Papst Leo I.). – Das SW ist sehr bekannt, alt (16. Jh.) und gilt als prototypisches Beispiel der Gattung, obwohl (oder gerade weil) in der Aussage nicht eindeutig: Ist es (negativ) ein Symbol für Unruhe und Unstetigkeit oder andererseits (positiv) Deutung der Bewegung des Steins als dynamisches Element?

701 Plaie d'argent n'est pas mortelle.

la plaie: Wunde, (fig.) Verlust, Schaden. – Variante: »La plaie d'argent ne dure pas toujours.« D: »Geldverlust lässt sich verschmerzen.« E: »Money isn't everything.« Sinn: Es gibt Schlimmeres zu verlieren als Geld, das sich wieder ersetzen lässt. Das aus dem 20. Jh. stammende SW hat in unserer Zeit vielleicht noch an Bedeutung gewonnen.

702 Plus fait douceur que violence.

D: »Mit Güte erreicht man mehr als mit Gewalt.« Vgl. auch Nr. 685. E: »Mildness does better than harshness.« Den antiken Stoff hat La Fontaine in seiner Fabel *Phébus et Borée* (*Phébus* = Apollo, *Borée* = griech. Gott des Nordwinds) (VI,3) literarisch überliefert. Dass Güte mehr erreiche als Gewalt, verkündet Apollo wörtlich als Moral aus diesem häufigen Gegensatzpaar in der Welt der SW.

703 Plus haut monte le singe (le singe s'élève), plus il montre son cul (pelé).

le cul: Hinterteil; (pop.) Arsch. | **pelé, e:** kahl. – Variante: »Un singe vêtu de pourpre est toujours un singe.« D: »Ein Aff bleibt ein Aff, / Er mag König werden oder Pfaff.« / »Affen bleiben Affen, wenn man sie auch in Sammet kleidet.« E: »An ape is an ape, though they be clad in silk or scarlet.« / »The higher the monkey climbs, the more he shows his tail.« Das SW übt harsche Kritik am Parvenu, dem Emporkömmling, dessen Herkunft und Schwächen, je höher er steigt, umso deutlicher hervortreten, was mit dem »kahlen Hintern« des Affen drastisch ins Bild gesetzt ist.

704 Plus on est de fous, plus on rit.

Variante: »Plus on est nombreux, plus on s'amuse.« D: »Je mehr, desto besser.« E: »The more the merrier.« Die Narren tauchen immer wieder auf; ja, in den SW sind sie in der Überzahl. Der historisch verbürgte Satz stammt von Marie d'Anjou, Gemahlin von König Karl VII., in dem sie Bezug nahm auf den Vorgänger ihres Gatten, Karl VI. (1380–1422), der den Beinammen »le fou« hatte.

705 Plus on remue la merde, (et) plus elle pue.

remuer qc: etwas auf-, umwühlen. | **la merde** (vulg.): Scheiße. | **puer:** stinken. – D: »Je tiefer man im Schmutz rührt (in einem Misthaufen stochert), umso mehr stinkt er.« E: »It is ill to waken sleeping dogs.« / »The more you stir, the more it will stink.« L: »Stercus quo plus commovetur, tanto plus foetit.« Das SW aus dem Mittelalter will davor warnen, die Wahrheit um jeden Preis zu erforschen, in einer schmutzigen Affäre zu tief zu graben. Bemerkenswert ist die enge Verbindung von organischem Schmutz und Moral.

706 Plus une eau est pure, moins elle a de poissons.

Häufiger ist die Umkehrung, die negative Variante: »Il fait bon pêcher en eau trouble.« / »L'eau trouble est le gain du pêcheur.« E: »It is good fishing in troubled waters.« L: »Est captu facilis turbata piscis in unda.« Sinn: Je trüber das Wasser, je mehr Fische, was metaphorisch natürlich bedeutet: unanständige Geschichten, böse Affären.

707 Plusieurs peu font un beaucoup.

D: »Viel Kleine machen ein Großes.« / »Wenig zu wenig macht zuletzt viel.« E: »Many a little makes a mickle.« L: »De minimis granis fit magnus acervus.« Vgl. auch Nr. 526, 580, 581.

708 Pour vivre heureux vivons cachés.

D: »Wer sich wohl verborgen hält, / Hat gut leben in der Welt.« E: »The quiet life is the happy life.« Quelle ist ein Vers aus der Fabel *Le Grillon* von Jean Pierre Claris de Florian (1755–92), in der es um ein Streitgespräch zwischen einem Schmetterling und einer Grille (»grillon«) geht und die wörtlich mit der proverbialisierten Moral endet. Vielleicht haben die elegischen Briefe des antiken Dichters Ovid (veröffentlicht unter dem Titel *Tristia*) einen Einfluss gehabt.

709 Prendre à crédit cause dépit.

à crédit: auf Kredit, auf Borg. | **causer (du) dépit:** Ärger, Verdruss bereiten. – Variante: »Argent emprunté porte tristesse.« D: »Borgen macht Sorgen.« E: »He that goes a borrowing goes a sorrowing.« Der »crédit d'argent« ist bis heute ein leidiges Thema, ein Problem vor allem unter Bekannten und Freunden.

710 Promettre et tenir sont deux.

D: »Versprechen und halten ist zweierlei.« E: »To promise is one thing, and to keep is another.« / »Saying is one thing, and doing another.« L: »Aliud est facere, aliud est dicere.«

711 Prudence est mère de sûreté.

la sûreté: Sicherheit. – D: »Vorsicht ist die Mutter der Weisheit« (in der scherzhaften Berliner Variante: »… der Porzellankiste«). E: »Better be safe than sorry.« / »Safe bind, safe find.« Vgl. auch Nr. 603.

Q

712 Qu'importe le flacon (pourvu qu'on ait l'ivresse).

le flacon: Fläschchen, Flacon. | **pourvu que** (+ subj.): vorausgesetzt dass; sofern. | **une ivresse:** Rausch, Trunkenheit. – Ursprünglich auf die Liebe bezogene Verse aus dem Gedicht »La Coupe et les lèvres« (*Premières Poésies*, 1835) des Romantikers Alfred de Musset: »Aimer est le grand point, qu'importe la maîtresse? / Qu'importe le flacon, pourvu qu'on ait l'ivresse?« Sinn: Heutige übertragene Bedeutung des metonymischen poetischen Spiels: Der Inhalt, Gehalt ist wichtiger als das Gefäß, der Behälter.

713 Quand deux se disputent, le troisième se réjouit.

D: »Wenn (Wo) zwei sich streiten, freut sich der Dritte.« Eine der zahlreichen Lehnübersetzungen aus dem Deutschen.

714 Quand il y en a pour un, il y en a pour deux.

D: »Wenn es für einen reicht, reicht es auch für zwei.« Im Französischen geht das Zahlenspiel weiter: »Quand il y en a pour trois, il y en a pour quatre.«

715 Quand l'arbre est tombé, tout le monde (chacun) court aux branches.

D: »Wenn der Baum gefallen ist, so macht ein jeder Holz.« / »Wer da fällt, über den läuft alle Welt.« E: »When the tree is fallen (down) every man goes to it with his hatchet.« / »To kick a man when he is down.« L: »Deiecta quivis arbore ligna legit.« Sinn: Die Situation des Baumes ist ein Bild gescheiterter und ausgeplünderter Macht: Man schont denjenigen nicht, den das Schicksal geschlagen hat.

716 Quand l'orgueil chemine (va) devant, honte et dommage suivent de près.

un orgueil: Stolz, Überheblichkeit. | **cheminer:** seine Wege ziehen, sich vorarbeiten. | **le dommage:** Schaden. – Variante: »L'orgueil précède la chute« (vgl. Nr. 427). D: »Hochmut geht voran, Spott und Schaden folgen nach.« E: »Pride goes before and shame follows after.« Einer der biblischen Sprüche Salomos (XVI,18), wo es heißt:

»Wer zu Grunde gehen soll, der wird zuvor stolz; und Hochmut kommt vor dem Fall.« Die SW-Variante steht wörtlich in den *Mémoires* des spätmittelalterlichen Historiographen Commynes (1489–98).

717 Quand la jument est sortie, il n'est plus temps de fermer l'étable.

la jument: Stute. – Variante: »Il n'est plus temps de fermer l'étable quand les chevaux n'y sont plus.« D: »Wenn das Kind in den Brunnen gefallen ist, deckt man ihn zu.« E: »It is too late to shut the stable door after the horse has bolted.« Das SW gilt seit der Antike als klassisches Beispiel für das Thema »verspätetes« oder »zu spätes« Handeln. Eine drastische Kurzfassung: »Après la mort, le médecin.«

718 Quand le bâtiment va, tout va.

le bâtiment: Bauindustrie. – Sinn: Wenn das Bauwesen blüht, geht es der ganzen Wirtschaft gut. Wenn es auf dem Bau gut zugeht, ist das ein Indiz für wirtschaftliche Prosperität. Strenggenommen kein SW, sondern die politische Meinung des Abgeordneten Martin Nadaud, der selbst Bauarbeiter war, 1850 in der Gesetzgebenden Versammlung.

719 Quand le chat n'est pas là, les souris dansent.

Variante: »Le chat parti les souris dansent.« D: »Wenn die Katze aus dem Haus ist, springen die Mäuse über Stühl und Bänke.« E: »When the cat's away / The mice will play.« L: »Dum felis dormit, mus gaudet et exsilit antro.« Der Transfer in die Welt der Chefs, Arbeitgeber und Vorgesetzten ist klar.

720 Quand le diable est (devient) vieux, il se fait ermite.

un ermite: Einsiedler, Eremit. – D: »Wenn der Teufel alt (krank) wird, wird er fromm (will er Mönch werden).« E: »The devil was sick, the devil a saint (monk) would be.« L: »Aegrotavit daemon, monachus tunc esse volebat.«

721 Quand le vase est trop plein, (il faut qu')il déborde.

le vase: Gefäß. | **déborder:** überlaufen. – D: »Wenn der Krug voll ist, so läuft er (von einem Tropfen) über.« Sinn: Wenn ein leidenschaftliches Gefühl (Liebe, Hass u. a.) auf dem Höhepunkt ist, muss es sich Ausdruck verschaffen, Luft machen.

722 Quand le vin est tiré, il faut le boire.

(vin) tiré: (Wein) abgezogen, auf Flaschen gezogen. – D: »Man muss die Suppe auslöffeln, die man sich eingebrockt hat.« / »Wer A sagt, muss auch B sagen.« E: »In for a penny, in for a pound.« Ein sehr bekanntes SW aus Burgund, einem hervorragenden Weinland. Sinn: Wenn man zu sehr in einer Unternehmung engagiert ist, kann man nicht mehr zurück.

723 Quand on court après l'esprit, on attrape la sottise.

un esprit: hier: Witz, Geist, Esprit. | **la sottise:** Dummheit, Torheit. – Ein »Gedanke« des Staatsphilosophen und Moralisten Montesquieu (1689–1755), dem die lebhafte und z. T. übertriebene »Esprit«-Diskussion seiner Zeit sehr vertraut war.

724 Quand on aime, on ne compte pas.

D: »Wer liebt, der rechnet nicht.« E: »Love makes the world go round.«

725 Quand on est aimé on ne doute de rien, quand on aime on doute de tout.

douter de qc: an etwas zweifeln, einer Sache misstrauen. – Die Schriftstellerin Sidonie-Gabrielle Colette (1873–1954) soll das Wortspiel mit der Liebe, die in zahlreichen SW thematisiert ist, in einem Interview mit dem Schriftstellerkollegen Emmanuel Berl 1939 erstmals formuliert haben. Vgl. auch Nr. 384.

726 Quand on dîne avec le diable, il faut se munir d'une longue cuillère (cuiller).

se munir de qc: sich mit etwas versehen/wappnen/versorgen. – D: »Der muss einen langen Löffel haben, der mit dem Teufel essen will.« E: »Never tempt the devil.« / »He who sups with the devil should have a long spoon.« Auch der Teufel ist ein sehr populäres Thema, sehr häufig vertreten in vielfältigen Konstellationen in der Welt der SW.

727 Quand on n'a pas ce que l'on aime, il faut aimer ce que l'on a.

Variante: »Qui n'a pas ce qu'il aime, aimera ce qu'il a.«
D: »Wer nicht hat, was er will (liebt), muss wollen (lieben), was er hat.« E: »Do as you may if you can't do as you would.« Die resignative Einsicht ist schon bei antiken Komödiendichtern so belegt. Jüngeren Datums ist der Verweis auf einen Brief von R. Bussy-Rabutin (1618–93) an seine Cousine Mme de Sévigné (1667).

728 Quand on n'a pas une bonne tête (de tête), il faut avoir de bonnes (des) jambes.

Variante: »Qui n'a pas de mémoire doit avoir des jambes.«
D: »Was man nicht im Kopf(e) hat, muss man in den Beinen haben.« E: »A forgetful head makes a weary pair of heels.« Der Satz wiederholt die sprichwörtlich bekannte Opposition »oben«/»unten« bzw. »intellektuell«/»physisch«.

729 Quand on n'a rien à perdre, on peut tout risquer.

D: »Wer nichts hat, hat auch nichts zu fürchten/ zu verlieren, kann daher alles wagen.« Vgl. auch Nr. 761. E: »Better hazard once than be always in fear.«

730 Quand on n'avance pas, on recule.

Variante: »Qui n'avance pas recule.« D: »Stillstand ist Rückgang.« / »Wer rastet, der rostet.« E: »To stand still is to move back.« / »He that looks not before, finds himself behind.« L: »Non progredi est regredi.« Vgl. auch Nr. 833.

731 Quand on ne peut faire comme on veut, il faut faire comme on peut.

D: »Wer nicht kann, wie er will, muss wollen, wie er kann.«
E: »Do as you may if you can't do as you would.« (Vgl. Nr. 677.)

732 Quand on parle du loup, on en voit la queue (il sort du bois).

D: »Wenn man den Wolf nennt, / Kommt er gerennt.« / »Wenn man vom Wolf(e) spricht, ist er nicht weit (so sieht man von ihm den Schwanz).« E: »Talk of the wolf, and his tail appears.« L: »Lupus in fabula« (Terentius). Der Wolf, in der Welt der SW zahlreich vertreten, hat ein sehr gutes Auge. Wenn der Mensch ihn sieht, ist er schon auf der Flucht und man sieht von ihm nur noch den Schwanz. Es gehört zum Aberglauben zu meinen, es genüge, von jemandem zu sprechen und schon sei er da.

733 Quand on veut, on peut.

Variante: »Qui veut peut.« D: »Wo ein Wille ist, ist auch ein Weg.« / »Wer will, dem ist alles möglich.« E: »Where there's a will, there's a way.« Vgl. auch Nr. 731, 912.

734 Quatre yeux voient mieux (plus) que deux.

D: »Vier Augen sehen mehr als zwei.« E: »Four eyes see more than two.« L: »Plus vident oculi quam oculus.«

735 Qui a bon voisin a bon matin.

D: »Wer gute Nachbarn hat, kann ruhig schlafen.« E: »A good neighbour, a good morrow.« L: »Cui bonus est vicinus felix illucit dies.« Das schon aus römischer Zeit stammende SW lobt das Glück guter Nachbarschaft.

736 Qui a bu boira.

Variante: »Plus on boit, plus on a soif.« D: »Je mehr einer trinkt, je mehr ihn dürstet.« / »Der Trinker bessert sich immer morgen.« E: »Once a thief (a gambler), always a thief (a gambler).« Sinn: Man bessert sich nicht in seinen Fehlern; man kehrt immer wieder zu seinen alten Gewohnheiten zurück.

737 Qui a faim mange tout pain.

D: »Wer hungrig ist, dem ist kein Brot zu schwarz.« / »Hungern macht saure Bohnen süß.« E: »Hunger makes hard beans sweet.«

738 Qui a vécu par l'épée périra par l'épée.

une épée: Schwert. | **périr** (litt.): umkommen, den Tod finden. – Varianten: »Tous ceux qui prendront l'épée périront par l'épée.« / »Qui de glaive vit, / De glaive périt« (*le glaive*, litt.: Schwert). D: »Wer das Schwert nimmt, der soll durchs Schwert umkommen« (nach Matth. XXVI,52). E: »He who lives by the sword dies by the sword.«

739 Qui aime bien châtie bien.

châtier: strafen, züchtigen. – D: »Je lieber (das) Kind, je schärfer (die) Rute.« / »Wer sein Kind liebhat, der züchtigt es.« E: »Spare the rod and spoil the child.« L: »Qui bene amat, bene castigat.« Das zu Fehldeutungen verleitende SW ist Teil der biblischen Lebensklugheit. Im alten Testament heißt es: »Wer seinen Sohn recht liebt, der spart an ihm die Rute nicht« (Sirach/Ecclesiasticus XXX,1); im Hebräerbrief des hl. Paulus steht: »Denn wen der Herr liebt, den züchtigt Er« (XII,6).

740 Qui casse les verres, les paie.

Variante: »Les casseurs seront les payeurs« (*le casseur / la casseuse:* Schreihals, Randalierer[in], Demonstrant[in]). D: »Wer den Schaden anrichtet, muss ihn bezahlen.« E: »The culprit must pay for the damage.« / »Who breaks pays.« Sinn: Bedeutung der individuellen Verantwortung in einer Gemeinschaft. Aktualisiert durch die Studentenunruhen 1968, wurde das SW als politischer Slogan der Regierung ausgerufen.

741 Qui cherche à plaire à tous ne peut plaire à personne.

Variante: »On ne peut pas plaire à tout le monde.« – D: »Man kann es nicht allen recht machen.« / »Der lebt nicht, glaub' ich, auf der Welt, / der allen Leuten gut gefällt.« E: »You can't please everyone.« Vgl. auch Nr. 653, 654.

742 Qui cherche le péril y périt (périra).

le péril: (große) Gefahr. | **périr** (litt.): umkommen, den Tod finden. – D: »Wer sich in Gefahr begibt, kommt darin um.« E: »He that seeks danger shall perish therein.« Die biblische Quelle: Sirach/Ecclesiasticus III,25: »Wer die Gefahr liebt, kommt in ihr zu Fall.«

743 Qui cherche trouve.

Varianten: »Celui qui cherche trouve.« / »En cherchant on trouve.« / »Cherchez et vous trouverez.« Variationen eines Bibelzitats: Matth. VII,7. D: »Wer such(e)t, der findet.« E: »Seek and you shall find.« / »He who will seek, may find.« L: »Qui quaerit, invenit.«

744 (Celui) Qui cherche un ami sans défaut reste sans ami.

Variante: »Il faut aimer ses amis avec leurs défauts.« Ein proverbialisiertes »mot historique«, von Rodolphe II., König von Burgund (912–937), der viel zu kämpfen hatte, mit politischen Mitstreitern, Freunden wie Feinden, auf dem Weg zu einem vereinigten Königreich Burgund. Losgelöst vom historischen Kontext gilt das SW als Aufforderung zur Milde, Nachsicht und Duldsamkeit.

745 Qui commence bien finit bien.

Variante: »De bon commencement bonne fin.« D: »Guter Anfang, gutes Ende.« E: »A good beginning makes a good ending.« L: »Boni principii bonus finis.« Vgl. auch Nr. 298.

746 Qui dit A doit (aussi) dire B.

D: »Wer A sagt, muss (auch) B sagen.« E: »You cannot say A without saying B.« B. Brecht widerspricht in seiner Art, SW zu persiflieren: »Wer A sagt, muss nicht B sagen; er könnte auch feststellen, dass A falsch war« (in: *Der Jasager und Der Neinsager*, 1930).

747 Qui donne aux pauvres prête à Dieu.

D: »Wer sich des Armen erbarmet, der leihet dem Herrn.« E: »He that has pity on the poor lends to the Lord.« L: »Foeneratur Domino qui miseretur pauperis.« Biblische Quelle: Sprüche XIX,17.

748 Qui donne vite (tôt) donne deux fois.

D: »Wer schnell gibt, gibt doppelt.« E: »He gives twice who gives quickly.« L: »Bis dat, qui cito dat« (Seneca).

749 Qui dort dîne.

D: »Wer schläft, den hungert nicht.« Wer schläft, braucht nicht zu essen, er spart die Mahlzeit. E: »A sleeping man is not hungry.« / »He sups who sleeps.« Auffällig ist der semantische Strukturkontrast zwischen den beiden Teilaussagen, was bei den Aufsehern z. B. in mittelalterlichen Kerkern zu gemeinen Kommentaren Anlass bot: Der Schlaf vertreibt den Hunger usw. Das SW ist auch anwendbar bei jemandem, der sich aus finanziellen Nöten keine Nahrung leisten kann. Ursprünglich stand der Spruch am Eingang einer Herberge und besagte: Man kann hier nur übernachten, wenn man auch zu Abend isst.

750 Qui est connu en Vosges n'est pas inconnu partout.

Vosges: Vogesen (frz. Departement). – Stellvertretend für viele andere auf Personen, Orte oder Länder bezogene »proverbes locaux/historiques«, – die im strengen Sinne keine SW sind, – soll hier ein Beispiel aus einem heute touristisch sehr attraktiven Stück Elsass zitiert werden. Es gibt ethnisch-geografisch negativere, durchaus aggressive (Vor-)Urteile. Unser SW stammt schon aus dem 16. Jh.

751 Qui est en bonne santé est riche sans le savoir.

D: »Gesundheit ist der größte Reichtum.« E: »Good health is above wealth.« L: »Sani divitibus ditiores.« Vgl. auch Nr. 757 u. 812. Lob der Gesundheit war schon in der Antike ein wichtiges Thema, mehrfach auch in der Bibel, z. B.: »Kein Reichtum hat den Wert wie Leibeswohl« (Sirach/Ecclesiasticus XXX,16).

752 Qui est propre à tout n'est propre à rien.

propre à: fähig zu. – D: »Wer zu allem taugt, taugt zu nichts.« E: »Jack of all trades, and master of none (is of no trade).« Vgl. Nr. 91.

753 Qui femme a, noise a.

la noise (vx.): Zank, Streit. – Varianten: »Qui femme a guerre a.« / »Fumée, pluie et femme sans raison chassent l'homme de sa maison.« E: »He that has a wife has a strife.« / »Smoke, raining into the house and a scolding wife will make a man run out of doors.« D: »Ehestand, Wehestand.« Eines der zahlreichen, schon im Mittelalter geläufigen frauenfeindlichen SW.

754 **Qui m'aime, aime mon chien.**

D: »Wer mich liebt, der liebt auch meinen Hund.« / »Wer mich liebt, liebt die Meinen.« E: »Love me, love my dog.« / »Who loves me well, loves my dog also.« L: »Qui me amat, amet et canem meum.« Der Hund hat hier eine symbolische Stellvertreterfunktion. Das SW stammt aus den *Sermones* (Predigten) des berühmten Zisterzienserabtes Bernhard von Clairvaux.

755 **Qui m'aime, me suive!**

Der Gefolgschaftsgedanke, z. B. bei kriegerischen Anlässen, geht auf die Antike zurück. Als konkret belegtes »mot historique« in der jüngeren Geschichte wird der Satz als »Schlachtruf« König Philipp VI. von Valois (1294–1350) zugeschrieben, dessen Streit mit dem englischen König zum Hundertjährigen Krieg führte. Heutiger Sinn: Wer liebt, folgt der geliebten Person selbst in gefährlichen Situationen.

756 **Qui mal cherche, mal trouve.**

Variante: »Le mal appelle le mal.« D: »Wer Böses denkt, hat's halb getan.« E: »He that sows iniquity shall reap sorrow.« Vgl. auch Nr. 786.

757 **Qui n'a santé n'a rien, qui a santé a tout.**

Variante: »Il n'est trésor que de santé.« D: »Gesundheit ist der größte Reichtum.« E: »Health is above wealth.« Vgl. auch Nr. 751 u. 812.

758 **Qui n'entend qu'une cloche n'entend qu'un son (n'entend rien).**

la cloche: Glocke; hier: Rede, Worte. – D: »Alles hat zwei Seiten.« Deshalb soll ein Richter zwei gleiche Ohren haben und beide Parteien hören. / »Eines Mannes Rede ist keines Mannes Rede, man muss sie hören alle beede.« E: »There are two sides to every question.« L: »Audiatur et altera pars.« Vgl. auch Nr. 268 u. 837. Problem der subjektiven Wahrnehmung und Auslegung von Äußerungen. Selbst die Glocken, um im Bild zu bleiben, läuten nicht immer gleich.

759 Qui naît poule aime à gratter.

la poule: Henne, Huhn. | **gratter:** kratzen, scharren. – D: »Die Henne lässt das Scharren nicht.« / »Was von der Henne kommt, das gackert.« E: »He that comes of a hen must scrape.« Sinn: Seine Herkunft kann man genetisch, anlagebedingt nicht verleugnen.

760 Qui ne dit mot consent.

consentir: zustimmen, einverstanden sein. – D: »Wer schweigt, stimmt zu (gibt zu).« E: »Silence means consent.« L: »Qui tacet, consentire videtur.« Ursprünglich ein Rechts-Adage, das schon den alten Griechen geläufig war: Platon (427–347 v. Chr.) zitiert die positive Wertigkeit des Schweigens in seiner berühmten *Apologie* (Verteidigungsrede des Sokrates vor dem Athener Gericht). Die Rechtsregel blieb über die Jahrhunderte ein Kernsatz des *Corpus iuris civilis*, des Reichsgesetzbuches des oströmischen Kaisers Iustinian (um 534).

761 Qui ne risque rien n'a rien (ne gagne rien).

D: »Wer nicht wagt, der nicht gewinnt.« E: »Nothing venture, nothing have.« L: »Nausi lucratur, / Ausus cui nil famulator.« Eine Maxime des entschlossenen, risikobereiten Handelns, die auch in positiver Version belegt ist: »Wer wagt, gewinnt.«

762 Qui ne sait (de) rien, de rien ne doute.

douter de qc: an etwas zweifeln, etwas bezweifeln. – D: »Mit dem Wissen wächst der Zweifel.« E: »He that knows nothing, doubts nothing.« L: »Dubium sapientiae initium.« Eine typische Moral-Maxime über die Gefahren der Unwissenheit: Nur Unwissende unternehmen eine Sache, ohne vorab die Folgen zu bedenken.

763 Qui ne sait (pas) dissimuler, ne sait (pas) régner.

dissimuler: sich verstellen, etwas verbergen. – D: »Wer sich nicht zu verstellen versteht, versteht nicht zu regieren.« E: »He that knows not how to dissemble, knows not how to rule.« L: »Qui nescit dissimulare, nescit regnare.« Sinn: In der Praxis der Machtausübung kann man weder immer klar seine Absichten zum Ausdruck bringen, noch seine Meinung über andere frei äußern. Die Devise wird allgemein dem französischen König Ludwig XI. (1423–83) zugesprochen, der seine königliche Herrschaft gegenüber Adel und Geistlichkeit nur mit Macht und Tücke durchzusetzen verstand. Von Kardinal Richelieu (1585–1642) stammt der Satz: »Savoir dissimuler est le savoir des rois.«

764 Qui ne sait obéir ne sait commander.

obéir: gehorchen. | **commander:** befehlen, führen. – Variante: »Il faut apprendre à obéir pour savoir commander.« D: »Wer befehlen will, muss gehorchen können.« E: »Through obedience learn to command.« Vgl. auch Nr. 293. Der athenische Gesetzgeber Solon (6. Jh. v. Chr.), einer der sieben Weisen, gilt als Autor dieses pädagogischen Prinzips: Gehorsam als Lehrzeit vor dem Befehlen.

765 Qui ne travaille pas, ne mange pas.

D: »Wer nicht arbeitet, soll auch nicht essen.« E: »No mill, no meal.« / »He that will not work, shall not eat.« Die christliche Auffassung von der Bedeutung der Arbeit für den Menschen ist ein biblisches Thema von Anfang an. Sehr deutlich kommt das Arbeitsethos bei Paulus im 2. Brief an die Thessalonicher zum Ausdruck: »Wer nicht arbeiten will, soll auch nicht essen« (III,10). Aus dem Französischunterricht in Erinnerung ist die mahnende Rede des reichen Bauern an seine Kinder in La Fontaines Fabel *Le Laboureur et ses enfants* (V,9), wo es gleich zu Beginn heißt: »Travaillez, prenez de la peine: / C'est le fonds qui manque le moins.« Sozusagen als Bekräftigung seines Vermächtnisses wiederholt der Vater als zweite Moral am Schluss: »… que le travail est un trésor«, eine Lehre, die als Moral so schon in der Vorlage bei Äsop steht.

766 Qui partout sème en aucun lieu ne récolte (ne récolte nulle part).

partout: überall. | **semer:** säen. – D: »Wer zu viel begehrt, bekommt am Ende nichts.« E: »He that grasps too much, holds nothing fast.« Sinn: Man soll sich bei seinen Bestrebungen nicht verzetteln oder zersplittern.

767 Qui paye ses dettes s'enrichit.

s'enrichir: reich werden. – D: »Wer seine Schulden bezahlt, verbessert seine Güter (sein Gut).« / »Glücklich, wer keine Schulden hat.« E: »Out of debt, out of danger.« »He who pays his debts, begins to make a stock.« L: »Felix qui nihil debet.« / »Debitor huic praestat, qui debito solvere curat.«

768 Qui peut le plus peut le moins.

le plus: das Meiste, Höchste. | **le moins:** das Wenigste, Mindeste. – D: »Das Große schließt das Kleine ein.« / »Kommt man über den Hund, kommt man auch über den Schwanz.« E: »Who can do more, can do less.« Sinn: Hat man die größte Schwierigkeit hinter sich, braucht man die kleinen nicht zu fürchten. Es handelt sich um ein »mot historique« Napoleons, von seinem Außenminister und Ratgeber, Herzog von Talleyrand, überliefert.

769 Qui plus a plus convoite.

convoiter qc: etwas (heftig) begehren; nach etwas gierig sein. – Varianten: »À convoitise rien ne suffit« (*la convoitise:* Begehrlichkeit, Begierde). / »Plus on a, plus on veut avoir.« D: »Je mehr man hat, je mehr man will (begehrt).« E: »The more one has, the more one wants.« / »The miser's bag is never full.« L: »Qui multum habet, plus cupit« (Seneca). Vgl. auch Nr. 18.

770 Qui prête à l'ami s'en fait souvent un ennemi.

Variante: »Ami au prêter, ennemi au rendre.« D: »Guter Borger, schlechter Zahler.« / »Mit Leihen gewinnt man einen Freund, mit Wiedergeben verliert man einen.« E: »Lend your money and lose your friend.« Vgl. auch Nr. 771.

771 Qui prête aux amis perd au double.

au double: doppelt. – D: »Leihen bringt Reuen.« / »Leihen macht Freundschaft, wiedergeben Feindschaft.« E: »Misfortune makes foes of friends.« Sinn: Der Leihgeber verliert zugleich sein Geld und seinen Freund. Vgl. Nr. 770.

772 Qui prouve trop (veut trop prouver) ne prouve rien.

D: »Wer zu viel beweist, beweist nichts.« / »Probieren geht über Studieren.« E: »That which proves too much, proves nothing.«

773 Qui quitte la partie la perd.

la partie: Spiel, Partie. – D: »Wer die Partie aufgibt, verliert sie.« E: »Who loves to roam may lose his home.« Vgl. auch Nr. 793. Sinn: Die ursprüngliche Spielmetapher meint übertragen: Wer seinen Eifer (in der Debatte, im Wettbewerb, früher: am Hof) nicht fortsetzt, also aufgibt, verliert.

774 Qui rit le matin le soir pleure.

D: »Wer am Morgen lacht, weint am Abend.« / »Lachen und Weinen sind in einem Sack.« / »Der heute lacht, wird morgen weinen.« E: »Laugh before breakfast, you'll cry before supper.« / »He that laughs in the morning, weeps at night.« L: »Risus profundior lacrymas parit.« Vgl. auch Nr. 834.

775 Qui s'aime se taquine.

se taquiner: sich necken, hänseln, quälen. – D: »Was sich liebt, das neckt sich.«

776 Qui s'attend (quand on s'attend) à l'écuelle d'autrui dîne souvent tard (par cœur).

une écuelle: Napf, Schale; hier (fig.): Essen, Mahlzeit. – Variante: »… a souvent mal dîné (mauvais dîner).« D: »Wer sich auf anderer Leute Schüssel verlässt, geht hungrig zu Bett.« / »Selbst ist der Mann.« E: »Who depends upon another man's table often dines late.« Sinn: Man soll nur auf sich selbst zählen und von seinem eigenen Hab und Gut leben, ganz im Sinne der Devise La Fontaines in seiner Fabel *L'Alouette et ses petits* (IV,22), die schon im ersten Satz die Moral verkündet: »Ne t'attends qu'à toi seul, c'est un commun proverbe.«

777 Qui s'excuse, s'accuse.

Variante: »Qui trop s'excuse s'accuse.« D: »Wer sich entschuldigt, klagt sich an.« E: »He who excuses himself, accuses himself.« L: »Excusatio non petita, accusatio manifesta.«

778 Qui s'y frotte s'y pique.

se frotter (fig.): sich reiben, sich anlegen. | **y:** hier expletive Partikel ohne Bedeutung. | **se piquer** (fig.): hitzig, gereizt werden; sich gekränkt (pikiert) fühlen. – D: »Wer nicht hören will, muss fühlen.« E: »Touch me who dares.« / »Meddle and smart for it.« Historischer Hintergrund sind die mittelalterlichen Reitturniere (Pferde mit Sattel- und Zaumzeug; Reiter mit Pike und im Harnisch). Ursprünglich war das SW die Devise des streitfreudigen französischen Königs Ludwig XII. (1462–1515), dessen Wappen zu Recht ein Dornenbündel zeigte. Heute dominiert in dem SW die Warnung, ja Drohung, dass, wer Streit sucht, dies bald bereuen wird.

779 Qui se fait agneau (brebis) le loup le mange.

un agneau: Lamm. | **la brebis:** Schaf. – D: »Wer sich zum Lamm (Schaf) macht, den fressen die Wölfe.« E: »He that makes himself a sheep, the wolf will eat him.« L: »Nemo ab alio contemnitur nisi a se ante contemptus.« Sinn: Man darf seine Schwäche nicht zeigen. Zu viel Milde und Sanftmut sind gefährlich.

780 Qui se loue, s'emboue.

se louer: sich (selbst) loben. | **s'embouer** (vx., pop.): sich mit Kot besudeln. – Sehr altes SW, das auf die Bibel zurückgeht (vgl. Sprüche XXVII,2). D: »Eigenlob stinkt (Freundeslob hinkt).« E: »Self-praise is no recommendation.« / »He that praises himself, spatters himself.« L: »Non te laudabis: propria laus foetet in ore.« / »Laus in proprio ore sordescit.« Moralistisches Fazit: Wer sich selbst lobt, wird schnell einen Spötter finden; denn gewöhnlich lobt man, um gelobt zu werden (sagt La Rochefoucauld, in *Maximes*, Nr. 146).

781 Qui se marie à la hâte se repent à loisir.

à la hâte: (zu) eilig, überstürzt. | **se repentir:** bereuen. | **à loisir:** in Ruhe, mit Muße. Variante: »Nul ne se marie qui ne s'en repente.« – D: »Heiraten in Eile / Bereut man mit Weile.« E: »Marry in haste and repent at leisure.«

782 Qui se repent est presque innocent.

se repentir: bereuen. | **innocent, e:** unschuldig, schuldlos. – D: »Wohl bereut ist halb gebüßt.« E: »A fault confessed is half redressed.« L: »Quem poenitet peccasse, paene est innocens« (Seneca wörtlich in seiner Tragödie *Agamemnon*, 243). Vgl. auch Nr. 224.

783 Qui se ressemble s'assemble.

s'assembler: sich versammeln, zusammenkommen. – D: »Gleich und gleich gesellt sich gern.« E: »Like will to like.« / »Birds of a feather flock together.« L: »Cum paribus facillime congregantur.« Der mittelalterliche Aphorismus ist inspiriert von den Rittern der Tafelrunde, was durch die rhetorische Figur der Paronomasie bekräftigt wird.

784 Qui se sent galeux se gratte.

galeux, -euse: krätzig, räudig; (fig.) schäbig. | **se gratter:** sich jucken, sich kratzen. – D: »Wen's juckt, der kratze sich.« E: »If the cap fits, wear it.« / »Evil doers are evil dreaders.« Sinn: Wird gesagt von jemandem, der sich getroffen, angesprochen fühlt, aber versucht, die Kritik für sich noch auszunutzen. Literarisch berühmt ist in La Fontaines Fabel *Les animaux malades de la peste* (VII,1), was über den Esel, das »Bauernopfer« im Reich der Tiere, gesagt wird: »Ce pelé, ce galeux, d'où venait tout le mal.«

785 Qui se sent morveux(, qu'il) se mouche.

morveux, -euse: rotzig, mit Rotz beschmiert. | **se moucher:** sich schneuzen, sich die Nase putzen. – Sinnverwandt mit Nr. 784.

786 Qui sème le vent récolte la tempête.

D: »Wer Wind sät, wird Sturm ernten.« E: »They that sow the wind shall reap the whirlwind.« Sinn: Wer zur Gewalt anstiftet, muss damit rechnen, die logischen Konsequenzen zu (er)tragen. Vgl. auch Nr. 1010 u. 1011. Die Quelle ist ein Prophet des Alten Testaments, Hosea, der das ganze sittliche Handeln unter dem Blick der Liebe betrachtet (VIII,7).

787 Qui songe à oublier se souvient, se souviendra toujours.

songer à: denken an. – Vergessen und (sich) erinnern sind Teil unseres Bewusstseins. Das SW regt an, über die vergebliche Anstrengung nachzudenken, nicht vergessen zu können, was wir im Gedächtnis bewahren. Schon in der Gedächtniskritik des großen Moralisten Michel de Montaigne (16. Jh.) spielt das Vergessen eine große Rolle: »Il n'est rien qui imprime si vivement quelque chose en notre souvenir que le désir de l'oublier« (*Essais*, 1580–88, II,12). Unweigerlich denkt man an den Kampf mit dem Vergessen nach Auschwitz.

788 Qui terre a, guerre a.

Variante: »Nulle terre sans guerre.« Voltaire spottete aus eigener leidvoller Erfahrung: »Qui plume a guerre a.« D: »Viel Geld, viel Sorgen.« E: »Much coin, much care.« Wer Besitz hat oder Vermögen, zieht Neider, ja Feinde an: Streit unter Nachbarn, Anfechtung einer Erbschaft, Prozessauseinandersetzung, Grundstücksgrenzen usw. Nicht nur die sprachliche Struktur, sondern auch das Thema lassen auf hohes Alter schließen.

789 Qui tout convoite tout perd.

convoiter qc: etwas begehren. – »Wer alles will haben, soll nichts haben.« / »Wer zu viel begehrt, bekommt am Ende gar nichts.« E: »Grasp all, lose all.« / »All covet, all lose.« Vgl. Nr. 18 u. 769.

790 Qui tout me promet, rien ne me promet.

D: »Wer viel verspricht, hält selten etwas.« / »Die am meisten versprechen, pflegen am wenigsten zu halten.« E: »Who gives all, denies all.« / »He that promises too much, means nothing.« Vgl. auch Nr. 710.

791 Qui trop embrasse mal étreint.

embrasser qn: jdn. umarmen, in die Arme schließen; auch: küssen. | **étreindre qn:** jdn. umarmen, umfangen, fest drücken. – Variante: »On risque de tout perdre en voulant trop gagner.« Vielfach parodierte Variation, z. B. bei Abschiedsszenen: »Qui trop embrasse manque le train.« D: »Wer zu viel anfängt, bringt nichts zustande.« / »Wer zu viel fasst, lässt viel fallen.« E: »He that grasps too much, holds nothing fast.« L: »Qui nimis capit, parum stringit.«

792 Qui trop se hâte reste en chemin.

se hâter: sich beeilen. | **rester en chemin:** auf halbem Weg stehenbleiben, nicht zu Ende kommen. – D: »Eile mit Weile.« / »Gut Ding will Weile haben.« E: »Make haste slowly.« / »Good and quickly seldom meet.« L: »Festina lente« (Sueton). / »Sat celeriter fit, quidquid fit satis bene.« Vgl. auch Nr. 236 u. 794.

793 Qui va à la chasse perd sa place.

D: »Wer seinen Platz verlässt, verliert sein Recht darauf.« E: »Who loves to roam may lose his home.« Vgl. auch Nr. 773. Sinn: Wer auch nur vorübergehend eine Situation oder einen Vorteil fallenlässt, riskiert, diese nach der Rückkehr nicht wieder vorzufinden.

794 Qui va lentement va sûrement.

Variante: (elliptisch): »Lentement mais sûrement.« D: »Eile mit Weile.« / »Langsam aber sicher.« E: »Haste makes waste.« / »Slow but sure wins the race.« Vgl. Nr. 236.

795 Qui veut la fin veut les moyens.

D: »Wer den Zweck will, will auch die Mittel.« E: »The end justifies the means.« / »He who will the end, will the means.« L: »Cui finis est licitus, etiam media sunt licita.« Sinn: Zum Erreichen seines Zieles darf man weder Kräfte noch Mittel schonen. Es geht um die schon in der Antike diskutierte Rechtfertigung aller Mittel zu einem gerechten Zweck. Vgl. auch Nr. 449.

796 Qui veut faire l'ange fait la bête.

D: »Wer den Engel spielen will, wird zum Tier« (Übers.). Es handelt sich um eine anthropologische Kernaussage des Philosophen Blaise Pascal (1623–62): Der Mensch ist weder reiner Geist noch pure körperliche Animalität. Der berühmte »Gedanke« lautet wörtlich: »L'homme n'est ni ange ni bête, et le malheur veut que qui veut faire l'ange fait la bête« (*Pensées*, 1670, VI,358). Pascal greift hier einen Gedanken aus den *Essais* (III,13) des fast hundert Jahre älteren Schriftstellerphilosophen Michel de Montaigne auf (1533–92). E: »The bait hides the hook.«

797 Qui veut noyer son chien, l'accuse de la rage.

noyer (v. tr.): ertränken, ersäufen. D: »Wer seinen Hund ersäufen will, sagt ihm die Tollwut nach.« / »Soll der Hund Schläge bekommen, so findet sich bald ein Stock.« E: »Give a dog a bad name and hang him.« Sinn: An Vorwand fehlt es keinem, der jemanden betrügen, bestrafen, vernichten will usw. Als klassisches Exempel zitiert die schlaue Dienerin Martine den Satz in Molières Komödie *Les Femmes savantes* (II,5).

798 Qui veut tout (avoir) n'a rien.

D: »Wer alles (haben) will, geht leer aus.« E: »Grasp all, lose all.« Vgl. auch Nr. 667.

799 Qui veut voyager loin ménage sa monture.

ménager qc: mit etwas haushalten, etwas schonend behandeln. | **la monture:** Reittier, -pferd. – D: »Langsam kommt man auch ans Ziel.« / »Eile mit Weile.« E: »Make haste slowly.« / »Fair and softly goes far in the day.« L: »Festina lente.« Das Lob der weisen Langsamkeit ist ein wiederholtes Thema der SW; man findet es aber auch als sprichwörtliche Wendung in der Literatur, z. B. in der Eingangsszene (I,1) von Jean Racines Komödie *Les Plaideurs* (1668).

800 Qui vivra verra.

D: »Die Folge wird es lehren« und (fam.): »Abwarten und Tee trinken« (gegen die Ungeduld). E: »Wait and see.« / »Time will tell.« Ein Kürzest-SW auch in der knappen rhetorischen Struktur (5 Silben). Ein sehr bekanntes SW, das der schicksalhaften Fügung der Ereignisse vertraut und daran erinnert, dass erst die Zukunft ein Urteil erlauben wird.

801 Qui vole un œuf vole un bœuf.

D: »Mit kleinen Dingen fängt man (es) an, mit großen hört man (es) auf.« E: »He that will steal an egg will steal a chicken (an ox).« Sinn: Aus kleinen Fehlern (z. B. Diebstählen) werden große, denn auf der schiefen Bahn geht es schnell voran.

802 **(Il n'y a) Rien de nouveau sous le soleil.**
D: »Es gibt (geschieht) nichts Neues unter der Sonne.« E: »There is nothing new under the sun.« L: »Nihil novi sub sole.« Ein Bibel-Zitat aus dem Alten Testament (vgl. Prediger Salomo I,9).

803 **Rien n'est dit qui n'ait été dit.**
Variante: »Tout est dit.« D: »Alles ist schon dagewesen.« Der Satz klingt wie ein Gemeinplatz, stammt aber von dem römischen Komödiendichter Terenz (185–159) aus Karthago, in dessen Komödie *Eunuchus* das Adagium wörtlich so steht: L: »Nullum est jam dictum, quod non sit dictum prius.« Vgl. auch Nr. 802.

804 **Rien n'est parfait en ce bas monde.**
D: »Es ist nichts vollkommen auf dieser Welt.« E: »In this world nothing is perfect.« L: »Nemo sine vitiis nascitur.« Vgl. auch Nr. 625 u. 692. »En ce bas monde« (hier auf Erden) steht in religiösem Gegensatz zu »l'autre monde« (Jenseits).

805 **Rien ne se perd, rien ne se crée.**
Diese positivistisch-deterministische These stammt von dem französischen Physiologen Claude Bernard in seinem Hauptwerk *L'Introduction à l'étude de la médecine expérimentale* (1865). Dort heißt es in der längeren Originalversion: »En fait de matière rien ne se perd ni rien ne se crée dans la nature« (II,1). Textlich gewiss am Rande der SW-Gattung, ist aber nach Häufigkeitsuntersuchungen in Frankreich in intellektuellen Kreisen bekannt.

806 **Rien ne sert de courir, il faut partir à point.**
à point (loc. adv.): rechtzeitig, zur rechten Zeit. D: »Das Laufen nützet nichts, bricht man zur Zeit nicht auf.« E: »It is not enough to run, one must set out in time.« Mit diesem klassischen Alexandriner eröffnet La Fontaine seine bekannte Fabel *Le Lièvre et la tortue* (VI,10).

807 Rien ne vaut son chez-soi.

rien ne vaut: es geht nichts über. | **le chez-soi:** Zuhause, Heim. – Variante: »On n'est bien que chez soi.« D: »Ost und West, / Daheim am best.« E: »East (or) West, home is best« (Lehnübersetzung).

808 Rira bien qui rira le dernier.

D: »Wer zuletzt lacht, lacht am besten.« E: »He who laughs last, laughs longest (best).« Vgl. auch Nr. 809.

809 (Le) Rire est le propre de l'homme.

D: »Lachen ist der Menschen Eigenart« (Tiere lachen nicht). E: »Laughter is natural to man.« Ein Rabelais-Zitat aus seinem Prolog »Aux lecteurs« zu *Gargantua* (1534), das wiederum auf den griechischen Philosophen Aristoteles zurückgeht.

810 S'arranger vaut mieux que plaider.
s'arranger: (jur.) sich vergleichen, sich gütlich einigen. | **plaider:** (jur.) Klage (bei Gericht) anstrengen, einen Prozess führen. – D: »Vergleichen und Vertragen ist besser als Zanken und Klagen.« E: »To come to an arrangement is better than going to court.« (Vgl. Nr. 885.)

811 Sans la liberté de blâmer, il n'est point d'éloge flatteur.
blâmer: tadeln, missbilligen. | **un éloge flatteur:** Lob-, Schmeichelrede. – Ein berühmter Satz aus dem großen Monolog Figaros über die Freiheit des Menschen und der Rede in Beaumarchais' *Le Mariage de Figaro* (1784; V,3)

812 Santé passe richesse.
D: »Gesundheit ist der größte Reichtum.« / »Der Gesunde weiß nichts von seinem Reichtum.« E: »Health is better than wealth.« Vgl. auch Nr. 751 u. 757.

813 Savoir, c'est pouvoir.
D: »Wissen ist (selbst) Macht.« Das moderne Schlagwort basiert auf einem Gedanken des englischen Philosophen Francis Bacon (1561–1626), zuerst in lateinischer Sprache formuliert in den *Meditationes sacrae* (1597): »Nam et ipsa scientia potestas est«; in der späteren englischen Version »Knowledge (itself) is power.« Die (Er-)Kenntnis ist das Mittel praktischer Herrschaft über die Natur.

814 Science sans conscience n'est que ruine de l'âme.
la conscience: Gewissen, Ethos. – Ein wörtliches Zitat aus einem Brief des Vaters Gargantua an seinen in Paris studierenden Sohn Pantagruel, wobei der Vater sich ausdrücklich auf die Weisheiten König Salomos bezieht. »Wissen ohne Gewissen« war seit dem hl. Bernhard ein feststehender Ausdruck im Gedankenwerk der Scholastik. E: »Study without thought is vain, thought without study is dangerous.«

815 Se tromper est humain, persister dans son erreur est diabolique.

persister dans qc: auf etwas beharren, an etwas festhalten. | **diabolique:** teuflisch, diabolisch. – D: »Irren ist menschlich, im Irrtum verharren ist teuflisch.« E: »To err is human; to forgive divine.« / »To fall into sin is human, to remain in sin is devilish.« L: »Errare humanum est, perseverare autem diabolicum.«

816 Secret de deux, secret de Dieu; secret de trois, secret de tous.

le secret: Geheimnis. – D: »Was kommt in den dritten Mund, / Wird aller Welt kund.« E: »Three people can keep a secret (may keep counsel), if two are away.«

817 Selon l'oiseau le nid, selon la femme le logis.

le logis: Haus, Wohnung. – Variante: »La femme est la clef du ménage.« D: »Man sieht's am Nest, was für ein Vogel drin wohnt.« / »Wie der Vogel, so das Nest.« / »Das Auge der Frau hält die Stube (das Haus) rein.« E: »Such bird, such nest.« / »Men make houses, women make homes.«

818 Selon (suivant) le vent, (il faut mettre) la voile.

D: »Man muss sein Segel nach dem Wind(e) aufspannen.« / »Man soll den Mantel kehren nach dem Wind(e).« E: »Trim your sails to the wind.« Das ursprüngliche Dicton (vgl. Nr. 1011) wird heute vor allem metaphorisch verwendet für Anpassung und Opportunismus. Man muss seine Ansprüche nach seinen Möglichkeiten anpassen und bemessen.

819 Si jeunesse savait, si vieillesse pouvait!

D: »Die Jugend weiß nicht, das Alter kann nicht.« E: »If youth but knew, if age but could.« Vgl. auch Nr. 380. Bekannt ist auch die irreale Form: »Wenn die Jugend wüsste, wenn das Alter könnte.«

820 Si la montagne ne va pas à Mahomet, Mahomet ira (doit aller) à la montagne.

Mahomet: der Prophet Mohammed. – Unverkennbar ein SW arabischer Herkunft mit biblischen Überlieferungen: Der Glaube kann Berge versetzen (auch die Liebe), heißt es im Neuen Testament, Paulus, 1. Korintherbrief XIII,2 u. Matth. XVII,20. D: »Wenn der Berg nicht zum Propheten kommt, muss der Prophet zum Berg(e) kommen.« E: »If the mountain will not come to Mahomet, Mahomet must go to the mountain.« Der Sinn dieser dem Propheten Mohammed zugeschriebenen Anekdote: Wenn ein Vorhaben nicht gelingt oder sich Schwierigkeiten ergeben, muss man die Initiative ergreifen und eine alternative Lösungsmöglichkeit ins Auge fassen.

821 Si vous lui donnez un doigt, il en prend long comme le bras.

Variante: »Si vous lui donnez un pied, il vous prendra la jambe.« D: »Gib ihm eine Handbreit, so nimmt er die ganze Elle.« / »Gibst du dem Narren einen Finger, so will er gleich die ganze Hand.« E: »Give him an inch and he'll take an ell.« L: »Si digitum porrexeris, manum invadet.«

822 Si tu veux (Qui veut) la paix, prépare la guerre.

D: »Wer den Frieden haben will, muss zum Krieg(e) rüsten.« E: »Who would desire peace, should be prepared for war.« / »In peace prepare for war.« Das Ziel des Krieges sei der Friede, man führe Krieg, um dann in Frieden leben zu können: das ist ein Thema seit Aristoteles' *Ethik* bis in die Neuzeit: ein antithetisch-dialektischer Spruch, der eine durch keine Bedenken gehemmte machiavellistische Machtpolitik zu verhüllen meint.

823 Souvent femme varie, / Bien fol est qui s'y fie!

varier: sich ändern, wechselhaft sein. | **fol:** *fou, fol* (m. vor Vokal und stummem *h*), *folle:* verrückt, närrisch. | **se fier à qn:** sich auf jdn. verlassen, jdm. trauen. – Frauen als Wetterfahnen, das ist ein schon in der Antike geläufiges Bild. In der vorliegenden Form wird das Diktum dem französischen König Franz I. (1494–1547) zugeschrieben, das uns Pierre de Bourdeille Seigneur de Brantôme, der zeitweise auch am frz. Hof gelebt hat, in seiner postum erschienenen Skandalchronik *Vies des dames galantes* (1665) überliefert hat. Populär geworden ist der Satz durch Viktor Hugos Versdrama *Le Roi s'amuse* (1832; IV,2), der Vorlage für Verdis Oper *Rigoletto* (1851). Verdis Textdichter hat den Hugoschen Alexandriner, die wörtliche Vorlage des heutigen SW, für den Herzog im *Rigoletto* ins Italienische übersetzt: »La Donna é mobile / qual piuma al vento.« (»O wie so trügerisch sind Weiberherzen …«) D: »Eine launische Frau ist das Fegefeuer im Hause.« E: »Women are fickle.« Vgl. auch Nr. 1007.

824 Tant chauffe-t-on le fer qu'il rougit.

chauffer le fer: das Eisen heiß machen, schmieden. | **rougir** (v. itr.): erglühen, glühend werden. – So wörtlich schon in der bekannten *Ballade des proverbes* von François Villon (15. Jh.), dort – anders als in Nr. 243 – wird die Schmiede-Metapher aus einer anderen Perspektive eingesetzt (Konsekutivsatz). D: »Man muss das Eisen solange schmieden, bis es heiß ist.« / »Mit Geduld und Zeit kommt man weit.« E: »Seek till you find, and you will not lose your labour.«

825 Tant qu'il y a de la vie, il y a de l'espoir.

Variante: »Tant que je respire, j'espère« (*respirer:* atmen, leben). D: »Es hofft der Mensch, solang er lebt.« E: »While there's life there's hope.« L: »Dum anima est, spes esse dicitur.« / »Dum spiro, spero« (Cicero, Seneca).

826 Tant va la cruche à l'eau qu'à la fin elle se brise (se casse).

la cruche: Krug. | **se briser / se casser:** (zer)brechen. – D: »Der Krug geht so lange zum Brunnen, bis er bricht.« E: »The pitcher goes so often to the well that it is broken at last.« L: »Ollula tam fertur ad aquam quod fracta refertur.« Sinn: Wer sich mutwillig in Gefahr begibt, kommt darin um. Das mittelalterliche Exempel ist auch ikonografisch häufig belegt, nicht zuletzt wegen der erotischen Anspielung auf das personifizierte Objekt. Mit dem ihm eigenen beißenden Humor hat Beaumarchais in *Le Mariage de Figaro* (1784) im Disput zwischen Figaro und Bazile eine parodistische Variante kreiert: »Tant va la cruche à l'eau qu'à la fin … elle s'emplit« (I,11), auch hier mit deutlicher Kritik des Autors an der Gattung SW, ihrer stereotypen Phraseologie. Zu erwähnen ist auch La Fontaines Fabel *La Laitière et le pot au lait* (VII,10).

Jean-Baptiste Oudry, Holzschnitt (1755) zur Fabel
La Laitière et le pot au lait (1678) von Jean de La Fontaine

827 Tel arbre, tel fruit.

D: »Wie der Baum, so die Frucht.« / »An der Frucht erkennt man den Baum.« E: »The tree is known by its fruit.« Vgl. auch Nr. 669 u. 831. Die Transposition ins Menschliche ergibt sich aus der biblischen Lehre, dass der gute Mensch aus seinem guten Schatze Gutes hervorbringe (vgl. Matth. VII,20 u. XII,33).

828 Tel croit venger sa honte qui l'augmente (l'accroît).

venger qc: etwas rächen, vergelten, sich von etwas reinwaschen. | **accroître qc / augmenter qc:** etwas vermehren, vergrößern, steigern. – D: »Mancher will seine Schande abwaschen und macht den Fleck nur größer.«

829 Tel est pris qui croyait prendre.

D: »Wer glaubt zu fangen, wird gefangen.« / »Wer andern eine Grube gräbt, fällt selbst hinein.« Vgl. auch Nr. 832. E: »It's a case of the bitter bit.« Sinn: Wer andern zu schaden versucht, schadet sich dadurch oft nur selbst. So wird man selbst Opfer des Bösen, das man andern zufügen wollte. Das Motiv »voleur … volé«, »arroseur … arrosé« ist zwar antik, aber vor allem durch La Fontaines Fabel *Le Rat et l'huître* (VIII,9) bekannt geworden, wo das SW wörtlich als Moral erscheint.

830 Tel maître, tel valet.

le valet: Diener, Knecht. – Variante: »Les maîtres ont les valets qu'ils méritent.« D: »Wie der Herr (Meister), so der Knecht (so 's Gescherr).« E: »Like master, like man.« L: »Qualis dominus, talis et servus.«

831 Tel père, tel fils.

D: »Wie der Vater, so der Sohn.« E: »Like father, like son.« L: »Qualis pater, talis filius.« / »Ut pater, ita filius.« Es gehört zum Wesen der SW, dass ihre Aussagen nicht immer eindeutig und widerspruchsfrei sind, wie dieses Beispiel mit seinem kontradiktorischen Widerpart Nr. 30 belegt; vgl. ferner Nr. 481.

832 Tel qui creuse une fosse à un autre y tombe souvent lui-même.

creuser qc: etwas (aus)graben. | **la fosse:** Grube. – D: »Wer andern eine Grube gräbt, fällt selbst hinein.« E: »He who digs a pit for others, falls in himself.« L: »Incidit in foveam quam fecit (qui primus fecerat illam)« (Ovid). Für das sehr bekannte SW gibt es mehrere biblische Quellen: Sprüche Salomos XXVI,27 u. Psalmen VII,16. Vgl. dazu auch Nr. 638.

833 Tel qui croit avancer recule.

Das mittelalterliche SW wird dem nordfranzösischen Minnesänger Jean Bodel (1165–1210) zugeschrieben, der sich infolge einer Lepraerkrankung in einem ergreifenden Abschiedslied (wie später François Villon) »Le congé« aus dem Leben zurückgezogen hat (1205 in Arras). Vgl. auch Nr. 730. D: »Wer stillsteht, geht rückwärts.« / »Wer nicht vorwärts kommt, bleibt zurück.« E: »To stand still is to move back.« / »He that looks not before, finds himself behind.«

834 Tel qui rit vendredi, dimanche pleurera.

D: »Wer heute lacht, kann morgen weinen.« / »Wer Freitag lacht, der wird vielleicht schon Sonntag weinen.« E: »He that sings on Friday, will weep on Sunday.« Vgl. auch Nr. 774. Mit der Einsicht, dass die Freude nicht lange dauert, beginnt auch Jean Racine – wörtlich – seine Komödie *Les plaideurs* (1668).

835 Telle demande, telle réponse.

Variante: »Toute demande ne mérite réponse.« D: »Wie die Frage, so die Antwort.« E: »Like question, like answer.« / »A stupid question deserves no answer.«

836 Telle vie, telle mort.

Variante: »De telle vie, telle fin.« D: »Wie gelebt, so gestorben (entschwebt).« E: »As a man lives, so shall he die.« / »Such a life, such a death.« L: »Qualis vita, finis ita.«

837 Témoin unique est sans valeur (témoin nul).

le témoin: Zeuge/Zeugin. | **unique:** einzig. – D: »Ein Zeuge ist kein Zeuge« (er ist sozusagen einäugig). L: »Testis unus, testis nullus.« Das lateinische Rechts-SW stammt aus dem *Codex Iustinianus* (*Corpus Iuris Civilis*, 528–42). (Vgl. auch Nr. 268 u. 758.)

838 Tête de fou ne blanchit jamais (pas).

le fou / la folle: Irre(r), Verrückte(r), Narr/Närrin. | **blanchir:** (Haar) weiß werden, ergrauen. – D: »Narren lassen sich keine grauen Haare wachsen« (weil sie sich keine Sorgen machen). E: »Fools will be fools still.«

839 Toujours le vin sent son terroir.

le terroir: Gegend, Herkunft, Boden. – Ein typisches SW im Weinland Frankreich: Man ist immer geprägt durch seine Herkunft und seinen Umgang; Wie beim Wein lässt sich am Geschmack eines Menschen seine Herkunft erkennen (vgl. die Wendung: »il sent son terroir« = Man merkt sofort, woher er kommt, aus welcher Gegend er stammt). D: »Wie die Rebe, so der Wein.« E: »The frog cannot out of her bog.«

840 Toujours ne dure orage ni guerre.

un orage: Gewitter; (fig) Unglück, Streit. – Eigentlich ein Dicton, das aber schon früh eine proverbialisierte Bedeutung angenommen hat. Vgl. auch Nr. 999. E: »After a storm comes a calm.« Sinn: Auch die schlimmsten Sachen und Situationen haben einmal ein Ende.

841 Tous les chemins mènent à Rome.

D: »Alle Wege führen nach Rom.« E: »All roads lead to Rome.« L: »Mille vie ducunt hominem per secula Romam.« Sinn: Man kann durch verschiedene Mittel, auf verschiedenen Wegen zum selben Resultat kommen. Das mittelalterliche SW erinnert an die Hauptpilgerstraßen nach Rom.

842 Tous les goûts sont dans la nature.

Variante: »Chacun ses goûts.« D: »Die Geschmäcker sind verschieden.« / »Über den Geschmack lässt sich nicht streiten.« E: »There is no accounting for tastes.« / »Tastes differ.« L: »De gustibus et coloribus non est disputandum.« Vgl. auch Nr. 195. Das sehr bekannte SW wird häufig ironisch gebraucht (vor allem, wenn es sich um einen ungewöhnlichen Fall von »Geschmack« – physiologisch? ästhetisch? – handelt).

843 Tout a une fin.

Variante: »Il y a une fin à tout.« D: »Alles hat einmal ein Ende.« E: »Everything has an end.« / »All good things come to an end.«

844 Tout ce qui brille (luit) n'est pas (point) or.

D: »Es ist nicht alles Gold, was glänzt.« E: »All is not gold that glitters.« L: »Non omne est aurum quod splendet (radiat).« Das alte SW ist literarisch schon im Tierepos *Le Roman de renart* (12. Jh.) belegt.

845 Tout ce qui est à la mode n'est point toujours commode.

à la mode: modisch, modern. | **commode:** bequem, praktisch.

846 Tout cheval a besoin d'éperon.

un éperon: Sporn. – Variante: »À méchant cheval bon éperon« (*bon éperon:* scharfer Sporn). D: »Scharfe Sporen machen willige Pferde.« / »Ein gutes (williges) Pferd braucht keine Sporen.« E: »A willing horse must not be whipped.« / »A good horse oft needs a good spur.« Verallgemeinert bedeutet das Bild aus der Sprache der Reitschule: Jeder muss angetrieben, »angespornt« werden, und in schwierigen Situationen muss man hart sein und durchgreifen.

847 Tout est bien qui finit bien.

D: »Ende gut, alles gut.« E: »All's well that ends well.« L: »Si finis bonus est, totum bonum est.« (Wie viele andere der hier angeführten Beispiele handelt es sich um eine Äquivalenz aus dem Mittellateinischen.) Vgl. Nr. 843. Sinn: Allein was gut endet, kann als gut angesehen werden. Der glückliche Ausgang einer Unternehmung lässt alle Sorgen und Nöte vergessen.

848 Tout est relatif.

Ein banaler Gemeinplatz oder eine von Einstein inspirierte popularisierte Erkenntnis? Sinn: Es ist unmöglich, etwas für sich zu beurteilen; es kommt auf den Standpunkt an. Es gibt nichts Absolutes, alles hängt von anderem ab (ganz im Sinne der etymologischen Bedeutung des Wortes), ist eine Standortfrage, die verschieden ausfällt.

849 Tout finit par arriver.

finir par faire qc: am Ende, schließlich doch etwas tun. – D: »Wie's kommen soll, so kommt's.« / »Was kommen soll, das kommt.« E: »What is to come will come.« Vgl. auch Nr. 135.

850 Tout finit par se savoir.

se savoir: bekannt sein (werden); (fam.) herauskommen. – D: »Die Sonne bringt es an den Tag.« / »Alles kommt raus« (fam.). E: »Murder (truth) will out (cannot be hid).« / »What is done by night appears by day.«

851 Tout flatteur vit aux dépens de celui qui l'écoute.

le flatteur / la flatteuse: Schmeichler(in). | **au dépens de** (loc. prép.): auf jds. Kosten. – D: »Jeder Schmeichler lebt auf Kosten dessen, der auf ihn hört.« / »Schmeichler Heuchler.« E: »No foes to a flatterer.« Ein berühmt gewordenes wörtliches Zitat des Fuchses in La Fontaines Fabel *Le Corbeau et le renard* (I,2).

852 Tout le monde peut se tromper.

Variante: »Tout homme est faillible.« (Das Gegenteil *infaillible* = unfehlbar ist geläufiger als Bezeichnung der dogmatisch definierten Irrtumslosigkeit der katholischen Lehrverkündigung.) D: »Irren ist menschlich.« E: »To err is human.« L: »Errare humanum est.« Vgl. auch Nr. 692 u. 804.

853 Tout le monde sait être sage après coup.

sage: klug, schlau. | **après coup:** hinterher, nachher. – Variante: »On est toujours sage après coup.« / »Après dommage chacun est sage.« D: »Nach der Tat sind alle klug.« / »Wenn die Herren vom Rathaus kommen, sind sie am klügsten« (ironisch). E: »It is easy to be (Everybody is) wise after the event.« L: »Nunquam sapiunt stulti, nisi in angustiis.«

854 Tout songe est mensonge (Tous songes sont mensonges).

le songe: Traum. – D: »Träume sind Schäume.« E: »Dreams go by contraries.« / »Golden dreams make men wake hungry.« L: »Somnia ne cures, nam fallunt plurima plures.« Klar: Das SW stammt aus der Zeit vor Sigmund Freuds *Traumdeutung* (1900).

855 Tout travail mérite salaire.

Variante: »Tel travail, tel salaire.« D: »Jede Arbeit ist ihres Lohnes wert.« / »Wie die Arbeit, so der Lohn.« E: »As the work, so the pay.« L: »Par praemium labori.« Vgl. auch Nr. 858.

856 Tout vient à point (à) qui sait (peut) attendre.

D: »Wer's abwarten kann. kommt endlich dran.« / »Wer warten kann, dem kommt alles zur rechten Zeit.« E: »Everything comes to him who waits.« Vgl. auch Nr. 679 u. 794. Häufiges Thema im Werk des legendären griechischen Fabeldichters Äsop (6. Jh. v. Chr.): Alles, was zur Unzeit geschieht, birgt Gefahren, und die Dinge sollen nicht nach der Schnelligkeit bewertet werden, da vielmehr die Zeit die Probleme löst. Ein sehr aktuelles Lob der Geduld und Langsamkeit.

857 Toute (chaque) médaille a son revers.

la médaille: Münze, Medaille. | **le revers:** Rückseite, Kehrseite, Gegenteil. – D: »Jedes Ding hat zwei Seiten.« / »Das ist die Kehrseite der Medaille.« E: »Every medal has its reverse.«. Vgl. auch Nr. 57. Sinn: Jede Handlung kann von zwei verschiedenen Seiten betrachtet werden. Es gibt andererseits keine gute Sache, die nicht ihre schlechte Seite hat.

858 Toute peine mérite salaire.

la peine: Mühe, Bemühen. – D: »Jede Arbeit (Dienstleistung) verdient Belohnung (ist ihres Lohnes wert).« E: »The labourer is worthy of his hire.« L: »Omnis labor optat praemium.« Vgl. auch Nr. 855.

859 Toute vérité n'est pas bonne à dire.

D: »Die Wahrheit hört man nicht immer gern.« E: »All truths are not to be told.« L: »Non omnia quae vera sunt, recte dixeris.« Vgl. Nr. 492, 493 u. 495. Sinn: Es kann gefährlich, zumindest ungeschickt sein zu sagen, was man weiß (denkt oder fühlt), wenn andere damit unnötig verletzt werden oder bedauerliche Wirkungen hervorgerufen werden. In Beaumarchais' *Le Mariage de Figaro* (1784) kritisiert der kluge und erfahrene (glücklich verliebte) Diener Figaro gegenüber seiner Suzanne das bekannte SW: »Toute vérité n'est pas bonne à croire« (IV,1).

860 Trois déménagements valent un incendie.

le déménagement: Umzug, Umziehen. | **un incendie:** Feuer, (Groß-)Brand. – D: »Dreimal umziehen (umgezogen) ist (so gut wie) einmal abgebrannt.« E: »Three removals are as bad as a fire.«

861 Trop, c'est trop.

D: »Was zu viel ist, ist zu viel.« / »Nichts im Übermaß.« E: »Enough is enough.« Ein berühmter (griechischer) Satz in der Vorhalle des Apollon-Tempels im Heiligtum von Delphi, dem athenischen Gesetzgeber Solon, einem der sieben antiken Weisen, zugeschrieben. Eine der wichtigsten Maximen der Antike gegen Übertreibung, Exzesse und Übermaß.

862 Trop d'honneurs pèsent.

les honneurs (m. pl.): Ehrungen, Ehrenerweisungen. | **peser** (v. itr.): hier (fig.) belasten, bedrücken. – D: »Große Würde – große Bürde.« E: »Great honours are great burdens.« L: »Honos habet onus.«

863 Trop de cuisiniers gâtent la sauce (le potage).

gâter qc: etwas verderben. **le potage:** Suppe. – D: »Viele Köche verderben den Brei.« E: »Too many cooks spoil the broth.«

864 Trop de précaution nuit.

la précaution: Vorsicht, Behutsamkeit. | **nuire:** schaden, schädlich sein. –Variante: »Deux précautions valent mieux qu'une.« D: »Zuviel Vorsicht zerbricht das Glas.« Vgl. auch Nr. 711. E: »It is best to be on the safe side.« Die Moral von La Fontaines Fabel *Le Loup, la chèvre, et le chevreau* (IV,15) weist in die andere Richtung: »Deux sûretés valent mieux qu'une; Et le trop en cela ne fut jamais perdu.«

865 Trop de zèle nuit.

le zèle: (Über-)Eifer. | **nuire:** schaden, schädlich sein. – D: »Blinder Eifer schadet nur.« »Et surtout, pas de zèle« soll die Parole von Napoleons Chefdiplomat Talleyrand gewesen sein.

866 Trop gratter cuit, trop parler nuit.

gratter: kratzen. | **cuire:** brennen, wehtun. | **nuire:** schaden, schädlich sein. – D: »Kratzen tut wohl, kratzen tut weh.« / »Besser ein Wort zu wenig als zu viel.« E: »Least said, soonest mended.« Vgl. auch Nr. 469. Sinn: Körperlicher Juckreiz wie übertriebene Sprachaktivität (Geschwätz) sind zwei Seiten menschlicher Bedürfnisbefriedigung; vgl. dazu die doppelsinnige Wendung: »La langue lui démange.« = Es juckt ihn zu sprechen.

867 Trop rire fait pleurer.

D: »Auf Lachen folgt Weinen.« / »Der heute lacht, wird morgen weinen.« E: »Sorrow treads upon the heels of mirth.« / »Joy and sorrow are next door neighbours.« L: »Risus profundior lacrymas parit.« / »Is ridet qui cras flebit.« Vgl. Nr. 774 u. 834. Eines der zahlreichen Beispiele für die sprichwörtliche Warnung vor »Zu viel«. Natürlich ist der Satz nicht nur im übertragenen Sinn zu verstehen, sondern auch ganz konkret. Eine literarische Reminiszenz: In Beaumarchais' Komödie *Le Barbier de Séville* (1775) verkündet Figaro dem Grafen: »Je me presse de rire de tout, de peur d'être obligé d'en pleurer« (I,2). Ist das die »Lebensphilosophie« Figaros oder die Kritik des Autors an den sozialen Zuständen des »Ancien Régime«?

U

868 Un ami en amène un autre.

Sinn: Wenn ein Freund als Gast einen anderen nicht Geladenen mitbringt, hört man den Gastgeber höflich mit dem SW reagieren.

869 Un ami est long à trouver et prompt à perdre.

prompt, e: schnell. – D: »Ein Freund ist eher verloren als gefunden.« E: »A friend is not so soon gotten as lost.«

870 Un âne appelle l'autre rogneux.

rogneux, -euse: krätzig, räudig. – D: »Ein Esel schimpft (schilt) den andern Langohr (Sackträger).« E: »The pot calls the kettle black.« L: »Asinum asellus culpat.«

871 Un bienfait est vite oublié.

le bienfait: Wohltat. – D: »Eine gute Tat ist schnell vergessen.« / »Wohltat wird leicht vergessen.« E: »A good deed is soon forgotten.« Vgl. aber auch Nr. 872.

872 Un bienfait n'est jamais perdu.

le bienfait: Wohltat. – Variante: »Une bonne action n'est jamais perdue.« D: »Wohltun trägt Zinsen.« / »Guter Dienst bleibt unverloren.« E: »A good deed is never lost.« / »Small gifts keep friendship alive (warm).« Vgl. aber auch Nr. 580 u. 871. Ein SW gegen Egoismus und Geiz (ohne spöttischen Unterton?).

873 Un bon arbre ne peut porter de mauvais fruits.

Variante: »De noble plante, noble fruit.« D: »Ein guter Baum kann keine schlechten Früchte tragen« (Matth. VII,18). E: »A good tree cannot bring forth evil fruit.« Vgl. auch Nr. 669 u. 827. Sinn: Das gute Beispiel dient als Vorbild für eine gute Lebensführung.

874 Un bon bâilleur en fait bâiller deux.

le baîlleur, la baîlleuse: Gähnende(r). – D: »Gähnen steckt an.« / »Wenn einer gähnt, so gähnen alle.« E: »If one sheep leaps over the ditch, all the rest will follow.« Sinn: Wenn man etwas nur überzeugend macht, tun dies andere nach. Das drastische Beispiel der Ansteckung des schlechten Beispiels stammt aus den *Adages* des Humanisten Erasmus (1469(?)–1536).

875 Un bon ouvrier n'est jamais trop chèrement payé.

payer chèrement: teuer bezahlen. – D: »Ein Arbeiter ist seines Lohnes wert« (Luk. X,7). E: »The labourer is worthy of his hire.« Vgl. auch Nr. 600 u. 858. Im SW, das seit dem 17. Jh. belegt ist, bedeutet »ouvrier« ursprünglich »Handwerker« (vgl. »œuvre«). Bekannt ist auch das Gegensatzpaar »Mauvais ouvrier ne trouve jamais bon outil« (Schlechter Arbeiter wird nie gutes Gerät finden) neben »Un bon ouvrier met indifféremment toutes pièces en œuvre« (Einem guten Arbeiter ist jedes Werkzeug recht).

876 Un bon renard ne mange pas (point) les poules de son voisin.

D: »Wo der Fuchs sein Lager hat, da raubt er nicht.« / »Wo der Fuchs liegt, da tut er keinen Schaden.« E: »The fox preys farthest from home.« / »A wise fox will never rob his neighbour's henroost.« L: »Vix depraedatur lupus in quo rure moratur.«

877 Un chien peut bien regarder (regarde bien) un évêque.

D: »Darf doch die Katze den Kaiser ansehen.« / »Die Katze sieht den Bischof an, / Ist doch ein geweihter Mann!« E: »A cat may look at a king.« L: »Adspicit et felix magna corpora regum.« Im Französischen ist der Hund das populärste Tier der SW, mit vielfältigen Bedeutungsvariationen. Sinn: Jedermann kann jedermann anschauen – ohne Ansehen der Person – oder auch sich an ihn wenden. Hierarchien spielen dabei überhaupt keine Rolle.

878 Un chien vivant vaut mieux qu'un lion mort.

Variante: »Mieux vaut chien vivant que lion mort.« D: »Ein lebender Hund ist besser als ein toter Löwe.« E: »Better a living dog than a dead lion.« L: »Melius est canis vivus leone mortuo.« Sinn: Ein toter Mensch hat keine Bedeutung mehr. Die Quelle ist die Bibel (Prediger Salomo IX,4).

879 Un clou chasse l'autre.

D: »Ein Keil treibt den andern aus.« E: »One nail drives out another.« L: »Clavum clavo pellere (eicere).« Das aus dem Schusterhandwerk stammende Bild war schon in der lateinischen Antike bekannt mit der erotischen Komponente: Eine neue Liebe ersetzt die alte, so wie neue Sorge der alten folgt: »Etiam novo quidam amore veterem amorem, tanquam clavo clavum, ejiciendum putant« (Cicero).

880 Un dessin vaut mieux qu'un long discours.

D: »Ein Bild sagt mehr als tausend Worte.« Es geht um die didaktische Rolle der (zusätzlichen) Visualisierung als Verständnishilfe. Bekanntlich langweilen lange Reden schnell.

881 Un de perdu, dix (deux) de retrouvés.

Variante: »Pour un perdu, deux retrouvés.« D: »Wenn Gott eine Tür zumacht, macht er die andere auf.« E: »There are as good fish in the sea as ever came out of it.« Der alte, mittelalterliche Sinn ist verblasst, ist aber heute noch gebräuchlich in einem amourösen Kontext (dann in der weiblichen Form: »Une de perdue ...«). Sinn: Der Verlust, den man erlitten hat, ist leicht behoben bzw. wieder gutgemacht. Eine Lebensweisheit, die »emanzipatorisch« sicher nicht auf der Höhe der Zeit ist.

882 Un homme averti en vaut deux.

D: »Wer gewarnt ist, (Gewarnter Mann) ist halb gerettet.« E: »Forewarned is forearmed.« L: »Praemonitus, praemunitus.« Vgl. auch Nr. 200. Sinn: Eine vorgewarnte Person ist auf der Hut, hat einen Informationsvorsprung, ist damit für den Gegner bzw. Feind so gefürchtet wie zwei.

883 Un homme, nul homme.

D: »Ein Mann – kein Mann.« E: »One and none is all one.« / »One man is nobody.« L: »Unus vir, nullus vir.«

884 Un malheur ne vient (n'arrive) jamais seul.

Variante: »À qui il arrive un malheur, il en advient un autre.« D: »Ein Unglück kommt selten allein.« E: »Misfortunes never come singly.« L: »Nulla calamitas sola.« Ein sehr altes, schon in der Antike bekanntes Vorurteil.

885 Un mauvais arrangement vaut mieux qu'un bon procès.
un arrangement (jur.): Einigung, Vergleich. – Variante: »Un maigre accord est préférable à un gros procès.« D: »Ein magerer Vergleich ist besser als ein fetter Prozess.« E: »An ill agreement is better than a good judgement.« Vgl. Nr. 810.

886 Un menteur n'est point écouté, même en disant la vérité.
le menteur / la menteuse: Lügner(in). – D: »Wer einmal lügt, dem glaubt man nicht, und wenn er auch die Wahrheit spricht.« E: »A liar is not believed, when he speaks the truth.« / »A liar is always a coward.« L: »Mendaci homini ne verum quidem dicenti credere solemus« (Cicero).

887 Un métier bien appris vaut mieux qu'un grand héritage.
un héritage: Erbschaft. – Eine Maxime aus dem *Talmud*, dem Hauptwerk des Judentums: Es ist Aufgabe der Eltern, ihre Kinder einen Beruf erlernen zu lassen, weil sie sonst zu einem schlechten Lebenswandel erzogen würden.

888 Un (Le) moineau dans la main vaut mieux que la grue qui vole.
le moineau: Sperling, Spatz. | **la grue:** Kranich. – Variante: »Moineau en main vaut mieux que perdrix qui vole.« D: »Besser ein Sperling in der Hand, als ein Kranich auf dem Dach.« E: »A bird in the hand is worth two in the bush.« / »One bird in the net is worth a hundred flying.« L: »Plus valet in manibus avis unica fronde duabus.« Vgl. Nr. 611 u. 896.

889 Un œuf aujourd'hui vaut mieux qu'un poulet pour demain.
Variante: »Mieux vaut promptement un œuf que demain un bœuf.« D: »Besser heut' ein Ei als morgen ein Küchlein.« E: »Better an egg today than a hen tomorrow.« Vgl. auch Nr. 896.

890 Un petit chez-soi vaut mieux qu'un grand chez les autres.

le chez-soi: Zuhause, Heim. – Variante: »On n'est bien que chez soi.« D: »Zu Haus ist zu Haus und wär' es noch so schlecht.« / »Ost und West, daheim am best.« E: »East or West, home is best.« L: »Nullus est locus domestica sede iucundior.« Sinn: Das eigene Haus als ideale Wohnstätte, denkt auch die Schildkröte in Äsops lustiger Fabel *Zeus und die Schildkröte* (106), die es vorzieht, schlicht zu Hause zu wohnen, als bei anderen aufwendig zu leben. Zu erinnern ist hier an die Zeit des französischen »Sonnenkönigs« Ludwig XIV., als die Höflinge gezwungen waren, teuer in Versailles zu wohnen statt in einer eigenen Wohnung.

891 Un peu d'absence fait grand bien.

D: »Lange Trennung ist der Liebe Tod.« / »Die Trennung frischt die Liebe auf.« E: »Long absent, soon forgotten.« / »Blue are the hills that are far away.« Vgl. auch Nr. 382. Das Thema »Liebe« / »Abwesenheit« (längere, kürzere) erscheint in den SW sozusagen dichotomisch kontrastiv; einerseits die längere Trennung = Tod der Liebe; andererseits die kürzere Abwesenheit = Auftrieb der Liebesleidenschaft.

892 (Un) Pot fêlé dure longtemps.

le pot: Topf, Krug. | **fêlé, e:** gesprungen. | **durer:** hier: halten. – Variante: »Les pots fêlés durent longtemps (le plus).« D: »Ein gesprungener Topf hält am längsten.« E: »A creaking door hangs longest (long on his hinges).« L: »Malum vas non frangitur.« Sinn (bezogen auf den Menschen): Wer immer kränkelt, stirbt nicht schnell. Gebrechliche, kranke Menschen leben oft lange (weil sie sich schonen).

893 Un pour tous, tous pour un.

D: »Einer für alle und alle für einen.« E: »One for all and all for one.« L: »Unus pro multis.« Vollständig heißt es in Vergils *Aeneis*: »Unum pro multis dabitur caput« (Ein Haupt wird für viele gegeben werden), wo nach göttlicher Fügung einer zur Rettung seiner Gefährten sein Leben lassen muss. Der Satz wurde zum Gründungsmythos in der Verfassung der Schweizer Eidgenossenschaft; literarisch überliefert ist die Devise als Motto in A. Dumas pères *Les trois Mousquetaires* (1844).

894 Un seul être vous manque et tout est dépeuplé.

un être: (Lebe-)Wesen, Mensch. | **dépeuplé, e:** entvölkert, menschenleer; (fig.) ausgestorben, einsam. – Ein hochromantisches Zitat des ersten Gedichtes der *Méditations poétiques* mit dem Titel *L'Isolement* von Alphonse de Lamartine (1818). Die Abwesenheit der geliebten Person wird so grausam empfunden, dass man glaubt, Waise zu sein, allein auf der Welt.

895 Un sou est un sou.

le sou: frühere französische Münze (Pfennig, Heller); (fig.) nicht erwähnenswerter Geldbetrag. – Sinn: Man soll mit nichts verschwenderisch umgehen. Eine banale Tautologie, wenn man nicht bedenkt, dass im wiederholten Lexem nicht genau dassselbe gemeint ist. Ausdruck einer kleinbürgerlichen Ökonomie. Eine literarische Reminiszenz aus vergangenen Zeiten ist die Moral in La Fontaines Fabel *Le Berger et la mer* (IV,2): »Le sou quand il est assuré / Vaut mieux que cinq en espérance.«

896 Un tiens vaut mieux que deux tu l'auras.

tenir: hier: haben, besitzen. – D: »Ein ›Haben‹ ist besser als zwei ›Kriegen‹.« E: »Possession is better than expectation.« Ein weiterer Gemeinplatz epikuräisch geprägter Moralphilosophie. Vgl. Nr. 888. Auch hier hat La Fontaine in der Moral seiner Fabel *Le petit Poisson et le pêcheur* (V,3) das Wesentliche gesagt: »Un tiens vaut, ce dit-on, mieux que deux tu l'auras / L'un est sûr, l'autre ne l'est pas.«

897 Un vu vaut mieux que cent entendus.

le vu: (jur.) Einsicht, Einblick, Prüfung z. B. von Akten, Unterlagen. | **entendre:** (jur.) anhören (Parteien), vernehmen (Zeugen). – D: »Sehen geht über hören.« / »Was man sieht, das glaubt man.« L: »Oculis magis habenda fides quam auribus.« Vgl. auch Nr. 365.

898 Une fois n'est pas coutume.

D: »Einmal ist keinmal.« E: »Once isn't always.« / »Once does not make a habit.« Sinn: Eine Sache soll autorisiert werden, indem man den außergewöhnlichen Charakter der Handlung unterstreicht.

899 Une hirondelle ne fait pas le printemps.

D: »Eine Schwalbe macht (noch) keinen Sommer.« E: »One swallow does not make a summer.« L: »Una hirundo non facit ver.« Sinn: Ein signifikantes Element oder ein Beispiel genügen nicht, um etwas zu autorisieren oder zu einer allgemeingültigen Schlussfolgerung zu gelangen.

900 Une main lave l'autre.

D: »Eine Hand wäscht die andere.« E: »One hand washes the other.« L: »Manus manum lavat« (Seneca). Die Hand ist sehr häufig als Element in SW vertreten, vielleicht der häufigste Körperteil in SW überhaupt. Das SW konnotiert eher Komplizenschaft (»Hilfst du mir, helf ich dir«) als Solidarität. Es gibt auch eine entfernte Reminiszenz an das berühmte biblische Pilatus-Wort.

901 Une place pour chaque chose et chaque chose à sa place.

D: »Jeder Platz hat seinen Schatz, jeder Ort seinen Hort.« / »Ordnung ist das halbe Leben.« E: »A place for everything, and everything in its place.« Ordnung (mit Disziplin verwandt) muss sein, wird Ende des 19. Jh. (der Geburtsstunde des SW) bürgerlicher Gemeinsinn.

902 Usage fait loi.

faire loi: (jur.) Gesetzeskraft haben, bindend sein. – D: »Gewohnheit will Recht sein.« / »Gewohnheit stiftet Recht.« E: »Custom rules the law.« Vgl. auch Nr. 181. L: »Consuetudo altera lex.« / »Consuetudo pro lege servatur / Est quasi altera natura« (Cicero).

903 Usage rend maître.

D: »Übung macht den Meister.« / »Gewohnheit ist der beste Lehrmeister.« E: »Practice makes perfect.« / »Use makes mastery.« (Vgl. Nr. 110, 217 u. 219.) L: »Usus magister est optimus.«

V

904 Vanité des vanités, tout est vanité.

la vanité: Eitelkeit. – D: »Alles ist eitel.« E: »All is vanity.« L: »Vanitas vanitatum et omnia vanitas.« Ein berühmtes Bibelzitat aus dem Alten Testament (Prediger Salomo I,2) trägt als Kapiteltitel: »Wissen ist eitel«.

905 Vent au visage rend l'homme sage.

D: »Wem der Wind ins Gesicht weht, der lernt die Nase drehen.« Ursprünglich ein Dicton über den Seemann, den der Gegenwind nachdenklich macht. Vgl. auch Nr. 1011. Heute überwiegt der proverbiale Sinn: Unglück und Missgeschick tragen zur Klugheit und Einsicht des Menschen bei.

906 Ventre affamé n'a pas (point) d'oreilles.

affamé, e: hungrig. – D: »Ein hungriger Bauch hat keine Ohren.« / »Ein voller Bauch studiert nicht gern.« E: »A hungry belly has no ears.« / »The belly is the truest clock.« L: »Venter non habet aures« (bei mehreren antiken Autoren belegt). Wörtlich hat La Fontaine den Satz als Moral für seine Fabel *Le Milan et le rossignol* (IX,18) übernommen.

907 Vérité engendre haine.

engendrer qc: etwas erzeugen, verursachen. – D: »Wahrheit bringt Hass.« / »Wen die Wahrheit trifft, der hasst sie.« E: »Truth finds foes, where it makes none.« / »Nothing hurts like the truth.« L: »Veritas odium parit.« Vgl. auch Nr. 297, 492 u. 493. Die Quelle ist ein längerer, berühmt gewordener Artikel in den *Pensées* von Blaise Pascal, der sich als Psychologe eingehend auch mit der Eigenliebe (»amour-propre«) des Menschen beschäftigt hat: »Dire la vérité« heißt es dort, »est utile à celui à qui on la dit, mais désaventageux à ceux qui la disent, parce qu'ils se font haïr« (100).

908 Vieille amitié ne craint pas rouille.

la rouille: Rost. – D: »Alte Liebe rostet nicht.« E: »A true friend is forever.« / »Old friends and old wine are best.« L: »Amicitias immortales esse oportet« (Livius). / »Verae amicitiae sempiternae sunt« (Cicero). Vgl. auch Nr. 588 und biblisch: Ecclesiasticus VI,14.

909 Vient jour, vient conseil.

D: »Kommt Zeit, kommt Rat.« E: »Time will show (will tell).« / »All in good time.« Vgl. auch Nr. 467. Ein altes SW, was schon durch die knappe archaische Form bezeugt wird. Sinn: Die optimistische Einstellung in einer misslichen Lage ermöglicht, mit etwas Geduld einen Ausweg, eine Lösung zu finden.

910 Vilain enrichi ne connaît (ni) parent ni ami.

le vilain: gemeiner Mensch; (fig.) Geizhals; ehemaliger Bauer. | **enrichi, e:** reich geworden. – D: »Ein reicher Bauer kennt seine Verwandten nicht.« E: »When a knave is in a plum-tree, he hath neither friend nor kin.« / »Once a knave, always a knave.« L: »Cum surgent miseri, nolunt misereri.«

911 Voix du peuple, voix de Dieu.

Variante: »La voix du peuple est la voix de Dieu.« D: »Volkes Stimme, Gottes Stimme.« E: »The voice of the people, the voice of God.« / »It must be truth what all man say.« L: »Cum surgent miseri, nolunt misereri.« Es handelt sich um die französische Übersetzung eines berühmten lateinischen Adagiums: »Vox populi, vox Dei«, das – neben vagen biblischen Anklängen – allgemein auf den griechischen Schriftsteller Hesiod (um 700 v. Chr.) zurückgeführt wird. Als weitere literarische Quelle wird ein Brief des angelsächsischen Theologen Alkuin (730–804) an Karl d. Gr. genannt, der sich als einflussreicher Leiter der Aachener Hofschule und wichtiger Berater des Kaisers eher kritisch zur »Vergöttlichung« der Stimme des Volkes äußert, d. h. zu einer Volksmeinung mit theologischer Bürgschaft. Heute wird das SW verwendet, wenn zum Ausdruck gebracht werden soll, dass die »Stimme des Volkes«, also die öffentliche Meinung, ein großes Gewicht hat und entsprechend berücksichtigt werden muss.

912 Vouloir c'est pouvoir.

Variante: »À bonne volonté ne faut (ne manque pas) la faculté.« D: »Wollen ist Können.« / »Wo ein Wille ist, da ist auch ein Weg.« E: »Nothing is impossible to a willing mind.« / »Where there is a will, there is a way.« L: »Volenti nihil (nil) difficile.« Der Satz wird Jean Lannes, einem Marschall Napoleons (1769–1809), zugeschrieben.

Dictons

Dictons tout au long de l'année

913 Janvier sec et sage / Est un bon présage.

le présage: Vorzeichen, Anzeichen. – D: »Je frostiger der Januar, / Desto freundlicher das ganze Jahr.«

914 Un mois de janvier sans gelée / N'amène jamais une bonne année.

la gelée: Frost.

915 Au mois de février, / Chaque bête cherche son pareil.

le pareil / la pareille: Gleiche(r), Seinesgleichen. – D: »Wenn die Februarsonne den Dachs nicht weckt, / Schläft er im April noch fest.«

916 Entre mars et avril / On sait si le coucou est mort ou en vie.

le coucou: Kuckuck.

917 Quand en mars il tonne, / L'année sera bonne. (… Bacchus remplit la tonne).

tonner: donnern. | **la tonne:** (großes) Fass. – D: »Märzendonner macht fruchtbar.« / »Donnert's im März, / Lacht dem Bauern das Herz.«

918 Il n'est (point d')avril si beau / Qui n'ait de neige à son chapeau.

D: »Ist der April auch noch so gut, / Schneit's dem Bauern auf den Hut.«

919 En avril, / Ne te découvre pas d'un fil!
En mai, / Fais ce qu'il te plaît.

se découvrir: den Hut abnehmen; sich entblößen (den Körper von Kleidung freimachen). | **le fil:** eigentlich: Faden (textil). – Hier eine rhetorische Synekdoche (Verschiebung des Begriffsinhalts).

920 Le mois de mai, de l'année, / Décide la destinée.

la destinée: Schicksal. –D: »Ein rechter Mai fürwahr, / Das ist der Schlüssel zum ganzen Jahr.« / »Wie's Wetter an St. Urbanstag (25. Mai), so es im Herbst wohl werden mag.«

921 Froid mai et chaud juin / Donnent pain et vin.

D: »Soll gedeihen Korn und Wein; / Muss im Juni Wärme sein.«

922 Juin bien fleuri, / Vrai paradis.

fleuri, e: blühend, blumenreich. – D: »Auf den Juni kommt es an, / Wenn die Ernte soll bestahn.«

923 De juillet la chaleur / Fait de septembre la valeur.

D: »Bringt der Juli heiße Glut, / Gerät auch der September gut.«

924 Juillet ensoleillé / Remplit cave et grenier.

ensoleillé, e: sonnig. | **le grenier:** Speicher. – D: »Juli schön und klar, / Gibt ein gutes Bauernjahr.«

925 Ce que le mois d'août ne mûrira pas, / Ce n'est pas septembre qui le fera.

mûrir: reifen, zur Reife bringen. – D: »Was der August nicht kocht, lässt der September ungebraten.«

926 Août mûrit, septembre vendange. / En ces deux mois, tout bien s'arrange.

mûrir: reifen, reif werden. | **la vendange:** Weinernte, -lese.

927 Septembre se nomme / Le mai de l'automne.

se nommer: heißen, den Namen ... tragen. – D: »Der September ist der Mai des Herbstes.«

928 Septembre est souvent / Comme un second et court printemps.

929 Septembre nous produit / Les plus délectables des fruits.

délectable: köstlich, lieblich. – D: »Warmer und trockener Septembermond, / Mit reifen Früchten reichlich belohnt.«

930 Octobre en brumes, / Mois à rhumes.
la brume: Nebel.

931 Quand octobre prend sa fin, / Dans la cuve est le raisin.
la cuve: Kelter, Gärbottich. D: »Oktober-Sonnenschein / Schüttet Zucker in den Wein.«

932 Novembre, mois mort, / Vêts-toi plus fort.
se vêtir: sich anziehen, kleiden. – Vgl. »le premier novembre«: »la fête des morts«.

933 Si décembre est sous la neige, / La récolte elle protège.
la récolte: Ernte. – Beachte: reimbedingt archaische Wortstellung Subjekt-Objekt. – D: »Je tiefer der Schnee, / Umso höher der Klee.«

934 Qui à Noël se chauffe au soleil, / À Pâques brûle la bûche de Noël.
la bûche: großes Holzscheit (nicht zu verwechseln mit dem typischen französischen Weihnachtskuchen. – D: »Grüne Weihnacht(en), weiße Ostern.« / »Weihnachten im grünen Kleid hält für Ostern Schnee bereit.«

935 Noël au balcon, / Pâques au tison.
le tison: (glimmendes) Holzscheit im Kamin. – D: »Wenn das Wetter milde an Weihnachten, wird es an Ostern eiskalt.«

936 Quand en hiver est été, / Mais en été l'hivernée. / Cette contrariété / Ne fit jamais bonne année.
une hivernée: Winterzeit. | **la contrariété:** Widerspruch; (fig.) Ärger.

937 À Pâques ou à la Trinité …
Trinité: Trinitatis (Sonntag nach Pfingsten). – Sinn: Man will etwas auf unbestimmte Zeit hinausschieben, meint aber eigentlich, dass etwas nie geschehen wird. – D: »Wenn Ostern und Pfingsten auf einen Tag fallen«, d. h. »am Sankt-Nimmerleins-Tag.« Das Dicton erinnert natürlich an die populäre Chanson-Legende vom englischen Feldherrn Herzog von Malbrough aus der Zeit Ludwigs XIV., in dem es heißt: »Il reviendra-z-à Pâques / Ou à la Trinité.«

Les dictons de la croyance

La faune

938 Faute de froment, / Les alouettes font leur nid dans le seigle.
le froment: Weizen. | **une alouette:** Lerche. | **le nid:** Nest. | **le seigle:** Roggen. – Auch im Tierreich ist die Fähigkeit zur Anpassung (statt des Widerstands) verbreitet.

939 Araignée tissant, / Mauvais temps.
une araignée: Spinne. | **tisser:** spinnen.

940 Araignée du matin, / Chagrin;
Araignée du midi, / Souci;
Araignée du soir, / Espoir.
le chagrin: Kummer, Leid. – D: »Spinne am Morgen – Gram und Sorgen; / Spinne am Abend – süß und labend.«

941 Vieux bœuf fait sillon droit.
le sillon: Furche. – Das proverbialisierte alte Dicton kann seine Herkunft nicht verleugnen: D: »Ein alter Ochs macht gerade Furchen.« / »Ein alter Gaul kennt seinen Weg.« E: »An old ox makes a straight furrow.« Die Tiermetapher steht für Stärke des Alters und die Nützlichkeit der Erfahrung, vielleicht auch der Resignation?

942 Quand les brebis vont au champ, / La plus sage va devant.
Vgl. dazu Nr. 101.

943 Si le canard crie, / C'est signe de pluie.
Die Ente ist der Regenvogel par excellence; vgl. frz. »un temps de canard«.

944 Quand le chat se passe la patte sur la tête, /
Bientôt il y aura tempête.
se passer la patte sur la tête: sich mit der Pfote über den Kopf streichen, fahren (*la patte:* Pfote). – Vgl. auch Nr. 166, 290, 310, 719.

945 À méchant cheval, / Bon éperon.

méchant, e: bösartig, schlecht. | **un éperon:** Sporn (vgl. *donner de l'éperon:* [fig.] anspornen). – D: »Scharfe Sporen machen willige Pferde.« E: »A boisterous horse must have a rough bridle.« Ein williges Pferd braucht man nicht zu spornen, wie im Menschenleben, wo man in schwierigen Situationen die Stärke und Entschlossenheit verdoppeln muss. Ein typisches Beispiel für ein proverbialisiertes Dicton. Vgl. Nr. 194 u. 314.

946 Tout chien qui mord / Mérite la mort.

Vgl. dazu Nr. 27 u. 92. Denn: »Tote Hunde beißen nicht.«

947 Que le coq chante ou non, / Le jour se lève.

le jour se lève: der Tag bricht an. – D: »Der Morgen kommt, auch wenn der Hahn nicht kräht.«

948 Quand le coq chante à midi, / Signe d'un temps de paradis.

949 Un bon coq n'est jamais gras.

Variante: »Les bons coqs sont toujours maigres« (weil ihr Temperament sie daran hindert, dick und fett zu werden). D: »Ein guter Hahn wird selten fett.«

950 Nourris un corbeau, / Il te crèvera l'œil.

nourrir qn: jdn. füttern, großziehen. | **crever qc à qn:** (Auge) ausstechen. – D: »Erziehst du dir einen Raben, / So wird er dir zum Dank die Augen ausgraben.« E: »Breed up a crow and he will tear out your eyes.« Ein proverbialisiertes Dicton. Auch im Berufsleben kann es passieren, dass ein erwiesener Dienst, eine Dienstleistung mit einem bösen Streich vergolten wird.

951 Une fois que l'avoine est épiée; / On n' entend plus le coucou chanter.

une avoine: Hafer. | **être épié, e:** *être monté, e:* gut (in den Ähren) stehen. – Vgl. auch Nr. 916. D: »Der Kuckuck schreit nicht eher, bis der Hafer grün ist.«

952 Si les fourmis font de gros tas, / Un dur hiver viendra.

la fourmi: Ameise. | **le tas:** Haufen. –D: »Je größer die Ameisenhügel, je straffer des Winters Zügel.«

953 Chante la grive, / La pluie arrive.

la grive: Drossel. – D: Zu den Singvögeln gehören auch die Amsel und die Nachtigall (vgl. Nr. 225).

954 Hirondelle volant haut, / Le temps sera beau;
Hirondelle volant bas, / Bientôt il pleuvra.

une hirondelle: Schwalbe. – D: »Fliegen die Schwalben in den Höh'n, kommt ein Wetter, das ist schön.«

955 Hirondelle, en ce temps, / Ne fait pas le printemps.

Ein bekanntes Dicton über die Schwalbe, das metereologisch oft zutrifft, weil man – metaphorisch gesprochen – aus einem Einzelfall im Hinblick auf eine Entscheidung nichts Allgemeineres schlussfolgern kann. Vgl. dazu auch Nr. 899.

956 On apprend à (Il faut) hurler avec les loups.

hurler: heulen. – D: »Bei Wölfen und Eulen lernt man heulen.« Nachdem die Wölfe fast ganz aus Europa verschwunden sind, bleibt nur die proverbiale Bedeutung als Ausdruck von Konformismus lebendig. Vgl. Nr. 252 und 732.

957 Quand le merle a sifflé, / L'hiver s'en est allé.

le merle: Amsel. | **siffler** (v. itr.): flöten, pfeifen. – Vgl. Nr. 953. Man sagt auch: »Les merles ne chantent pas comme les grives.« D: »Fliegen und Freund' kommen im Sommer.« Vgl. auch Nr. 183.

958 Ni été sans mouches, / Ni hiver sans gel.

959 Le papillon blanc / Annonce le printemps.

le papillon blanc: Weißling (*le papillon:* Schmetterling). – D: »Siehst du im April die Falter tanzen, kannst du getrost im Garten pflanzen.«

960 Le poisson qui naît dans l'eau / Doit mourir dans l'huile.

961 Si les mois ne sont errés; / Le poisson ne mangerez.

erré, e: *en R:* mit R (*les mois en R:* Monate, die ein R enthalten). – Man beachte die reimbedingte archaische Wortstellung Subjekt – Objekt.

962 Qui mange trop de porc / Mange sa mort.

le porc: Schwein(efleisch).

963 Coucher de poule et lever de corbeau / Écartent l'homme du tombeau.

le coucher: Schlafengehen. | **le lever:** Aufstehen. | **le corbeau:** Rabe. | **écarter qn de qc:** etwas von jdm. fernhalten. | **le tombeau:** Grab, Tod.

964 Il n'est si fin renard / Qui ne trouve plus finard.

finard (vx.): *finaud, e:* schlau, listig. – Altes Dicton mit SW-Charakter: Man findet immer jemanden, der stärker, größer, schneller usw. ist als man selbst, wie zahlreiche alte Fuchs-Beispiele belegen. D: »Alte Füchse gehen nicht in die Falle.« / »Sei Fuchs mit dem Fuchs.« / »Ein alter Fuchs lässt sich nicht prellen.« Vgl. auch Nr. 36.

965 Écoute le rouge-gorge:
S'il chante clair tout là-haut,
Sur le coupet de l'orme,
Demain il fera beau.
Mais s'il chante sur l'épine, /
Le beau temps est en ruine.

le rouge-gorge: Rotkehlchen. | **le coupet** (vx.): *le sommet:* Gipfel, Wipfel. | **un orme:** Ulme. | **une épine:** *épine blanche (aubépine):* Weiß-, Hagedorn.

966 À la Saint-François, / Le rouge-gorge quitte le bois.

Am 4. Oktober, am Fest des hl. Franziskus von Assisi, kommen die Rotkehlchen zurück aus dem Wald zu den Menschen und ihren Häusern.

967 Quand l'abricot est en fleurs, / Jours et nuits ont même longueur.

Mit dem Datum ist die sog. Tagundnachtgleiche gemeint, hier das Frühlingsäquinoktium (um den 21. März). D: »Wenn die Aprikosen blühen in Pracht, / ist der Tag so lang wie die Nacht.«

968 Planté à la Sainte-Catherine, / Tout arbre (bois) prend racine.

prendre racine: Wurzeln schlagen, anwachsen. – Der November ist die günstigste Zeit, um Bäume zu pflanzen. Katharina, die Königstochter aus Alexandria, ist eine berühmte Heilige und Märtyrerin des 4. Jh., vielfach dargestellt in der Bildenden Kunst. Ihr Fest am 25. November ist vor allem in Paris ein kultisches Ereignis für die Patronin unverheirateter Mädchen.

969 Avec le blé se cueillent / Et la paille et l'ivraie.

le blé: Getreide, Weizen. | **se cueillir:** sich sammeln, geerntet werden. | **la paille:** Stroh. | **une ivraie:** Unkraut. – Auf biblischem Hintergrund (vgl. Matth. III,12) ist die proverbiale Moral sehr deutlich: Nichts ist je vollkommen und rein.

970 Entre la soupe et le chou; / Il faut boire un petit coup.

boire un coup (fam.): (Schluck) einen trinken.

971 S'il y a des noix, / L'hiver sera froid.

la noix: (Wal-)Nuss.

972 Lorsque le pêcher est en fleurs, / Jour et nuit ont même longueur.

le pêcher: Pfirsichbaum. – Auch hier ist mit dem Datum das Frühlingsäquinoktium (um den 21. März) gemeint.

973 La pomme du matin / Tue le médecin.

974 Belles pommes sont souvent amères.

D: »Schöne Äpfel sind auch wohl sauer.« Auch hier deutliche Nähe zum SW: »Il ne faut pas se fier aux apparences.« Vgl. dazu Nr. 346.

975 Toute rose devient gratte-cul.

le gratte-cul: Hagebutte. – Variante: »Il n'est si belle rose qui ne devienne gratte-cul.« Proverbialisiert meint das Dicton: »La plus belle femme peut devenir un laideron« (*le laideron*, fam.: hässliches Entlein). Vgl. dazu auch Nr. 292.

976 Une rose d'automne est plus qu'une autre exquise.

exquis, e: (aus)erlesen, außergewöhnlich (schön).

977 Si le rosier fleurit, / Le raisin mûrit.

le rosier: Rose(nstock). | **mûrir:** reifen, reif werden.

978 Plante ta vigne de bons plants, / Prends la fille de bonnes gens.

planter: pflanzen, bepflanzen. | **la vigne:** Weinberg. | **le plant:** Steckling, Setzling. – Schönes Beispiel des Übergangs oder der Fusion von Dicton und SW.

979 Il faut boire le vin pur le matin; /
À midi sans eau, /
Et le soir, tel que le bon Dieu l'a fait.

Ein hinterlistiges Dicton im Weinland Frankreich, da dreimal dasselbe gesagt wird.

980 Nul vin sans lie.

la lie: (Bier, Wein) Hefe, Bodensatz. – Variante: »Chaque vin a sa lie.« D: »Kein Wein ohne Hefe.« Der proverbialisierte Sinn lautet: Alles hat seinen Nachteil, seine negativen Begleiterscheinungen. Vgl. dazu auch Nr. 857.

981 De Tourangeaux et Angevins, / Bons fruits, bons esprits et bons vins.

le tourangeau / la tourangelle: Einwohner(in) der Touraine. | **un Angevin / une Angevine:** Bewohner(in) von Angers bzw. Anjou in der Touraine. – Eines der sog. »proverbes locaux et historiques«, seltenes Beispiel für das Lob einer frz. Provinz, hier einer der herausragenden, auch touristisch hochwertigen Regionen des Landes.

Les météores

982 Arc-en ciel du matin / Met la pluie en train;
Arc-en-ciel du soir / Met la pluie en retard.

un arc-en-ciel: Regenbogen. | **mettre en train:** in Gang, Schwung bringen. – D: »Regenbogen am Abend lässt gut Wetter hoffen, / Regenbogen am Morgen lässt für Regen sorgen.«

983 Arc-en-ciel du soir, / Du beau temps, espoir.

984 Le brouillard du matin / N'arrête pas le pèlerin.

le pèlerin / la pèlerine: Pilger(in). – Vgl. auch Nr. 477.

985 Après la pluie, s'il vient un brouillard, /
Le beau temps viendra sans retard.

986 Brume qui fuit au matin, / Beau temps certain.

la brume: Dunst, Nebel. | **fuir:** hier: verfliegen. – D: »Auf gut Wetter vertrau', beginnt der Tag nebelgrau.«

987 Brumeuse matinée, / Promet belle journée.

brumeux, -euse: dunstig, diesig. – D: »Tiefer Nebel verheißt schönes Wetter.«

988 Ciel rouge le soir, blanc le matin, / C'est le souhait du pèlerin.

le pèlerin / la pèlerine: Pilger(in). – D: »Abendrot und Morgenhell sind ein guter Reisegesell.«

989 Ciel rouge au matin, / Est un pluvieux voisin.

pluvieux, -euse: regnerisch, regenreich. – Vgl. auch Nr. 173. D: »Morgenrot – Schlechtwetter droht.«

990 Rouge le soir / Au temps, aie espoir.

D: »Abendrot – Gutwetterbrot.«

991 Beaucoup d'étoiles en été, / Beau temps assuré.

assuré, e: sicher, gewiss.

992 Gelée hors saison / Gâte la vigne et la maison.

la gelée: Frost. | **gâter qc:** etwas schädigen, schaden. | **la vigne:** Rebe, Weinstock.

993 Vigne grêlée, / Vigne vendangée.

grêlé, e: verhagelt. | **vendangé, e:** abgeerntet; (fig.) verheert.

994 Quand la lune a son anneau; / C'est qu'il tombera de l'eau.

un anneau: (Mond) Kranz, Ring. | **il tombe de l'eau:** es regnet. – D: »Hat der Mond einen Hof, zeigt er Regen an.«

995 La lune rousse sur la semence, / D'ordinaire a grande influence.

la lune rousse: die Zeit der späten Nachtfröste (April/Mai) (*roux, rousse:* gelb-, fuchsrot). | **la semence:** Saat, Saatgut. – Der Mond hat in der Volksweisheit traditionell eine zentrale Bedeutung, gerade im Hinblick auf Vegetation, Wetterprognosen und Aberglauben.

996 Il faut toujours semer pendant que la lune croît, / Et couper et cueillir pendant qu'elle décroît.

semer: säen. | **cueillir:** ernten, pflücken; (Früchte) sammeln. | **décroître:** (Mond) abnehmen (*la lune croissante/décroissante:* zunehmender/abnehmender Mond).

997 Neige qui tombe en temps qu'il faut, / C'est or qui tombe et son prix vaut.

valoir: wert sein. – D: »Der Schnee ist ein gutes Kleid, kommt er zu rechter Zeit.«

998 Année de neige emplit le grenier; / Année sans neige appauvrit le meunier.

emplir: füllen. | **le grenier:** Speicher. | **appauvrir qn:** jdn. arm machen. | **le meunier / la meunière:** Müller(in). – D: »Viel und langer Schnee gibt viel Frucht und Klee.«

999 Jamais d'orage si funeste, / Qu'après quelque chose ne reste.

funeste: unheilvoll, verderbenbringend. – Vgl. auch Nr. 840.

1000 Pluie matinale / N'est pas journale.

matinal, e: morgendlich, Morgen… | **journal, e** (vx.): ganztägig; dauert nicht lange, z. B. nicht den ganzen Tag. – D: »Frühregen entweicht, eh die Uhr auf Zwölfe zeigt.«

1001 Rien n'annonce le beau temps comme la pluie.

Nach einer Unglückssträhne, einer schlimmen Periode können nur bessere Zeiten kommen. Vgl. auch Nr. 52 u. 698.

1002 Qui se marie un jour de pluie / A (aura) du bonheur toute la (sa) vie.

Seltener Fall der Kombination von SW und prognostischem Dicton (Wetterprognose). Vgl. D: »Nach dem Regen kommt der Segen (nach dem Leide kommt die Freude)«.

1003 Quand il pleut à la Saint-Médard, / Il pleut quarante jours plus tard.

D: »Macht Medardus feucht und nass, regnet's ohne Unterlass.« Gelegentlich mit dem Zusatz: »… Et la récolte est au quart.« Der hl. Medardus lebte im 6. Jh., war fränkischer Bischof von Noyon-Tournai und erlangte den Ruf, vor allem ein Bischof der Armen und der Nächstenliebe zu sein. Sein Fest war früher am 8. Juni, nach der gregorianischen Reform am 20. Juni, also am Vorabend der Sommersonnenwende. Eines der bekannten Beispiele der Verchristlichung eines alten germanischen Aberglaubens, der im christlichen Johannisfeuer aufgegangen ist.

1004 Après abondantes rosées / Le ciel restera sans nuées.

abondant, e: ausgiebig, reichlich. | **la rosée:** Tau. | **la nuée** (litt.): dicke große Wolke. – D: »Häufiger starker Tau hält den Himmel blau.«

1005 Soleil rouge promet de l'eau, / Soleil blanc fait le temps beau.

D: »Geht die Sonne rot und feurig auf, folgen Wind und Regen drauf.« / »Der Abend rot und weiß das Morgenlicht, dann trifft uns böses Wetter nicht.«

1006 Lorsque le soleil se fait un beau lit le soir, / Le lendemain le beau temps se fait voir.

le lendemain: am Tag danach. – Der seltene Fall eines anthropomorphisierten Dictons: Sonne = Mensch. Vgl. »le soleil se couche / se lève«.

1007 Temps et vent et femme et fortune / Changent, autant que la lune.

le temps: hier im metereologischen Sinn: Wetter, Witterung. – Das aus der Provinz (Burgund) stammende Dicton (heute proverbialisiert) kleidet die schon bei antiken Autoren belegte Flatter- und Wechselhaftigkeit der Frauen in eine alte »Bauernwetterregel«. Vgl. auch Nr. 823.

1008 Terre bien cultivée, / Moisson presque arrivée.

la terre: hier: Boden, Land. | **cultivé, e:** bestellt, bebaut. | **la moisson:** Ernte. | **arrivé, e:** hier: geschafft, gemacht, erreicht. – D: »Gutes Land will gute Pflege.« / »Wie das Feld, so die Pflege.«

1009 Quand il tonne / Il faut écouter tonner.

tonner: donnern; (fig.): eifern, wettern. – Proverbialisiertes Dicton: Nach den Drohungen kommen die Schläge: Wenn man nichts erreichen kann, muss man die Dinge geschehen lassen.

1010 Tant vente qu'il pleut.

(il) vente (v. imp.): es ist windig. – Variante: »Après vent pluie vient.« Vgl. auch Nr. 905. Der Wind (sofern es nicht ums Segeln oder um Windmühlen geht) ist meistens negativ konnotiert – auch in der Welt der Dictons. D: »Wenn heftige Winde sich legen, so folgt Regen.« Vgl. auch Nr. 1012.

1011 Suivant le vent, / Il faut mettre la voile.

mettre la voile: Segel setzen. – Wer auf See ist, hat den Wind nicht in der Hand. Er muss die Segel nach dem Wind richten oder übertragen: D: »Man muss den Mantel nach dem Wind(e) hängen.« Das fachsprachliche Dicton »mit oder gegen den Wind segeln« ist längst proverbialisiert. Vgl. auch Nr. 818.

Editorische Notiz

Das Glossar enthält in der Regel alle Wörter, die im *Thematischen Grund- und Aufbauwortschatz Französisch* (Stuttgart: Klett 2000) nicht zum Grundwortschatz gehören. Im Zweifelsfall wurde großzügig verfahren, andererseits auf die Fähigkeit des Lesers vertraut, die Bedeutung sog. »potentiellen«, d.h. »latent« vorhandenen Wortschatzes zu erschließen. In begründeten Fällen wurden in das Glossar auch Sacherklärungen aufgenommen. Die einzelnen Texte sind unabhängig voneinander glossiert, so dass jeder für sich gelesen werden kann.

In den Anmerkungenen verwendete Abkürzungen

adj.	adjectif
adv.	adverbe
arch.	archaïque
bibl.	biblique
conj.	conjonction
dt. (D)	Deutsch
engl. (E)	Englisch
f.	féminin
f./ff.	folgende
fam.	familier
fig.	figuré
frz. (F)	Französisch
hist.	historique
inf.	infinitif
jdm.	jemandem
jdn.	jemanden
jds.	jemandes
Jh.	Jahrhundert
jur.	juridique
lat. (L)	Lateinisch
litt.	littéraire
loc. adv.	locution adverbiale
loc. conj.	locution conjonctive

loc. prép.	locution prépositive
m.	masculin
méd.	médecine
myth.	mythologique
nfrz.	neufranzösisch
péj.	péjoratif
pl.	pluriel
poét.	poétique
pop.	populaire
prép.	préposition
pron.	pronom
pron. indéf.	pronom indéfini
qc	quelque chose
qn	quelqu'un
sg.	singulier
subj.	subjonctif
subst.	substantif
SW	Sprichwort, Sprichwörter
v.	verbe
v. imp.	verbe impersonnel
v. itr.	verbe intransitif
v. tr.	verbe transitif
vulg.	vulgaire
vx.	vieux

Anhang: Sprichwörter und Literatur

Eine kleine Textauswahl

FRANÇOIS VILLON: Ballade des proverbes (1458)

»Proverbes« waren in der Zeit François Villons (1431?–1463?) eine wichtige literarische Gattung zur Vermittlung moralischer Lebensregeln.

Die »Ballade« – eine im 14. und 15. Jahrhundert sehr verbreitete Dichtungsgattung – ist ein Refraingedicht in Versen zu vier Strophen und einer verkürzten Geleitstrophe (»envoi«) an den Prince, den Vorsitzenden der Meistersinger-Zunft, gerichtet.

Die *Ballade des proverbes* Villons ist wohl das erste Sprichwortgedicht in der französischen Literatur: eine Aufzählung von 28 »Sprichwörtern«, strukturell nach demselben komparativen bzw. konsekutiven Typus »Tant …« angeordnet. Der Titel stammt nicht von Villon, sondern ist nachträglich von P.L. Jacob in seiner Villon-Ausgabe von 1854 eingefügt worden – anstelle des ursprünglichen Titels »autre ballade«. »Proverbes« ist allerdings nicht ganz zutreffend, denn nicht alle Verse sind aus heutiger Sicht »Sprichwörter«.

Einige der Moralsätze waren schon zu Villons Zeiten bekannt; andere wurden erst durch ihn sprichwörtlich, z. B. der zum »geflügelten Wort« gewordene Refrainsatz: »Man spricht so lange von Weihnachten, bis das Fest da ist.« Ursprünglich bezog er sich auf die Freudenschreie in der Weihnachtsnacht; er hat aber heute – wenn überhaupt bekannt – nur noch metaphorische Bedeutung.

Schon die ersten drei Verse gehen auf ein berühmtes altfranzösisches Epos zurück, den *Roman de Renart*, ein zwischen 1175 und 1250 entstandener Verszyklus von Tierfabeln, mit dem Fuchs als Verkörperung des Witzes, gegenüber seinem Gegenspieler, dem Wolf (Ysengrim) als Handlungsträger menschlicher Charaktere. Hier gibt es erste Ansätze einer Parodie auf die höfische Gesellschaft, aber auch – ganz im Sinne der Gattung Fabel seit Äsop – deutliche Zeichen einer bitterbösen Gesellschaftssatire.

Ballade des proverbes

Tant grate chievre que mal gist,
Tant va le pot a l'eaue qu'il brise,
Tant chauffe on le fer qu'il rougist,
Tant le maille on qu'il se debrise,
Tant vault l'homme comme on le prise,
Tant s'eslongne il qu'il n'en souvient,
Tant mauvais est qu'on le desprise,
Tant crie l'on Noel qu'il vient.

[...]
Prince, tant vit fol qu'il s'avise,
Tant va il qu'après il revient,
Tant le mate on qu'il se ravise,
Tant crie l'on Noel qu'il vient.

[...]

Ballade der Sprichwörter

So lang, bis bös sie daliegt, kratzt die Geiß,
Zum Wasser geht der Krug, bis er muß brechen,
Das Eisen schmiedet man, solang es heiß,
Man schlägt den Hammer drauf bis zum Zerbrechen,
Der Mensch ist so viel wert, wie man ihn achtet,
Er schweift so weit, bis er vergißt, was nah,
So lang ist bös er, bis man ihn verachtet,
So lange schreit man Weihnacht, bis sie da.

Fürst, lange braucht der Narr, sich zu besinnen,
Erst läuft er weg, dann ist er wieder nah,
Setzt man ihn matt, dann erst kommt er zu Sinnen,
So lange schreit man Weihnacht, bis sie da.

François Villon: Sämtliche Dichtungen. Französisch u. Deutsch. Übertragen von Walther Küchler (1956). 5. Aufl. Heidelberg: Lambert Schneider, 1997. S. 220–223. Mit freundlicher Genehmigung des Verlags Lambert Schneider.

Le Sermon en proverbes (18. Jahrhundert)

Zum Verständnis dieser kuriosen Predigt eines anonymen Autors des 18. Jahrhunderts sind einige allgemeinere Informationen erforderlich.

Zur Gattung der öffentlichen Redekunst gehören seit der Antike die profane Rede und die der Verkündigung der christlichen Botschaft dienende Predigt (lat. *sermo*). In der Geschichte der geistlichen Beredsamkeit spielen drei große Namen eine Rolle: Bossuet, Bourdaloue und Massillon, die im 17. und 18. Jahrhundert der Kanzelrede als religiöse Kunstprosa Ansehen verschafft haben. Was Aufbau, Gliederung und rhetorische Struktur angeht, haben sie über Frankreich hinaus gattungstypische Maßstäbe gesetzt.

Gerade im 18. Jahrhundert erschienen zahlreiche Rhetoriken mit pädagogischen Anweisungen für die Abfassung einer (mündlichen) Rede, einer (öffentlichen) Predigt, so dass es nicht schwer war, im Jahrhundert der Aufklärung die z. T. bombastisch überladene Rhetorik der Kanzelreden zu parodieren – anonym, versteht sich, wie das in dem vorliegenden *Sermon en proverbes* als zeitgemäße Spielart der Redekunst der Fall zu sein scheint.

Die Predigt als Gattung war von Anfang an abhängig von den jeweiligen Epochenstilen und von Zeitmoden. Die geballte Ladung sprichwörtlicher Exegese, die theologische Einvernahme alter Sprichwörter fällt in der Tat aus dem Rahmen, präsentiert sich von Beginn an als konstruierte Anti-Gattung der klassischen Moralpredigt.

Dabei leistete ein seit dem Spätmittelalter bis in die Neuzeit lebendiger Zweig des komischen Theaters in Frankreich publikumswirksame Hilfe: die sogenannten *Sermons joyeux*, dramatische Predigtparodien, von denen einige überliefert sind. Die ebenfalls anonymen »Prediger« erweiterten die traditionelle Form, indem sie sogenannte *facéties*, komische, possenhafte Einlagen und Lieder einfügten, schließlich auch die proverbiale Spruchdichtung als popularisierende Zutaten einer religiösen Belehrung für ihre Zwecke einsetzten. Vergleichbar den närrischen Geboten in Predigten des 15. und 16. Jahrhunderts, instrumentalisiert der anonyme »Prediger« seinen Sprichwörterschatz für seine sophistische Redekunst.

Die Sprichwörter eignen sich für die Illustration tradierter Homiletik (Predigtkunst) insofern besonders, als die Spruchdichtung ja eine alte biblische Gattung ist und viele »Sprüche« = »Sprichwörter« in den Wortschatz der abendländischen Sprichwörter eingegangen sind. *Le livre des proverbes*, das älteste und typischste der fünf alttestamentlichen Lehrbücher, ist eine Sammlung einzelner Lehrgedichte und einer großen Anzahl einzelner Sprüche über die verschiedensten Gegenstände des alltäglichen Lebens, eine praktische Lebenslehre auf religiöser Grundlage. Es geht nicht um die Heilsgeschichte, sondern um die Bewährung des Einzelnen im Alltag, um das, was man ein anständiges, ein sinnvolles, ein lebenswertes Leben nennt. Die »Sprüche« sind Salomo zugeschrieben worden, dem Sohn Davids und König von Israel, dem größten Weisheitsgelehrten, dessen Weisheit und Reichtum sprichwörtlich geworden sind. In der Forschung wird inzwischen die Meinung vertreten, dass die oder einige »Sprüche« auch von anderen Weisen und Gerechten stammen könnten oder anderen älteren orientalischen Quellen aus dem Anfang des ersten Jahrtausends v. Chr. entnommen worden sind.

In der Struktur der »Sprichwörter-Predigt« erweist der anonyme Autor sich als Kenner der Redekunst. Dazu gehört die direkte Ansprache der Versammelten: »Mes chers frères«, »oui, mes frères«; »Souvenez-vous donc bien, mes chers frères«; »Écoutez bien ceci, mes enfants«, welche er immer wieder zum Mitdenken ermuntert: »Mais laissez dire, allez«; »Mais moquez-vous …«; »Écoutez bien ceci«; »Ne croyez pas« usw. Ausdrücklich beruft er sich auf berühmte Leute: »Prenez garde, dit un grand homme, …« (gemeint ist Rabelais); »Un auteur célèbre a dit …« (gemeint ist der Fabeldichter Florian) usw. Klar erkennbar ist der logisch-argumentative Aufbau der Predigt durch Gliederungspartikel wie »au surplus«, »oui«, »donc«, »au reste« usw.

Dennoch merkt der Leser sofort, dass das Ganze nicht ernst gemeint ist, sondern eine Parodie, eine possenhafte Strafpredigt, eine Satire gegen die Illusion einer sozusagen auslaufenden Gattung christlicher Bekehrungsdidaktik von der Kanzel herab.

Le Sermon en proverbes

Mes chers frères,

Cette vérité devrait faire trembler les pécheurs; car enfin Dieu est bon, mais aussi qui aime bien châtie bien. Il ne suffit pas de dire: je me convertirai; ce sont des propos en l'air; autant en emporte le vent. Un bon tien vaut mieux que deux tu l'auras; il faut ajuster ses flûtes, et ne pas s'endormir sur le rôti; on sait bien où l'on est, mais on ne sait pas où l'on va, et quelquefois on tombe de fièvre en chaud mal; l'on troque son cheval borgne contre un aveugle.

Au surplus, mes chers frères, honni soit qui mal y pense. Il n'est pire sourd que celui qui ne veut pas entendre; à décrasser un More, on perd son temps et son savon; et l'on ne peut faire boire un âne s'il n'a soif. Suffit, je parle comme saint Paul, la bouche ouverte, et pour tout le monde; qui se sent morveux se mouche, ce que je vous en dis, n'est pas que je vous en parle; mais comme un fou avise bien un sage, je vous dis votre fait, et ne vais pas chercher midi à quatorze heures.

Oui, mes frères, vous vous amusez à la moutarde, vous faites des châteaux en Espagne; mais prenez garde, le démon vous guette comme le chat fait la souris; il fait d'abord patte de velours; mais quand une fois il vous tiendra dans ses griffes, il vous traitera de Turc à More, et alors vous aurez beau vous chatouiller pour vous faire rire, et faire le bon apôtre, vous en aurez tout du long et tout du large. Si quelqu'un revenait de l'autre monde et qu'il en apportât des nouvelles, alors on y regarderait à deux fois; chat échaudé craint l'eau froide; quand on sait ce qu'en vaut l'aune, on y met le prix; mais là-dessus les plus clairvoyants n'y voient goutte. La nuit tous les chats sont gris et quand on est mort c'est pour longtemps.

Prenez garde, dit un grand homme, n'éveillez pas le chat qui dort; l'occasion fait le larron, mais les battus payeront l'amende; fin contre fin ne vaut rien pour doublure; ce qui est doux à la bouche est amer au cœur, et à la Chandeleur sont les grandes douleurs. Vous êtes à l'aise comme rats en paille; vous avez le dos au feu et le ventre à table; on vous prêche, et vous n'écoutez pas; je le crois bien, ventre affamé n'a point d'oreilles; mais aussi rira bien qui rira le dernier. Tout passe, tout casse, tout lasse; ce qui vient de la flûte retourne au tambour; et l'on se trouve le cul entre deux selles; mais alors il n'est plus temps, c'est de la moutarde après dîner; il est trop tard de fermer l'écurie quand les chevaux sont dehors.

Souvenez-vous donc bien, mes chers frères, de cette leçon; faites vie qui dure; il ne s'agit pas de brûler la chandelle par les deux bouts. Qui trop embrasse mal étreint; et qui court deux lièvres à la fois n'en prend point. Il ne faut pas non plus jeter le manche après la coignée. Dieu a dit: Aide-toi et je t'aiderai. N'est pas marchand qui toujours gagne; quand on a peur du loup, il ne faut pas aller au bois; mais contre mauvaise fortune il faut faire bon cœur, battre le fer tandis qu'il est chaud. Un homme sur la terre est toujours sur le qui-vive. On ne sait ni qui vit ni qui meurt, l'homme propose et Dieu dispose; tel rit aujourd'hui qui dimanche pleurera; il n'est si bon cheval qui ne bronche, quand on parle du loup, on en voit la queue.

Oui, messieurs, aux yeux de Dieu tout est égal, riche ou pauvre n'importe. Bonne renommée vaut mieux que ceinture dorée. Les riches payent pour les pauvres, et ils se servent souvent de la patte du chat pour en tirer les marrons hors du feu; mais chacun pour soi, et Dieu pour tous. Un auteur célèbre a dit: Chacun son métier, les vaches seront bien gardées; il ne faut pas que Gros-Jean remontre à son curé. Chacun doit se mesurer à son aune; et comme on fait son lit, on se couche. Tous les chemins vont à Rome, dit-on, mais il faut les connaître, et ne pas prendre ceux qui sont pleins de pierres; il faut aller droit en besogne, et ne pas mettre la charrue devant les bœufs. Quand on veut son salut voyez-vous, il faut y aller de cul et de tête, comme une corneille qui abat des noix. Si le démon veut vous dérouter, laissez-le hurler; chien qui aboie ne mord pas; soyez bons chevaux de trompette, ne vous effarouchez pas du bruit. Les méchants vous riront au nez mais c'est un rire qui ne passe pas le nœud de la gorge. Au demeurant chacun a son tour; et puis à chaque oiseau, son nid semble beau; après la pluie le beau temps; et après la peine le plaisir; mais laissez dire, allez; trop gratter cuit; trop parler nuit. Moquez-vous du qu'en dira-t-on, et ne croyez pas que qui se fait brebis, le loup le mange. Dieu a dit: Plus vous serez humiliés sur la terre, plus vous serez élevés au ciel.

Écoutez bien ceci, mes enfants, je vous parle d'abondance de cœur; il n'est qu'un mot qui sauve; il ne faut pas tant de beurre pour faire un quarteron. Quiconque fera bien trouvera bien. Les écrits sont des mâles, et les paroles sont des femelles, dit-on mais on prend le bœuf par les cornes, et l'homme par les paroles, et quand les paroles sont dites, l'eau bénite est faite.

Faites donc de sérieuses réflexions, mes frères, choisissez d'être à Dieu ou au diable; il n'y a pas de milieu; il faut passer par la porte ou par la fenêtre; vous n'êtes pas ici pour enfiler des perles, mais pour faire votre salut; le démon a beau vous dorer la pilule, quand le vin sera versé, il faudra le boire; et c'est au fond du pot qu'on trouve le marc.

Au reste, à l'impossible nul n'est tenu; je ne peux pas vous sauver malgré vous; On dit que ce n'est rien de parler, le tout est d'agir; et comme charité bien ordonnée commence par soi-même, je vais tâcher de faire mes orges, et de tirer mon épingle du jeu; alors, quand je serai sauvé, arrive qui plante, allez au diable, je m'en lave les mains.

Le Sermon en proverbes (XVIIIe siècle). In: Claude Roy (Hrsg.): Trésor de la Poésie populaire. Paris: Seghers, 1954. S. 387–389.

PAUL ÉLUARD / BENJAMIN PÉRET: 152 proverbes mis au goût du jour (1925)

Auf dem weiten Feld der Nachahmung, Bearbeitung und Umarbeitung sind konkrete Produkte wie Parodie, Pastiche, Persiflage, Karikatur u. a. geläufige Sachbegriffe zur Bezeichnung der Textverarbeitung, der veränderten Beziehungen zwischen Texten, insbesondere literarischen. »Intertextualität« heißt ein moderner Sammelbegriff, der auch den besonderen Status des Textes von Paul Éluard (1895–1952) und Benjamin Péret (1899–1959) bezeichnet, der ja nicht ohne die kollektive Existenz eines Vorläufertextes, eines Ensembles von Volksweisheiten, genannt Sprichwörter, denkbar ist. Um diese Referenzbeziehungen zwischen einem konkreten (literarischen) Text, dem sogenannten Phäno-Text, und einem diesem zugrundeliegenden sogenannten Geno-Text geht es bei den *152 proverbes mis au goût du jour* (1925), die als eine kunstideologische Frontalattacke gegen die sogenannte »sagesse des nations« gerichtet war, die uns in den Sprichwörtern alten Stils überliefert ist. Das Transformationsprodukt ist mehrdimensional, polyvalent und offen, da abhängig von der interesseleitenden literarischen Theorie, hier dem französischen Surrealismus der 1920er Jahre: ein singulärer Akt schöpferischer Zerstörung, die als etwas Neues bewusst mit dem Alten kontrastiert wird, das als Folie und ideologische Angriffsfläche unverzichtbar ist. Insofern handelt es sich hier generell nicht um »neue« Sprichwörter, sondern um Neuschöpfungen frei nach dem Motto: »Un proverbe peut en cacher un autre«.

Deshalb wird im Anschluss an die nach dem Originaldruck numerierte Auswahl von »proverbes« von Éluard/Péret nach Möglichkeit eine/die authentische Vorlage des variierten Sprichworts aufgelistet, wobei die inzwischen leider vergriffene deutsche Ausgabe von Hörner/Kiepe (1995) eine wertvolle Hilfe war.

Zur Charakterisierung dieser in der Parömiologiegeschichte einmaligen »Nachbilder« (nicht Vorbilder!) – um einen Begriff aus der Kunstwissenschaft zu verwenden – kann auch ein Begriff aus der modernen Texttheorie herangezogen werden: »Palimpsest«, eine seit der Antike bekannte Technik der Neubeschriftung von vorab getilgten Texten auf Pergament, mit dem bei Éluard/Péret vorliegenden, auch didaktisch fruchtbaren Unterschied, dass der (ehemals oft von Mönchen) »überschriebene« Text – bildlich gesprochen – in aller Regel erkennbar bleibt (vgl. dazu mein Nachwort S. 276).

Leider kann nicht genau gesagt werden, welche Sprichwörter von Éluard und welche von Péret stammen. Es gibt keine eindeutigen Quellennachweise. Der Titel ist also doppelt problematisch: Erstens: Die Präzisierung »mis au goût du jour« ist doch wohl als eine sehr subjektive Selbsteinschätzung der Autoren anzusehen; zweitens ist der Zusatz »en collaboration avec Benjamin Péret« als mindestens gleichwertige Zusammenarbeit zu verstehen.

Nicht alle Beispiele sind Sprichwörter im strengen Sinne; einige sind vielmehr sogenannte »expressions/locutions figées«, die in ein satzwertiges Sprichwort eingehen können (vgl. Nr. 35, 38, 78, 137, 143, 145, 152).

Warum 152 *proverbes*? Diese »Dunkel«ziffer ist Teil des Programms. Andererseits hatten Éluard und Péret nur eine vage Vorstellung von der linguistischen Struktur der Sprichwörter, die sie ideologisch als Kontrastfolie für ihre subversive Kunstauffassung ausbeuteten. So ist auch nicht für alle 152 Sprichwörter ein Original, eine proverbiale Vorlage auszumachen. Mehrere sind Erfindungen von Éluard bzw. Péret, die im Stil und Tonfall den Sprichwort-»Sound« imitieren und damit wirklich neue, autonome Sprüche erfunden haben. Dabei werden bewusst alte sprichwörtliche Strukturelemente aufgegriffen.

Der eigentliche ideologisch-revolutionäre Impetus dieser Dekonstruktion einer alten Spruchgattung im Geiste des Surrealismus spielt sich auf der semantischen Ebene ab, wo – aus der Referenzsicht unserer vertrauten Welt betrachtet – semantische Anomalien als Ausdruck einer verkehrten Welt kreiert werden, semantische Repräsentationen »unmöglicher« Dinge und Zustände in der Nähe der Unsinnsdichtung.

Dennoch könnte die Beschäftigung mit den »proverbes« von Éluard/Péret zu einem kreativen Umgang mit Sprache anregen, zu einem phantasievollen Fortschreiben in Paralleltexten, wenn die Sprachlerner – wie Max Ernst einmal gesagt hat – das Zusammentreffen von zwei oder mehr wesensfremden Realitäten organisieren. Eine solche rekreative Nachahmung der surrealistischen Variationsbeispiele setzt allerdings eine genaue Analyse der ursprünglichen Kreationen voraus, die erst einen reflektierten Umgang mit stereotyper Sprache durch ihren entautomatisierten Gebrauch im Sprachspiel möglich macht. Dazu sollen die abschließenden Hinweise einige Anregungen vermitteln.

Eine etwas genauere Durchsicht der Auswahlliste lässt verschiedene Variationstypen erkennen, die man unterschiedlichen Graden und Komplexionsstufen zuordnen kann. In Nr. 42 genügt der Austausch eines Lexems (hier des Subjekts), um ein altes, bekanntes Sprichwort mit neuen Bedeutungen in der Nähe eines Adage (einer alten juristischen Spruchweisheit) aufzuladen. Was bedeutet hier »les souris«?

In Nr. 41 wird durch den Austausch eines anderen Lexems (hier des Objekts) das banale, anonyme »L'autre« geradezu mythologisch überhöht.

In 51 und 53 werden beide nominalen Glieder ausgetauscht: ebenfalls in 40, einem berühmten alten, gern zitierten Sprichwort, das zunächst durch den phonemischen Bruch »fer/mère« am Ende des ersten Teilsatzes Aufmerksamkeit erregt; vor allem aber durch die dann folgende weitere Brechung der assoziativen Erwartungshaltung des Lesers: »chaud/jeune« ist eine semantische Opposition voller subversiver Konnotationen, über die diskutiert werden muss.

Nr. 5 ist auf einer höheren Komplexionsstufe anzusiedeln, geht es doch um eine hinterlistige, zunächst kryptische Neuformulierung, die aus der Vermengung von zwei biblischen Sprüchen entstanden ist und eine explosive Aufforderung produziert:

»Il faut rendre À CESAR ce qui est à César et À DIEU ce qui est à Dieu« und »On voit LA PAILLE dans l'œil du voisin et on ne voit pas LA POUTRE dans le sien« ergibt: »Il faut rendre à la paille ce qui appartient à la poutre«.

Das Abenteuer der aus einem alten stereotypen Kontext befreiten Wörter gibt dem Leser neue Rätsel über die menschliche Vernunft auf.

152 proverbes mis au goût du jour (extraits)

PE	1	Avant le déluge, désarmez les cerveaux.
BP	2	Une maîtresse en mérite une autre.
PE	3	Ne brûlez pas les parfums dans les fleurs.
BP	4	Les éléphants sont contagieux.
PE	5	Il faut rendre à la paille ce qui appartient à la poutre.
BP	6	La diction est une seconde punition.
PE	7	Comme une huître qui a trouvé une perle.
BP	8	Qui couche avec le pape doit avoir de longs pieds.
PE	9	Le trottoir mélange les sexes.
BP	10	À fourneau vert, chameau bleu.
PE	11	Sommeil qui chante fait trembler les ombres.
BP	12	Ne mets pas la manucure dans la cave.
PE	13	Quand un œuf casse des œufs, c'est qu'il n'aime pas les omelettes.
BP	14	L'agent fraîchement assommé se masturbe de même.
BP	15	La danse règne sur le bois blanc.
BP	16	Les grands oiseaux font les petites persiennes.
BP	40	Il faut battre sa mère pendant qu'elle est jeune.
PE	41	Un clou chasse Hercule.
BP	42	Quand la raison n'est pas là, les souris dansent.
BP	51	Trop de mortier nuit au blé.
BP	53	Qui sème des ongles récolte une torche.

(Die Abkürzung BP zeigt an, dass das SW von Benjamin Péret stammt; die mit PE markierten SW stammen von Paul Éluard.)

Paul Éluard: 152 proverbes mis au goût du jour en collaboration avec Benjamin Péret. In: P. É.: Œuvres complètes. Bd. 1. Paris: Gallimard, 1968. S. 153–161.

LOUIS CALAFERTE: Sagesse ancienne (1977)

Der in Turin geborene und in Lyon gestorbene Vielschreiber und Querdenker Louis Calaferte (1928–94) ist trotz vergeblicher Versuche, als Provinzler in Paris zu reüssieren, in der französischen Literatur des 20. Jahrhunderts eine Randfigur geblieben. Seinen Namen findet man nach meiner Kenntnis in keiner Literaturgeschichte, obwohl sein Werkverzeichnis mehr als 70 Titel (!) aufweist.

Der hier abgedruckte Sketch ist Teil einer kleinen Pentalogie, fünf Einaktern von zusammen kaum 20 Seiten, die unter dem Gesamttitel *Black out* erschienen sind. Der Begriff meint im ursprünglichen fachsprachlichen Sinn des Theaterjargons das plötzliche, vollständige Ausschalten der Bühnenbeleuchtung, z. B. im Kabarett am Abschluss eines pointierten Sketches, zur Verstärkung des Überraschungseffekts bei den Zuschauern. In übertragener Bedeutung bezeichnet der Begriff eine kurze Szenenfolge, die eine unvermittelte Schlusspointe setzt.

Vordergründig erfüllt das Stück *Sagesse ancienne* die gattungstypischen Merkmale eines Sketches: ein kurzes Stück, wenige Personen, normwidriges Verhalten, das improvisiert erscheint; eine eher absurde bis surreale Sprache.

Das ganz Besondere und Auffällige des Textes besteht darin, dass die Dialogsätze alle nur aus bekannten Sprichwörtern bestehen, die statarisch – ohne Handlung und Geschehen – in einer routinierten Gesprächsautomation abgespult werden, ohne irgendeinen situativen Kontext, womit die semantisch eigentlich aufgeladene alte Spruchgattung spielerisch im Kern ausgehöhlt wird.

Drei Personen werfen sich die Sprichwörter – wie in einem heiteren Ballspiel – zu: »un monsieur d'un certain âge« (autoritärer, opportunistischer Typ, harter Realist); »une dame du même âge« (vorsichtig, misstrauisch, moralisierend, oft in Negationen, mit [unbewusst?] sexistischen Anklängen [vgl. 12, 28, 47, 56]); »un jeune homme guindé« (ein realistischer, eher skeptisch und pragmatisch denkender Typ). Aus dieser Personenkonstellation könnte man eine alters- bzw. geschlechtstypische Zuordnung der Sprichwörter versuchen.

»Sagesse ancienne« ist ganz gewiss kritisch gemeint und wiederholt ein häufig geäußertes Anliegen des Autors: die Erneuerung erstarrter, verbrauchter Sprache. Der abstrakte Titel passt zu einem bis aufs Skelett abgemagerten Anti-Stück, das nur aus Echosätzen besteht, ohne die soziale Wirklichkeit, die Quelle des Widerhalls: 67 Sprichwörter-Salven als namen-, ort- und zeitloses Zitiertheater, dessen Sprecherwechsel (»du tac au tac«) zwischen alt und jung, Mann und Frau lediglich unterbrochen wird durch stereotype Routineformeln der Alltagskommunikation, die für sich genommen schon eine sprachliche Persiflage darstellen. Die drei Marionetten-Figuren reden scheinbar mit- und gegeneinander, haben sich aber im Grunde nichts mitzuteilen. Fazit des jungen Mannes (frei nach Shakespeares bekannter Komödie *Much Ado About Nothing* [1598]): »Voilà – décidément beaucoup de bruit pour rien.«

Aber die Alten (Sie: »pinceé«; Er: »péremptoire«) behalten scheinbar das letzte Wort; ja, das leicht abgewandelte Sprichwort des älteren Herrn soll so etwas wie eine dramenechte »chute finale« nahelegen.

Die jeweils nach Sprecherwechsel plazierten situativ konnektiven Redeeröffnungssignale verdienen besondere Aufmerksamkeit: »vous savez« (9); »souvenez-vous« (18); »que voulez-vous« (60); »n'oubliez-pas« (62) usw.: überwiegend Gliederungssignale, die semantisch auf eine rein kommunikative Funktion reduziert sind.

Es gibt daneben auch die bekräftigende Zustimmung: »Oh, vous savez« (9); »Il est vrai que …« (22); »C'est ça« (27), »de plus« (33); »Ah! évidemment« (35); »c'est juste« (46); »Exactement« (59) – schließlich die verstärkende Kombination mehrerer Satzeröffnungssignale: »d'accord, mais alors« (13). Alle diese sprecherwechselbezogenen Gliederungssignale haben mit dem Kommunikationsrahmen eines inhaltsleeren Gesprächs zu tun, das ohne explizite nonverbale oder prosodische Zeichen auskommt (vgl. auch die weiteren Ausführungen im Nachwort dieser Ausgabe, S. 273f.).

Sagesse ancienne

Personnages

UN MONSIEUR D'UN CERTAIN ÂGE
UNE DAME DU MÊME ÂGE
UN JEUNE HOMME GUINDÉ

Un salon.

LE MONSIEUR. Il faut battre le fer pendant qu'il est chaud!

LE JEUNE HOMME. Mais oui, mais oui, les affaires sont les affaires.

LE MONSIEUR. Pensez-en ce que vous voulez, un tiens vaut mieux que deux tu l'auras!

LE JEUNE HOMME. Parce que, enfin, bon chien chasse de race, non?

LE MONSIEUR. Croyez-moi, il vaut mieux aller chez le boucher que chez le médecin!

LE JEUNE HOMME. Et d'ailleurs, la fin justifie les moyens …

LE MONSIEUR. Après tout, l'argent n'a pas d'odeur!

LA DAME. Bien mal acquis ne profite jamais.

LE MONSIEUR. Oh, vous savez, au royaume des aveugles, les borgnes sont rois …

LA DAME. Je ne dis pas, mais pourquoi courir deux lièvres à la fois?

LE MONSIEUR. On ne lâche pas la proie pour l'ombre!

LA DAME. Méfiez-vous, chat échaudé craint l'eau froide!

LE MONSIEUR. D'accord, mais alors aux grands maux, les grands remèdes!

LE JEUNE HOMME. Charité bien ordonnée commence par soi-même.

LE MONSIEUR. Comme on connaît ses saints on les honore.

LA DAME. Tout de même, tout de même, une hirondelle ne fait pas le printemps.

LE MONSIEUR. Boh! il n'y a que le premier pas qui coûte.

LA DAME. Souvenez-vous malgré tout que les loups ne se mangent pas entre eux.

LE JEUNE HOMME. Qu'importe! Erreur n'est pas compte.

LA DAME. Il n'empêche que la faim fait sortir le loup du bois.

LE MONSIEUR. Certes, mais il ne faut jurer de rien.

LE JEUNE HOMME. Il est vrai qu'il vaut mieux avoir affaire à Dieu qu'à ses saints!

LA DAME. Prudence est mère de sûreté.

LE JEUNE HOMME. N'exagérons rien, Paris ne s'est pas fait en un jour.

LE MONSIEUR. Et puis, quand on veut noyer son chien, on dit qu'il a la rage!

LE JEUNE HOMME. Qui a bu boira!

LE MONSIEUR. C'est ça! Qui veut la fin veut les moyens!

LA DAME. Peut-être, peut-être, mais la nuit tous les chats sont gris.

LE JEUNE HOMME. Nécessité fait loi!

LE MONSIEUR. Et on ne prête qu'aux riches!

LA DAME. Pourtant, les conseilleurs ne sont pas les payeurs.

LE MONSIEUR. Oh! si ce n'est que ça, tous les chemins mènent à Rome!

LE JEUNE HOMME. De plus, une fois n'est pas coutume.

LA DAME. Un mauvais arrangement vaut mieux qu'un bon procès.

LE MONSIEUR. Ah! évidemment. On ne fait pas d'omelettes sans casser d'œufs!

LE JEUNE HOMME. Qui ne risque rien n'a rien!

LA DAME. Tout vient à point à qui sait attendre.

LE JEUNE HOMME. Trop de précautions nuit et toute peine mérite salaire!

LE MONSIEUR. Enfin! ... Le soleil luit pour tout le monde!

LA DAME. Il vaut tout de même mieux ne pas mettre le chasseur devant les loups.

LE JEUNE HOMME. Là, je suis de votre avis, n'éveillons pas le chat qui dort.

LE MONSIEUR. C'est toujours pareil, l'occasion fait le larron.

LA DAME. Mais qui peut le plus peut le moins.

LE JEUNE HOMME. Quoi qu'il en soit, ne vendons pas la peau de l'ours avant de l'avoir tué.

LA DAME. C'est juste. Qui veut aller loin ménage sa monture et qui trop embrasse mal étreint.

LE MONSIEUR. C'est entendu, mais même la plus belle fille du monde ne peut donner que ce qu'elle a!

LE JEUNE HOMME. Ça, de ce côté-là, l'habit ne fait pas le moine.
LE MONSIEUR. Et la fête passée, adieu le saint!
LA DAME. Il faut qu'une porte soit ouverte ou fermée.
LE MONSIEUR. L'habitude est une seconde nature ...
LA DAME. Dans le doute, abstiens-toi.
LE JEUNE HOMME. De deux maux, il faut choisir le moindre.
LE MONSIEUR. Il n'y a pas de fumée sans feu.
LA DAME. C'est possible, mais comme on fait son lit on se couche.
LE MONSIEUR. Bien sûr, faute de grives on mange des merles.
LE JEUNE HOMME. Fais ce que dois, advienne que pourra.
LE MONSIEUR. Exactement! Autres temps, autres mœurs!
LE JEUNE HOMME. Que voulez-vous, les chiens aboient, la caravane passe.
LE MONSIEUR. Il vaut mieux tenir que courir!
LA DAME. N'oubliez pas que l'enfer est pavé de bonnes intentions, et que la caque sent toujours le hareng.
LE JEUNE HOMME. Voilà décidément beaucoup de bruit pour rien.
LA DAME *(pincée)*. Rira bien qui rira le dernier.
LE MONSIEUR *(péremptoire)*. Le vin est tiré, il faut le boire!

Louis Calaferte: Sagesse ancienne. In: L. C.: Théâtre complet. Bd. 2: Pièces baroques III. Paris: Éditions Hesse, 1996. S. 54–56.

GUY BÉART: Les proverbes d'aujourd'hui (1979)

Guy Béart, 1930 in Kairo geboren und libanesischer Herkunft, kommt erst nach dem Zweiten Weltkrieg, mit 17 Jahren, nach Paris. Parallel zu seinem Ingenieurstudium an der berühmten École Nationale des Ponts et Chaussées absolviert er eine Ausbildung an der Musikhochschule.

Seine Gesangskarriere beginnt Mitte der 1950er Jahre als vielgefragter »auteur-compositeur-interprète« der Pariser Chanson-Szene.

Im Gegensatz zu den Erfolgen seiner Konkurrenten (Aznavour, Bécaud, Gainsbourg u. a.) fand er als Chansonnier nicht den Anschluss an die neuen Moden der 60er Jahre, so dass er zur Filmmusik und zur sehr erfolgreichen Moderation von Fernsehsendungen (u.a. in der Musiksendung »Bienvenue chez Guy Béart«) überwechselte.

In den 70er Jahren, nach einem krankheitsbedingten Auf und Ab des Erfolgs und der Publikumsgunst, verhalfen zwei berühmte Pariser Schauspieler, Madeleine Renaud und Jean-Louis Barrault, dem ins Abseits geratenen Künstler mit einer ihm gewidmeten Schallplatte zu neuen Publikumserfolgen.

Guy Béart, der heute überwiegend auf einem ehemaligen Bauernhof in der Provence (Gassin. Dép. Var) lebt, ist Autor, Komponist und Interpret von mehr als 300 Titeln, die vielfach mit Preisen ausgezeichnet worden sind. Bekannt wurde er mit Chansons wie *Les grands principes*, *Il n'y a plus d'après*, *Ma vieille* oder *Paris au mois d'août*, die sicherlich mancher aus dem Französischunterricht kennt.

»Sprichwörter« sind in der Chanson-Literatur eigentlich ein unübliches Thema, das sich bei Béart aber überzeugend in das humanistische Weltbild dieses sensiblen Künstlers integriert. *Les proverbes d'aujourd'hui* ist ein kunstvoll komponierter Text: 13 gereimte Vierzeiler-Strophen in durchgängigen Siebensilblern, einer alten Versart mit fortgesetzten Reimen in den Versen 1 und 3/4. Der 2. Vers, ein reimloser weiblicher »vers blanc«, ist metrisch ungewöhnlich wie auch die strophische Wiederholung am Ende des Gedichtes, das damit die desillusionierte Botschaft unserer Zeit betont, welche die Weisheiten der alten Sprichwörter in ihr Gegenteil verkehrt. Eine verkehrte Welt durch die systematische Verwendung des Stilmittels der tropischen Ironie mit ihren gedanklichen Gegensatzverhältnissen, die auf der Folie der alten Sprichwörter Ausdruck scharfer Kritik am modernen Gesellschafts- und Menschenbild darstellen.

Das Folgende mag eine kleine Lesehilfe sein:

Strophe 2: Les murs ont des oreilles.
Strophe 3: Il ne faut pas mettre la charrue avant les bœufs.
Strophe 4: Deux et deux font quatre.
Strophe 5: Aux innocents les mains pleines.
Strophe 6: Les chiens aboient, la caravane passe.
Strophe 7: Les derniers seront les premiers.
Strophe 8: Un tiens vaut mieux que deux tu l'auras.
Strophe 9: Vgl. »La Cigale, ayant chanté / Tout l'été« (La Fontaine, *Fables* I,1).

Strophe 10: Fais ce que dois, advienne que pourra.
Strophe 11: Tel qui rit vendredi, dimanche pleurera.
Strophe 12: La fin justifie les moyens.

Les proverbes d'aujourd'hui

Les proverbes d'aujourd'hui
À notre époque ressemblent
Les proverbes d'aujourd'hui
Sont les clameurs de la nuit

Les oreilles ont des murs
Qui nous empêchent d'entendre
Les oreilles ont des murs
Des murs de chair c'est plus sûr

La charrue avant les bœufs
Ainsi ça les encourage
La charrue avant les bœufs
Font les beaux terrains herbeux

Deux et deux font cinq ou trois
Pour le penser on est quatre
Deux et deux font cinq ou trois
Ce qui est c'est ce qu'on croit

Les mains vides aux innocents
Aux corrompus les mains pleines
Les mains vides aux innocents
Aux assassins or et sang

Et lorsque les chiens aboient
La caravane s'arrête
Et lorsque les chiens aboient
On écoute enfin leur voix

Les premiers sont les derniers
Les derniers derniers quand même
Les premiers sont les derniers
Où sont passés les premiers

Deux tu l'auras ça vaut mieux
Qu'un seul tien sans aucun risque
Deux tu l'auras ça vaut mieux
Un tien c'est mort et c'est vieux

La cigale a tant chanté
Qu'elle devient richissime
La cigale a tant chanté
La fourmi morte l'été

Ne fais jamais ce que dois
De nouveaux devoirs surviennent
Ne fais jamais ce que dois
Surtout fais n'importe quoi

Et tel qui rit vendredi
Rira bien encore dimanche
Et tel qui rit vendredi
C'est déjà bien ça de pris

Il n'y a ni moyens ni fins
Plus rien qui nous justifie
Il n'y a ni moyens ni fins
Devant la soif et la faim

Les proverbes d'aujourd'hui
À notre époque ressemblent
Les proverbes d'aujourd'hui
Sont les clameurs de la nuit

Guy Béart: Les proverbes d'aujourd'hui. In: G. B.: Couleurs et colères du temps. L'intégrale des poèmes et chansons. Paris: Seghers, 1979. S. 27 ff.

FRANÇOIS CARADEC: 105 proverbes liftés + proverbes soldés (1993)

Der Bretone François Caradec ist außerhalb Frankreichs allenfalls einigen Experten bekannt geworden, die sich für seine Interessengebiete interessierten: Comic, Wortspiel, Pastiche, Argot-Französisch u. a. Caradec schrieb auch Biographien zu Jarry, Lautréamont u. a. sowie eine *Histoire de la littérature enfantine en France.*

Als experimentierfreudiger Sprachkritiker ist er auch bekannt geworden als Anhänger der 1960 von Le Lionnais, Queneau, Perec u. a. gegründeten sogenannten »Oulipo«-Bewegung (»Ouvroir de littérature potentielle«), einem sozusagen experimentellen Literaturlabor.

In diesen Kontext gehören auch die 1993 erschienenen »proverbes liftés« bzw. »soldés«, ein parodistischer Abgesang auf die traditionellen »proverbes et dictons populaires«, die eigentlich unverständlich geworden seien. »Bien mieux«, schreibt der Verfasser in einer Vorbemerkung, »ces proverbes ne sont plus adaptés à la vie moderne: ils exigent pour être compris de nos contemporains un serieux ›lifting‹« (S. 5 f.).

Die »gelifteten« Modernisierungen (in einem unübersehbar gesellschaftskritischen, z. T. ironisch-aggressiven Stil) sind Pseudo-Sprichwörter (»Anti-Sprichwörter«) von unterschiedlicher Haltbarkeit und Wertigkeit, zeit- und modeabhängige Eintagsfliegen, wovon sich der Leser / die Leserin selbst überzeugen kann. In den Klammern hinter den ausgewählten Beispielen wird jeweils auf die proverbiale Vorlage verwiesen, die mehr oder weniger deutlich durchscheint:

1 (809), 3 (680), 4 (62), 7 (343), 8 (575), 9 (856), 10 (899), 11 (581), 12 (797), 13 (841), 14 (739), 15 (682), 16 (644), 17 (688), 18 (911), 19 (424), 20 (468), 21 (826), 22 (509), 23 (447), 24 (478), 25 (237), 26 (394). Nr. 6 ist auch im Original kein SW, sondern eine berühmte These von Rivarol.

Die anschließenden Versuche einer »rabattierten«, »verramschten« Modernisierung alter Sprichwörter ist strukturell insofern interessant, als der vordere Halbsatz in der Regel die Originalfassung beibehält, während im zweiten Halbsatz die Thematik aktualisiert wird. Auch dazu im Folgenden eine Lesehilfe mit Hinweisen auf die Vorlage in Klammern:

1 (581), 2 (834), 3 (739), 4 (44), 5 (580), 6 (801), 8 (740), 9 (166), 10 (736), 11 (704), 12 (225), 13 (800). Nr. 7 ist auch in der Vorlage kein Sprichwort, sondern ein Diktum Voltaires, das im Original lautet: »Si Dieu n'existait pas, il faudrait l'inventer.«

Diese proverbialen Variationen mit dem Ziel einer »mise à jour« folgen durchaus dem Vorbild von Éluard und Péret, die ja auch alte, bekannte Sprichwörter in ihren erstarrten Strukturen geistreich-spielerisch auflockern wollten (»au goût du jour«). Beider Bemühungen, d. h. Produkte, erfüllen zwar nicht minimale Kriterien der Gattung Sprichwort; sie öffnen aber einen Blick für den Zusammenhang zwischen Kreativität und Didaktik, denn sie bieten gute Anregungen für fremdsprachendidaktische Sprachspiele, die ähnlich auch schon für Testzwecke im Rahmen empirischer Erhebungen zur Kenntnis von Sprichwörtern Anwendung gefunden haben. Für einen modernen, Kreativität und Konstruktion emotional kombinierenden Sprachunterricht könnte dieses »Lifting« durchaus anregend sein.

105 proverbes liftés (extraits)

1 Zapper est le propre de l'homme.
2 Tout le plaisir de l'amour est dans l'alternance.
3 Chirac vaut bien une messe.
4 Au pays des non-voyants, Le Pen est roi.
5 Toutes les passions s'éteignent avec le troisième âge.
6 Ce qui n'est pas clair n'est pas hexagonal.
7 Il ne faut pas réveiller le député qui dort.
8 Les murs ont des micros.
9 Tout vient à point à qui sait attendre la retraite.
10 Un Mammouth ne fait pas le Printemps.
11 Les petits ruisseaux polluent les grandes rivières.
12 Qui veut noyer son chien l'accuse d'être séropositif.
13 Toutes les autoroutes mènent au péage.
14 Qui aime bien est sado-maso.
15 Point d'argent, point de coffre en Suisse.
16 On n'est jamais si bien servi que dans un libre-service.

17 R. M. I. n'est pas vice.
18 La Sofres est la voix de Dieu.
19 Le chômage est le père de tous les vices.
20 La nuit, tous les tagueurs sont gris.
21 Tant va la machine à laver qu'à la fin elle est naze.
22 La peur du sida est le commencement de la sagesse.
23 Les élections passées, adieu l'élu.
24 Miss Monde ne peut donner que ce qu'elle a.
25 Heureux au Loto, malheureux en amour.
26 L'argent n'a pas besoin de déodorant.

Proverbes soldés (extraits)

1 Les petits ruisseaux font ce qu'ils peuvent.
2 Tel qui rit vendredi n'attend pas le dimanche.
3 Qui aime bien remet ça.
4 Aide-toi, le ciel est occupé.
5 Les petits cadeaux entretiennent à moitié.
6 Qui vole un œuf n'a pas faim.
7 Si Dieu n'existait pas, on inventerait autre chose.
8 Qui casse les verres ramasse les morceaux.
9 Chat échaudé n'a pas froid.
10 Qui a bu, ça se voit.
11 Plus on est de fous, plus on est nombreux.
12 Faute de grives, on ne mange pas.
13 Qui vivra crèvera.

François Caradec: 105 proverbes liftés suivis de quelques proverbes soldés. La Bibliothèque Oulipienne. No 60. 1993. S. 7–15. Mit freundlicher Genehmigung des Oulipo, Paris

Der Verlag Philipp Reclam jun. dankt den Rechteinhabern für die Abdruckgenehmigung. In einigen Fällen konnten die Rechteinhaber nicht ermittelt werden. Hier ist der Verlag bereit, nach Anforderung rechtmäßige Ansprüche abzugelten.

Literaturverzeichnis

I. Bibliographie

Lengert, Joachim (1999): Romanische Phraseologie und Parömiologie. Eine teilkommentierte Bibliographie. 2 Bde. Tübingen: Narr. (In Bd. 1: Französisch.)

II. Sprichwörter-Lexika und -Sammlungen

II.1 mehrsprachige

Arthaber, Arthur (1929): Dizionario Comparato di Proverbi e Modi Proverbiali. Milano: Ulrico Hoepli. (Reprints 1952, 1995.)

Büchmann, Georg (1864): Geflügelte Worte: Der Citatenschatz des deutschen Volks. Berlin: Haude & Spener. (Neuausg.: Geflügelte Worte und Zitatenschatz. Völlig durchgesehene u. verbesserte Neuausgabe 1953. Stuttgart: Asmus Verlag.)

Düringsfeld, Ida von / Rheinsberg-Düringsfeld, Otto Freiherr von (1872): Sprichwörter der germanischen und romanischen Sprachen, vergleichend zusammengestellt. 2 Bde. Leipzig: Hermann Fries. (Nachdruck Hildesheim: Olms, 1973.)

Gluski, Jerzy (1971): Proverbs ... A Comparative Book of English, French, German, Italian, Spanish and Russian Proverbs with a Latin Appendix. Amsterdam / London / New York: Elsevier.

Gottschalk, Walter (1935–38): Die bildhaften Sprichwörter der Romanen. 3 Bde. Heidelberg: Carl Winter.

Ilg, Gérard (1960): Proverbes français suivis des équivalents en allemand, anglais, espagnol, italien, néerlandais. Amsterdam / London / New York: Elsevier.

Troian, Marie-Claire / Lazzarotto, Euclides Antônio / Bailo, Ana Viva (2009): Proverbi di Babele. Proverbes de Babel. 2 vol. Bruxelles: Les Éditions du Zazsard.

II.2 zweisprachige

Brézin-Rossignol, Monique (1997): Dictionnaire de proverbes français-anglais, anglais-français. 2e édition remaniée 2008. Paris: La Maison du Dictionnaire.

DesRuisseaux, Pierre (1997): Le petit proverbier. Proverbes français, québécois et anglais. Bibliothèque québécoise.

Möller, Ferdinand (1979): Proverbes français / Französische Sprichwörter. Überarb. Neuausg. 2012. München: Deutscher Taschenbuch Verlag. (dtv zweisprachig.)

II.3 einsprachige

Französisch

Carlier, Robert (1976): Larousse des citations françaises et étrangères. Paris: Larousse.

Dournon, Jean-Yves (1986): Le dictionnaire des proverbes et dictons de France. Paris: Hachette.

Henry, Gilles (2006): L'habit ne fait pas le moine. Petite histoire des expressions. Paris: Tallandier. (Collection Points.)

Le Roux, Philibert Joseph (1718–86): Dictionnaire comique, satyrique, critique, burlesque, libre et proverbial. Présentation et éd. crit. par Monica Barsi 2003. Paris: Honoré Champion.

Le Roux de Lincy, A. J. V. (1842): Le Livre des proverbes français. Paris: Chez Paulin / Hachette. (Reprint 1996.)

Maloux, Maurice (1960): Dictionnaire des proverbes, sentences et maximes. Nouv. éd. 2001. Paris: Larousse.

Montreynaud, Florence / Pierron, Agnès / Suzzoni, François (1989): Dictionnaire de proverbes et dictons. Nouv. éd. 2006. Paris: Le Robert. (Collection Les Usuels.)

Pedrazzani, Jean-Michel (1991): Dictionnaire des proverbes et maximes – d'hier à aujourd'hui. Aartselaar: Chantecler.

Pierron, Agnès (2000): Dictionnaire des dictons et proverbes. Alleur: Marabout.

Quitard, Pierre-Marie (1842): Dictionnaire étymologique, historique et anecdotique des proverbes et des locutions proverbiales de la

langue française en rapport avec des proverbes et des locutions proverbiales des autres langues. Paris: Bertrand. Nachdr. Genève: Slatkine Reprints, 1968.
Rey, Alain / Chantreau, Sophie (1990): Dictionnaire des expressions et locutions. Nouvelle édition revue et augmentée. Paris: Le Robert. (Collection Les Usuels.)
Rey, Alain [u. a.] (1990): Dictionnaires de proverbes et expressions. Le Robert Langage et Culture. Paris: Le Robert.

Deutsch

Beyer, Horst und Annelies (1985): Sprichwörterlexikon. Sprichwörter und sprichwörtliche Ausdrücke aus deutschen Sammlungen vom 16. Jahrhundert bis zur Gegenwart. München: Beck.
Eisbrenner, Rudolph (1997): Das große Buch der Bauernweisheiten. 3333 Sprichwörter, Redensarten und Wetterregeln. Würzburg: Stürtz.
Malberg, Horst (1993): Bauernregeln. Aus metereologischer Sicht. 2., erweiterte Auflage. Berlin u. a.: Springer.
Röhrich, Lutz (1973): Lexikon der sprichwörtlichen Redensarten. 2 Bde. Neuausg. (3 Bde.) 2003. Freiburg: Herder.
Simrock, Karl (1846): Die deutschen Sprichwörter. Einleitung von Wolfgang Mieder. Neuausg. 1988. Stuttgart: Reclam.
Wander, Karl Friedrich Wilhelm (1880): Deutsches Sprichwörter-Lexikon. 5 Bde. Leipzig: Brockhaus. Nachdr.: Darmstadt: Wissenschaftliche Buchgesellschaft, 2007 (mit CD-ROM).
Weiß, Joachim [u. a.] (2005): Die Zeit: das Lexikon in 20 Bänden. Bd. 20: Zitate und Redewendungen. Hamburg: Zeitverlag Bucerius.

Englisch

Mieder, Wolfgang (1988): English Proverbs. Ausgewählt u. herausgegeben v. W. M. Stuttgart: Reclam (Fremdsprachentexte). (Bibliogr. erg. Ausg. 2003.)
Wilson, F. P. (1935): The Oxford Dictionary of English Proverbs. Revised (Third) Edition 1970. Oxford: Clarendon Press.

Lateinisch

Faselius, August (1859): Sprichwörter des alten Rom. Nachdr.: Reprint-Verlag Leipzig, 2012.

Kasper, Muriel (1996): Reclams Lateinisches Zitaten-Lexikon. 4., durchges. Aufl. 2003. Stuttgart: Reclam.

Otto, A. (1964): Die Sprichwörter der Römer. Reprogr. Nachdr. der Ausg. Leipzig 1890. Hildesheim: Olms.

III. Parömiologische Gesamtdarstellungen

Bloy, Léon (¹1902; ⁴1919; ⁷1922): Exégèse des lieux communs. Paris: Mercure de France.

Burger, Harald [u. a.] (Hrsg.) (2007): Phraseologie/Phraseology. Ein internationales Handbuch der zeitgenössischen Forschung. 2 Bde. Berlin / New York: Walter de Gruyter.

Göttert, Karl Heinz (2005): Eile mit Weile. Herkunft und Bedeutung der Sprichwörter. Stuttgart: Reclam.

Kanyó, Zoltán (1981): Sprichwörter. Analyse einer einfachen Form. Ein Beitrag zur generativen Poetik. Den Haag / Paris / New York: Mouton.

Lüger, Heinz-Helmut (1999): Satzwertige Phraseologismen. Eine pragmalinguistische Untersuchung. Wien: Edition Praesens.

Paulhan, Jean (1925): L'expérience du proverbe. Paris: L'Échoppe. Nachdr. 1993.

Pineaux, Jacques (¹1956; ⁷1979): Proverbes et dictons français. Paris: Presses Universitaires de France. (Que sais-je? N° 706.)

Röhrich, Lutz / Mieder, Wolfgang (1977): Sprichwort. Stuttgart: Metzler.

Schapira, Charlotte (1999): Les stéréotypes en français: proverbes et autres formules. Paris: Ophrys.

Visetti, Yves-Marie / Pierre Cadiot (2006): Motifs et proverbes. Essai de sémantiqe proverbiale. Paris: Presses Universitaires de France.

IV. Artikel und Einzelstudien

Anscombre, Jean-Claude (Hrsg.) (2000): La parole proverbiale. Themenheft Langages. N° 139 (septembre).

Arnaud, Pierre J. L. (1991): Réflexions sur le proverbe. Cahiers de Lexicologie 59, 2. S. 6–27.

– (1992): La connaissance des proverbes français par les locuteurs natifs et leur sélection didactique. Cahiers de Lexicologie 60, 1. S. 195–238.

Baur, Rupprecht / Chlosta, Christoph (1996): Welche Übung macht den Meister? Von der Sprichwortforschung zur Sprichwortdidaktik. Fremdsprache Deutsch. Heft 15. S. 17–24.

Coppens d'Eeckenbrugge, Monique (1989): Petits proverbes, grands effets ... De l'usage des proverbes dans la publicité contemporaine. In: Gertrud Gréciano (Hrsg.): Europhras 88. Phraséologie Contrastive. Strasbourg: Univ. des Sciences Humaines / Département d'Études Allemandes. S. 51–63.

Crépeau, Pierre (1975): La définition du proverbe. Fabula 16. S. 285–304.

Éluard, Paul / Péret, Benjamin (1995): 152 Sprichwörter auf den neuesten Stand gebracht. Herausgegeben, übersetzt u. mit einem Nachwort versehen von Unda Hörner u. Wolfram Kiepe. Gießen: Anabas Verlag. [Frz. Original-Ausg.: s. S. 235.]

Gouvard, Jean-Michel (1996): Les formes proverbiales. Langue Française 110. S. 48–63.

Greimas, A. J. (1960): Idiotismes, proverbes, dictons. Cahiers de Lexicologie 2. S. 41–61.

Grzybek, Peter (1991): Das Sprichwort im literarischen Text. In: Annette Sabban / Jan Wirrer (Hrsg.): Sprichwörter und Redensarten im interkulturellen Vergleich. Opladen: Westdeutscher Verlag. S. 187–205.

– (1992): Probleme der Sprichwort-Lexikographie (Parömiographie). Definition – Selektion – Klassifikation. In: G. Meder / A. Dörner (Hrsg.): Worte – Wörter – Wörterbücher. Tübingen: Niemeyer. S. 195–223.

Kleiber, Georges (1989): Sur la définition du proverbe. Recherches Germaniques 2. S. 233–252.

Lamy, Yves (1986): Tous les chemins mènent à Rome. Avec des proverbes. Le Français dans le monde. N° 202. S. 60–65.
Meschonnic, Henri (1976): Les proverbes, actes de discours. In: Revue des Sciences Humaines 3. N° 163. S. 419–436.
Mieder, Wolfgang (1989): Das Sprichwörterbuch. In: F.-J. Hausmann / O. Reichmann / H. W. Wiegand / L. Zgusta (Hrsg.): Wörterbücher. Dictionaries. Dictionnaires. Ein internationales Handbuch zur Lexikographie. Berlin / New York: Walter de Gruyter. S. 1033–1044.
– (2002): Sprichwort. In: Kleine literarische Formen in Einzeldarstellungen. Stuttgart: Reclam. S. 211–240.
Permjakov, G. L. (1984): Die Grammatik der Sprichwörterweisheit. In: Peter Grzybek (Hrsg.): Semiotische Studien zum Sprichwort. Ars Semiotica. An International Journal of Semiotics 3/4. S. 295–344.
Roy, Claude (1960): La Sagesse des nations. In: C. R.: L'Homme en question. Paris: Gallimard. S. 39–49.
Schapira, Charlotte (2000): Proverbes, proverbialisation et déproverbialisation. Langages. N° 139. S. 81–97.
Weller, Franz Rudolf (2002): »C'est en écrivant qu'on devient écriveron.« – Gehören Sprichwörter in den Fremdsprachenunterricht? In: Olaf Kühn / Oliver Mentz (Hrsg.): Zwischen Kreativität, Konstruktion und Emotion. Der etwas andere Fremdsprachenunterricht. FS Rattunde. Herbolzheim: Centaurus. S. 71–87.

Nachwort

Über das Fortleben der Sprichwörter heute

BAZILE. Prenez garde, jeune homme, prenez garde! Le père n'est pas satisfait; la fille a été souffletée; elle n'étudie pas avec vous: Chérubin! Chérubin! Vous lui causerez des chagrins! *Tant va la cruche à l'eau …*

FIGARO. Ah! voilà notre imbécile avec ses vieux proverbes! Hé bien! pédant, que dit la sagesse des nations? *Tant va la cruche à l'eau qu'à la fin …*

BAZILE. Elle s'emplit.

FIGARO (*en s'en allant*). – Pas si bête, pourtant, pas si bête!

(Beaumarchais, *Le Mariage de Figaro* I,11 [1784])

1. Zum Status der Sprichwörter aus heutiger Sicht

Auf dem komplexen Problemfeld sprachlicher Stereotypen, erstarrter Kollokationen, auf dem die Sprichwörter einen illustren, genauer: illustrativen Platz einnehmen, dominieren bis heute kontroverse linguistische Definitions- und Abgrenzungsdiskussionen, während kulturhistorische und sozialwissenschaftliche Fragestellungen vernachlässigt werden. Tatsache ist, dass heute von einem lebendigen Sprichwörtergebrauch in der Rede nicht mehr gesprochen werden kann; wenigstens nicht in der Form, in der viele Sprichwörter uns überliefert sind. In modernen Gesellschaften erfüllt das Sprichwort keine soziale Funktion mehr; seine Existenz und sein Gebrauch sind kein klassenspezifisches Phänomen, bezogen auf die Sprecher auch keine Frage des Alters oder der Bildung mehr. Das sind grundsätzliche Fragen, mit denen sich die Sprichwortforschung, die internationale Parömiologie, beschäftigen muss, um zu erklären, warum eine einstmals florierende, natürliche, sinnstiftende Sprichwörterkultur uns heute nur noch wenig zu sagen scheint. Doch Sprichwörter sind immer noch populär, nicht nur in den Massenmedien, sondern selbst bei angesehenen Schriftstellern. Sie werden in der historisch belegten Form, in ihrem ursprünglichen Sinn gebraucht, also zitiert; oder ironisch, parodistisch verfremdet oder in einer lexikalischen oder morphosyntaktischen Variation, die den Urtext mehr oder weniger deutlich erkennen lässt. Schließlich muss man sich mit proverbialen Neubildungen (»faux-/anti-proverbes«) auseinandersetzen, die vielleicht den Status von modischen Eintagsfliegen überdauern.

Der bereits in der Vorbemerkung zitierte Autor einer Anfang der 1990er Jahre an der Université Lumière Lyon 2 durchgeführten empirischen Untersuchung konstatierte in seinem Abschlussbericht: »Contrairement à une opinion assez répandue, le proverbe n'est pas vraiment menacé de disparition dans notre langue« (Arnaud 1992, S. 197). Eine ganz andere Meinung vertritt Alain Rey, der Herausgeber des *Dictionnaire de proverbes et expressions* (1990): »Il s'agit aujourd'hui, pour nous, d'un grand malade, d'un moribond« (»Préface«, S. XXIV). Solche aus der historischen Sprachwissenschaft bekannten Krankheitsmetaphern sind wenig hilfreich, ja überflüssig, wenn sie falsch sind.

In der folgenden Tabelle sind die 32 bestplatzierten Sprichwörter der Untersuchung von Arnaud (1992, S. 200 f.) aufgelistet:

rang	*nombre de citations*	*proverbe*
1	42	Pierre qui roule n'amasse pas mousse
2	34	Rien ne sert de courir, il faut partir à point
3	24	Mieux vaut tard que jamais

rang	*nombre de citations*	*proverbe*
4	15	Un tiens vaut mieux que deux tu l'auras
5	8	Rira bien qui rira le dernier
	8	Tel est pris qui croyait prendre
7	7	Qui vole un œuf vole un bœuf
	7	Tant va la cruche à l'eau qu'à la fin elle se casse
9	6	Qui dort dîne
10	5	Après la pluie le beau temps
	5	Qui aime bien châtie bien
	5	Plus on est de fous, plus on rit
13	4	Chaque chose en son temps
	4	L'habit ne fait pas le moine
	4	Quand le chat n'est pas là, les souris dansent
16	3	Il ne faut jamais remettre au lendemain ce qu'on peut faire le jour même
	3	Il ne faut jamais vendre la peau de l'ours avant de l'avoir tué
	3	Il ne faut pas mettre la charrue avant les bœufs
	3	L'argent ne fait pas le bonheur
	3	Mieux vaut prévenir que guérir
	3	On a toujours besoin d'un plus petit que soi
	3	Qui sème le vent récolte la tempête
	3	Qui va à la chasse perd sa place
	3	Tel père tel fils
	3	Tout vient à point à qui sait attendre
26	2	Bien mal acquis ne profite jamais
	2	Comme on fait son lit on se couche
	2	La nuit, tous les chats sont gris

rang	*nombre de citations*	*proverbe*
	2	Les chiens aboient, la caravane passe
	2	Le monde appartient à ceux qui se lèvent tôt
	2	Les petits ruisseaux font les grandes rivières
	2	Tous les chemins mènent à Rome

Das am meisten genannte Sprichwort »Pierre qui roule n'amasse pas mousse« (»Der Stein, der rollt, setzt kein Moos an«) ist für Arnaud ein prototypisches Sprichwort, weil es mehrere Charakteristika der Gattung in sich vereinige: das Metaphorische, Didaktische einerseits; das Spiel mit Konsonanten und Vokalen, schließlich das poetische Bild des bemoosten Steins. Schließlich teilt es das Schicksal vieler alter Sprichwörter, nämlich dass die Bedeutung sich aus heutiger Sicht gewandelt hat.

Im Hinblick auf konkrete Alltagssituationen oder einfach aus Neugierde möchte manch einer gern wissen, wie bekannte deutsche Sprichwörter im Französischen wiedergegeben werden können, sinn-, nicht textadäquat; denn mit dem Übersetzen kommt man meistens nicht zurecht. Eine große Ausnahme bilden die zahlreichen frühen Lehnübersetzungen aus der Bibel, aus dem Lateinischen u. a. Sprichwörter übersetzen ist fragwürdig und unergiebig, wenn der Sprachkörper, die Struktur und die Satzbedeutung divergieren; vom soziokulturellen Kontext einmal ganz abgesehen. In Verbindung mit einer textnahen Paraphrase sind hier nur Lösungen auf einer adäquaten Äquivalenzebene sinnvoll.

Parallel zu der eingangs zitierten französischen Untersuchung von Arnaud möchte ich – auch als Anregung für eigene komparatistische Aktivitäten – eine ähnliche Rangliste deutscher Sprichwörter anführen, die ebenfalls auf empirischen Erhebungen basiert (vgl. Bauer/Chlosta 1996, S. 22). Aufgelistet sind auch hier nur die 30 erstplatzierten Fälle:

1. Wer A sagt, muß auch B sagen.
2. Man ist so alt, wie man sich fühlt.
3. Aller Anfang ist schwer.
4. Der Apfel fällt nicht weit vom Stamm.
5. Erst die Arbeit, dann das Vernügen.
6. Aufgeschoben ist nicht aufgehoben.
7. Ausnahmen bestätigen die Regel.
8. Doppelt hält besser.
9. Wie du mir, so ich dir.
10. Eigenlob stinkt.
11. Einmal ist keinmal.
12. Ende gut, alles gut.
13. Man muß die Feste feiern, wie sie fallen.
14. Ohne Fleiß kein Preis.
15. Gegensätze ziehen sich an.
16. Geld allein macht nicht glücklich.
17. Gelegenheit macht Diebe.
18. Über den Geschmack läßt sich nicht streiten.
19. Frisch gewagt ist halb gewonnen.
20. Wie gewonnen, so zerronnen.
21. Es ist nicht alles Gold, was glänzt.
22. Wer anderen eine Grube gräbt, fällt selbst hinein.
23. Eine Hand wäscht die andere.
24. Was du heute kannst besorgen, das verschiebe nicht auf morgen.
25. Wer nicht hören will, muß fühlen.
26. Ein blindes Huhn findet auch einmal ein Korn.
27. Hunde, die bellen, beißen nicht.
28. Irren ist menschlich.

29. Kleider machen Leute.
30. Der Klügere gibt nach.

Wer vermag zu erklären, warum das Sprichwort »Pierre qui roule n'amasse pas mousse« (dessen deutsches Äquivalent in der obigen Liste nicht vertreten ist) in Frankreich als prototypischer Spitzenreiter gilt, während das Sprichwort »Morgenstund' hat Gold im Mund'«, das wiederum in der französischen Rangliste fehlt und in der obigen deutschen Liste nur die Position 40 einnimmt, allgemein als das bekannteste und beliebteste deutsche Sprichwort gilt? Begeben wir uns hier in die Dunkelkammer parömischer[1] Psychologie?

2. Parömiologische Definitions- und Abgrenzungsprobleme

Sprichwörter findet man nur sporadisch in den allgemeinen ein- und zweisprachigen Wörterbüchern. Je ›moderner‹ ein Wörterbuch ist, desto geringer ist die Chance, darin das gesuchte Sprichwort zu finden. In der ersten Auflage (1966) des für die damalige Zeit »revolutionären« DFC (*Dictionnaire du français contemporain*) gab es im Anhang eine »Liste des principaux proverbes« (ca. 150) mit kurzen Erläuterungen. Im Wörterbuch selbst hieß es unter dem Lemma »proverbe«: »L'emploi des proverbes, fréquents dans les parlers locaux, est aujourd'hui en nette régression dans la langue parlée commune.« Im Nachfolgewörterbuch DDF (*Dictionnaire de français*) von 1986 fehlen sowohl die Sprichwörterliste wie der zitierte Kommentar im Artikel selbst. In Deutschland ist in den letzten Jahrzehnten keine einzige Sammlung französischer

1 Parömie: wissenschaftlicher Begriff für das Sprichwort (aus dem Griechischen).

Sprichwörter erschienen; auf französischer Seite sind für den Berichtszeitraum (von einigen Reprint-Ausgaben abgesehen) gerade einmal drei Titel zu nennen: Dournon, *Le dictionnaire des proverbes et dictons de France* (1986, mit 3500 Sprichwörtern); J.-M. Pedrazzani, *Dictionnaire des proverbes et maximes: D'hier à aujourd'hui* (1991) ohne Umfangsangabe, aber mit lesenswerten Kommentierungen im zweiten, nichtalphabetischen Teil; P. DesRuisseaux, *Le petit proverbier. Proverbes français, québécois et anglais* (1997), eine Auswahl auf der Basis von »550 entrées principales«, die durch eine mehrfach größere Zahl von Varianten und Äquivalenzen im Englischen und in der Provinz Quebec ergänzt werden. Die Sammlung von 1000 Sprichwörtern in Agnès Pierrons *Dictionnaire des dictons et proverbes* (2000) braucht eigentlich nicht aufgeführt zu werden, denn im kleingedruckten Untertitel heißt es ausdrücklich »Proverbes de France et d'ailleurs« (d.h. »... du monde«!). Hinzuweisen ist allerdings auf den sehr lesenswerten Essay »Entre tradition et nouveauté, indémodable: le proverbe« (S. 233–247).

Zu dem in der Edition »Le Robert Langage et Culture« erschienenen *Dictionnaire de proverbes et expressions* (eine Taschenbuchausgabe in der Reihe »Les Usuels« war unter dem Titel *Dictionnaire de proverbes et dictons* bereits 1980 erschienen [Neuausgabe 2006]) ist kritisch anzumerken, dass mit seinen 2136 Eintragungen nur ein Teil der »proverbes de langue française« enthalten ist, denn in dem Abschnitt »Expressions et locutions« (der in der Taschenbuchreihe »Les Usuels« im Jahr 1990 auch separat erschienen ist) gibt es eine zahlenmäßig nicht genannte Masse an sogenannten »locutions de nature proverbiale«, die eigentlich und logischerweise in die Sprichwörterabteilung hätten aufgenommen werden müssen. In seinem Vorwort zum großen Sprichwörter-Robert (*Dictionnaire de proverbes et expressions*) spricht Alain Rey, der kein Freund der Gattung ist, kurioserweise von »locutions-phrases qui peuvent être exclamatives ou proverbiales« (1990, S. XIII). Damit werden die ohnehin editorisch leicht chaotischen Verhältnisse nur noch verschlimmert.

Eine konsensfähige Definition des Sprichworts gibt es nicht, allenfalls einige prototypische Minimalmerkmale in einem Kernbereich. Jean-Michel Gouvard kann man nur zustimmen, wenn er resümiert »que les énoncés que l'on range sous l'étiquette de ›proverbes‹ sont loin de former une classe homogène qui pourrait recevoir une description linguistique homogène, mais constituent en fait un ensemble de sous-classes ...« (Gouvard 1996, S. 54).

Zu den parömiologischen Definitionsproblemen, die in der aktuellen Forschung eine Rolle spielen, gehört auch die grundsätzliche Frage, wann ein »proverbe« ein französisches ist! Der eben genannte Robert unterscheidet »Proverbes de la langue française« (mit gelegentlichem Zusatz, z. B.: »existe aussi en allemand« oder »proverbe d'origine latine«) und andererseits »Proverbes du monde« (alle in französischer Übersetzung). Tatsache ist, dass viele, vor allem sehr bekannte Sprichwörter keine nationalen Stereotypen, keine sprachlich fixierten Nationalitäten darstellen. Sprichwörter in großer Zahl sind »Wanderwörter«, mehr als gemeinhin angenommen wird, international verbreitet.

Sie bewahren Urerfahrungen der Menschheit, welche sich sprachlich in einem gemeinsamen Grundbestand an Sprichwörtern, sozusagen parömiologischen Universalien, niedergeschlagen hat.

Andererseits ist in historischer Hinsicht ein nicht unwichtiger soziologischer Aspekt nachzutragen, der die »phrastische« (satzmäßige) Spruchdichtung und deren stereotypisierte Kollokationen schichtenspezifischen Kommunikationsmodellen zuordnet. In der Tat waren Sprichwörter lange Zeit ein Charakteristikum der sozialen Welt sogenannter »kleiner Leute«, in der sich Sprichwörter, Klischees, Gemeinplätze usw. mischten. Im Zeitalter des Humanismus erhielt das anonyme, kollektive, volkstümliche Sprichwort Konkurrenz durch die von Anfang an (nach der Erfindung der Buchdruckerkunst) schriftlich fixierten und überlieferten »Adagia« (Erasmus[2] edierte und kommentierte ab 1500 ca. 4000, alle in lateinischer Sprache), später dann durch die »Maximes« und »Sentences« der französischen Moralisten des 17. und 18. Jahrhunderts (La Rochefoucauld, La Bruyère, Vauvenargues, Chamfort, Rivarol, Galiani u.a.). Für den im Jahrhundert der französischen Klassik sehr einflussreichen Jesuitenpater Bouhours waren die nobleren Moralistik-Gattungen die Sprichwörter der »honnêtes gens«, der »hommes d'esprit«. Die Diskriminierung des Sprichworts als »vulgaire« hält sich lange in den offiziellen Wörterbüchern, z.B. unter dem Lemma »proverbe« im *Dictionnaire de l'Académie Française*: »espèce de sentence, de maxime exprimée en peu de mots, et devenue commune et vulgaire« mit dem ideologisch sehr bezeichnenden Zusatz: »Les sentences sont les proverbes des gens bien élevés, et les proverbes sont les sentences du peuple« (^{7}1884). Im Großen Robert ist »vulgaire« immerhin zu »populaire« abgeschwächt worden. Diese traditionelle für Frankreich im besonderen zutreffende soziologische Zuordnung der Sprichwörter und ihrer Verwendung nach schichtenspezifischen Kategorien stimmte aber, was die schriftliche Tradierung angeht, von Anfang an nicht.

2 Erasmus von Rotterdam, ein bedeutender niederländischer Humanist und Theologe (1466?–1536), schuf in jahrelanger Gelehrtenarbeit eine neue lehrhafte Gattung komprimierter Weisheiten im Kampf gegen Dummheit und Borniertheit, die heute als Vorläuferin späterer Sprichwörtersammlungen gilt.

3. Gattungsmerkmale des Sprichworts – formal und inhaltlich

In ihrer ursprünglichen, authentischen Form gehören die Sprichwörter zur abendländischen Spruchdichtung. Sie sind innerhalb des weiten Feldes konventionalisierter Sprechakte ein besonderer sprachlicher Code: kontextinvariante, ganze oder elliptische Sätze; häufig Gemeinsätze zum Ausdruck allgemeiner Wahrheiten. Morphologisch sind es ganze Sätze, in ihrer Bedeutung, also semantisch, sind es Satzmetaphern, insofern sie etwas anderes meinen, als sie bedeuten bzw. zu sagen scheinen. Sprichwörter sind keine eigenen, sondern fremde Aussagen, wörtlich wiedergegebene Zeugnisse eines anonymen »Volksgeistes«, auf den der Sprecher sich – ohne Anführungszeichen – beruft oder wenigstens bezieht. Prosodische (z.B. zu Rhythmus, Tonhöhe) Analysen haben ergeben, dass beim Übergang zu einem Sprichwort häufig eine Intonationsveränderung stattfindet, eine stimmliche Modulation, die das Sprichwort vielleicht sogar mit Emphase ankündigt oder durch eine metakommunikative Floskel einleitet: »Comme dit le proverbe: …«, »En proverbe on dit: …« – oder deutsch: »Es gibt ein altes, aber sehr wahres Sprichwort: …«. Der Kern des Sprichworts liegt in seinem abstrakten Schema als Vorgabe für weitgehend festgeprägte, invariante Sätze, die oft eine Lebensregel oder Alltagsweisheit in kurzer, prägnanter Form ausdrücken. In einer strukturellen Analyse ergeben sich daraus verschiedene »Patterns«, also Satzbaumuster, die auch in der didaktischen Praxis die sprachspielerische Bildung neuer Sprichwörter ermöglichen:

X n'est pas Y: »Pauvreté n'est pas vice.«
Si X, alors Y: »Si tu veux la paix, prépare la guerre.«
Plus X, plus Y: » Plus on est de fous, plus on rit.«

X est mieux que Y: »Il vaut mieux s'adresser à Dieu qu'à ses saints.«

Sprichwörter sind ein besonderer sprachlicher Code. Wie andere kollektive Redegattungen der abendländisch-orientalischen Spruchdichtung »funktionieren« sie nach dem Prinzip sprachlicher Ökonomie, ohne dass dadurch die ästhetische Qualität auf der Strecke bliebe.

Eines der auffälligsten Charakteristika dieser kunstvollen Minimaltexte ist die elaborierte Sprachstruktur, die oft größere Aufmerksamkeit auf sich zieht als die semantische Komponente. Die internen formalen Bindungen und andere, aus heutiger synchronischer Sicht archaische Formelemente bestätigen das Alter bzw. die frühe Entlehnungszeit aus bekannten proverbialen Quellen. Diese meistens bildhaften, rhetorisch-rhythmisch aufgeladenen kategorischen Sätze verleihen der didaktischen Gattung der Sprichwörter eine Überzeugungsautorität und Aufmerksamkeit, die von den Massenmedien gern für Werbezwecke eingesetzt werden. Sprichwörter stehen häufig in einem »Tempus«, das eigentlich gar keines ist: in dem aus der griechischen Grammatik bekannten sogenannten *Aoristus gnomicus* (gnomischer Aorist), eine Aspektform bzw. Aktionsart des Verbs, die besonders dazu dient, allgemeine Wahrheiten und Erfahrungen oder gleichnishafte Aussagen zu machen (wie z.B. in der Bibel), aber nicht abstrakt, sondern in kondensierter erzählender Form. Sprichwörter sind häufig konstruiert als »illokutive« Sprechakte mit einigen gattungstypischen Indikatoren, in denen sich die kommunikative Funktion der Äußerung artikuliert; z.B. negative Aufforderungssignale: »Il ne faut pas ...«, »On doit (ne doit pas) ...«, »Il vaut mieux ...« oder ähnliche metakommunikative Einleitungsformeln.

Einige prototypische Beispiele sollen das Gesagte erläutern:

Lexik/Grammatik:

- archaischer Null-Artikel: »Contentement passe richesse« (neben dem ebenso häufigen Gebrauch des bestimmten Artikels als Generalisierungsmodus: »Quand le chat n'est pas là, les souris dansent«);
- Imperativ in appellativer Funktion: »Aide-toi, le ciel t'aidera«;
- von der Norm abweichende Wortstellung: »À l'ongle on connaît le lion«;
- Relativpronomen ohne Bezugselement = Vordersatz: »Qui dort dîne«;
- binäre Struktur: »Ce que femme veut, Dieu le veut«;
- Ellipse (Nominalsatz ohne explizites Prädikat): »Aujourd'hui en fleurs, demain en pleurs« oder »Tel père, tel fils«.

Rhetorik:

- Chiasmus: »Un pour tous, tous pour un«;
- Antithese: »Qui se marie à la hâte se repent à loisir«;
- Paronomasie (wortspielerische Zusammenstellung lautlich gleicher oder ähnlicher Wörter): »Qui trop s'excuse s'accuse«;
- Opposition: »Autant de têtes, autant d'avis«;
- Wiederholung: »Qui peut le plus peut le moins«.

Verskunst:

- Assonanz (Gleichklang von Vokalen in differenzierender konsonantischer Umgebung): »Bon chien chasse de race«;
- Alliteration: »Pierre qui roule n'amasse pas mousse« (die Wiederholung der gleichen Laute im Wortausklang ist seltener als die Alliteration im Wortanlaut);
- Reim: »À chaque oiseau son nid est beau«.

In zahlreichen Fällen treten mehrere Formcharakteristika kombiniert auf.

Die hier beispielhaft aufgelisteten Gattungsmerkmale reichen aber nicht aus für die Zuordnung eines »Lehrsatzes« zur Gattung der Sprichwörter. Wahr ist, dass nicht alle unter den Sprichwörtern aufgeführten Sätze in der formalen Struktur morphosyntaktische Anomalien aufweisen. Wahr ist, dass nicht alle Sprichwörter durch rhythmisch-prosodische bzw. rhetorische Elemente auffallen. Wahr ist auch, dass nicht alle Sprichwörter anonym sind oder eine Moral ausdrücken bzw. ganz allgemein belehren wollen (Rezepte der Lebenspraxis haben mehr mit Klugheit oder Misstrauen als mit Moral zu tun). Die »Lebenshilfe« kann rückschauend (retrospektivisch) wie vorausschauend (prospektivisch) sein. Diese Einschränkungen bezeichnen genau den bereits erwähnten Knackpunkt der ganzen phraseologischen Terminologie, den Greimas schon vor 60 Jahren in einem wichtigen Aufsatz kritisiert hat: »une polysémie terminologique inadmissible« (1960, S. 42). Insofern ist auch die knappe Definition des eingangs erwähnten französischen Linguisten Arnaud unbefriedigend: »Un proverbe prototypique est un proverbe métaphorique, poétiquement chargé, à la syntaxe anormale, ancien et didactique« (1991, S. 22).

Schon im Titel einschlägiger Sammlungen werden Sprichwörter häufig mit Dictons kombiniert, ein festes Begriffspaar, das im Inhalt dann doch getrennt abgehandelt wird. Da Dictons generell nicht metaphorisch gemeint sind, bieten sie kaum Verständnisprobleme, allenfalls hinsichtlich archaischer Lexik, die erklärt werden muss. Überwiegend sind es prognostische Wetterregeln, sogenannte »Bauernregeln«, die vielfältig Anlass für Parodien geben, z. B. »Donnert's im Mai; / Ist der April vorbei« oder »Kräht der Hahn auf dem Mist, / So ändert sich das Wetter, / Oder es bleibt, wie es ist«. »L'année dans la sagesse populaire« gehört bis heute fest zur ruralen Tradition Frankreichs mit ihren ernte- und wetterprognostischen Glaubenssätzen.

Am ehesten kann man die zahlenmäßig kaum erfassbaren Dictons soziologisch und geophysisch verorten: Hier sind wir eindeutig auf dem Land, in einem ruralen Umfeld. Allerdings lässt der Klimawandel manches Dicton alt erscheinen. Die Dictons haben viel mit der Natur zu tun, die Sprichwörter beschäftigen sich mehr mit den Menschen und ihrem Sozialverhalten. Aufgrund ihrer kurzen, oft paarweise gereimten Struktur sind Dictons leicht zu verstehen und zu behalten: Sie meinen ja, was sie sagen.

Der Inhalt der Dictons besteht aus Wetterprognosen, Saat- und Ernteregeln, Hygiene und Gesundheit und vielen ganz selbstverständlichen Volksweisheiten auf dem Land (die sogenannte »sagesse populaire«, die bis heute via Abreißkalender unters Volk kommt). Viele Dictons sind nur mündlich überliefert und eng verbunden mit einem örtlichen Patois (Dialekt). Andererseits tradieren viele Dictons den heute nur noch historisch verständlichen Heiligen- und Märtyrerkult. Jede(r) der mehr als 300 Heiligen wurde früher mit einem besonderen Fest(tag) geehrt. In den in Frankreich erschienenen Sprichwörtersammlungen werden sie bis heute ausführlich berücksichtigt. Allgemein kann man sagen: je älter, desto mehr Aberglauben und Magie, die Monsieur le Curé mit Weihwasser und Bittprozessionen auf den Feldern zu bekämpfen sucht. Manches Dicton sollte die Angst bannen, Vertrauen und Hoffnung schenken, Gleichgewicht herstellen nicht zuletzt durch den Wohlklang der alten Spruchweisheiten. Dass die Dictons sich – wie so manches Sprichwort – irren, ist nebensächlich und verständlich. Aber es ist wissenschaftlich erwiesen, dass Pflanzen und Tiere auf Zeichen in der Natur und am Himmel als vorausahnende Mittler zwischen Mensch und Natur sehr sensibel reagieren. In seinem Roman *Les Météores* (1975) hat Michel Tournier an diese rurale Tradition sehr schön erinnert:

> Comme tous les paysans de jadis, Méline suivait la ronde des saisons et les rythmes météorologiques avec une extrême attention en s'aidant d'almanachs, de calendriers et de tout un trésor de proverbes et de dictons (S. 72).

Da auch die Dictons in der Regel eine analogische Struktur haben, eignen sie sich für eine proverbialisierte Bedeutungserweiterung. Ehemalige Dictons, bei denen heute die übertragene Bedeutung dominiert, sind in der vorliegenden Sammlung daher innerhalb des alphabetischen Hauptteils aufgeführt. Die Weisheit der alten Dictons, die in ihrer normativen Reichweite indikativ, direktiv bis imperativ zum Ausdruck kommen kann, erinnert in Form und Inhalt an ein großes Vorbild: die bedeutendste christlich-abendländische Sprichwörtersammlung, *Les Proverbes* (*Die Sprüche*), Salomo(n), König von Israel und Juda (965–926 v. Chr.) als Autor bzw. Sammler zugeschrieben, eine heterogene, über einen langen Entstehungszeitraum sich erstreckende »christliche« Heilslehre vor den viel späteren Evangelien.

Im Alten Testament ging es noch um eine »sagesse humaine et profane«, wenn einige Sprüche auch schon einen religiösen Charakter haben, im Sinne praktischer Theologie: Gott belohnt die Wahrheit, die Nächstenliebe, die Reinheit des Herzens, die Demut und bestraft die entgegenstehenden Laster. Weisheit als oberste Tugend ist die Furcht vor Yahve, dem Herrn. Diese praktische Sittenlehre auf religiöser Grundlage schließt mit einem vielleicht überraschenden Loblied auf die »femme parfaite« (wie es in der französischen Version heißt), das sich in der profanen Sprichwortgeschichte bekanntlich nicht erhalten hat.

4. Sprichwort und Wahrheit

Das Sprichwort ist gelegentlich »Wahrwort« genannt worden, nicht in einem absoluten Sinne verstanden. Zwischen Sprichwörtern gibt es bekanntlich Widersprüche, geradezu Gegensatzpaare zur gleichen Situation, zum gleichen Faktum: »Tel père, tel fils« neben »À père avare, fils prodigue«. Solche stereotypen Verallgemeinerungen stimmen nur dann, wenn sie auf eine entsprechende Kontextsituation bezogen sind. Als generalisierende All-Sätze sind sie »wahre«, d.h. relativ wahre Deutungen von Situationen, deren Normanspruch universell, spezifisch (z.B. beruflich) oder nur optional (z.B. beim Spiel, Hobby) sein kann. Der Apfel fällt tatsächlich nicht weit vom Stamm; aber es gibt natürlich auch Rosen ohne Dornen. Früher dienten Sprichwörter auch als Stütze, Schlussregel für eine Argumentation oder als narrativer Abschluss einer Episode (z.B. in einem literarischen Text).

Wer spricht in den Sprichwörtern? Keine Jugendlichen, keine gesellschaftlichen Randfiguren, keine Mittellosen, keine Reichen, sondern brave Bauern und Bürger des Mittelstands; keine Frauen, die allenfalls Objekt und Inhalt sind und deren klassisch-weibliches Tugendarsenal (»chasteté«, »honnêteté« usw.) eher in Zweifel gezogen wird. Le Roux de Lincy (1842) zitiert in seiner Sammlung 126 Sprichwörter über Frauen, meistens in abschätziger Bedeutung (nur übertroffen von den zahlreicheren Sprichwörtern über den Teufel). Subjekt und Sprecher ist der Mann, der reife Vertreter seines Geschlechts, der Ehegatte, das Familienoberhaupt. Er gibt Ratschläge des gesunden Menschenverstands, appelliert an Lebensklugheit und Wachsamkeit, ruft zu Mut und Ausdauer auf. Die Weisheit des Alters steht gegen die Torheit der Jugend. Geistige Grundhaltung ist die Vorsicht, das Misstrauen, das beim Nachbarn beginnt und beim lieben Gott nicht aufhört. Man hüte sich mehr vor dem Freund, dem Nächsten, als vor Fremden. Bemerkenswert ist andererseits auch die größere Sympathie für das Schweigen als für das Reden (so schon in der Bibel).

In quantitativer Hinsicht fällt die negative Struktur vieler Sprichwörter auf (in allen grammatisch-funktional möglichen Realisierungen). Dagegen ist die erotische, ja sexuelle Konnotierung zahlreicher Sprichwörter im Sinnbezirk »femme« (»chat«, »poule«, »jument«; »couvercle«, »cruche« u.a.) heute allgemein verblasst, unter Kennern allenfalls Stoff für anzügliche linguistische Sprachspiele.

Anders als die eher lustigen, scherzhaften Dictons ist das Menschen- und Weltbild der Sprichwörter überhaupt nicht fröhlich, vielmehr trist, was sicher mit der christlichen Strafe-Gottes-Ideologie zu tun hat, ganz im Sinne des biblischen Richterspruchs: »Wer Unrecht tut, wird für sein Unrecht bestraft« (Kolosserbrief III,25) oder in der Sprache des Sprichworts: »On est puni par où l'on a péché« (»Strafe um Sünde bleibt nicht aus«).

5. Sprichwörter-Literatur – Sprichwörter in der Literatur

Sprichwörter waren über Jahrhunderte ein Kernbereich konventionalisierter Rede, der kollektive Erfahrungs- und Sozialisationsschatz einer Sprach- und Kulturgemeinschaft, die es heute so nicht mehr gibt. In ihrer kommunikativen Funktion sind die Sprichwörter weitgehend ersetzt durch andere sprachliche Stereotypen und Phrasen, die heute einen Schwerpunkt der sogenannten Phraseologieforschung bilden. Aber die alte Spruchgattung ist nun keineswegs vom Aussterben bedroht! »Entre tradition et nouveauté, indémodable: le proverbe«, lautet der Titel des Essays zur einschlägigen Sammlung von Agnès Pierron (2000, S. 233). Der radikale Funktionswandel – nachdem die Berufung auf eine überlieferte Autorität oder etablierte Normen verlorengegangen ist – zeigt sich im Fortleben der alten Sprichwörter in drei sprachlichen Modalitäten:

1. in ihrer Verwendung in der authentischen, historisch verbürgten Form;
2. in der Variation bekannter Sprichwörter aus spielerischen, parodistischen Gründen oder zum Zweck kurzlebiger Werbeslogans;
3. in der gesellschaftskritischen Neubildung von Sprichwörtern nach dem Muster bekannter Vorlagen.

Zwischen den Sprichwörtern und der Literatur gibt es alte, vielfältige Beziehungen. Manches Sprichwort stammt aus der Literatur; manches lebt in ihr fort, in welcher Form und Funktion auch immer. Sehr früh, schon in der Antike, haben Sprichwörter Eingang in die Literatur gefunden, auch in Frankreich.

Das Sprichwort ist ja für sich schon ein Stück Literatur, literarische Kleinkunst – ganz im Sinne des klassischen Ideals der Kürze (*brevitas*), der sprachlichen Ökonomie. Darin ähneln die Sprichwörter anderen, verwandten didaktischen Spruchgattungen. Viele Sprichwörter sind in ihrer z. T. antiquierten Formelhaftigkeit und archaischen Kulturstufe kunstvolle Schöpfungen, die von Schriftstellern gern zitiert werden – bis in die Gegenwart hinein. »Le beau proverbe«, schrieb einer ihrer Kenner, Claude Roy, »est une œuvre d'art sans signature« (Roy 1960, S. 49). Da das Sprichwort stets ein »markiertes Mittel« sei, einen Gedanken zu äußern, hafte seinem Gebrauch immer eine deutliche stilistische Wirkung an (vgl. Burger 1982, S. 39). Im Mittelalter sind alphabetisch geordnete Sentenzensammlungen erschienen, die antike und mittelalterliche Sinnsprüche übermittelten, die später »proverbia« genannt wurden. Am bekanntesten sind die anonymen, zwischen 1174 und 1191 entstandenen *Li Proverbes au vilain*. In spätmittelalterlicher Literatur standen Sprichwörter hoch in Kurs. Es galt als Zeichen dichterischer Kunst, wenn ein Autor sie als »ornatus« (»Redeschmuck«) in seine Werke einfügte. Reine Sprichwörtertexte blieben dennoch die Ausnahme. Das bekannteste Beispiel stammt von einem der ganz großen, früh verstorbenen Dichter des ausgehenden Mittelalters, François Villon (um 1431 – 1463?), der trotz eines haltlosen Lebens am Rande der Gesellschaft, in der er verarmte und zum Verbrecher wurde, große lyrische Werke verfasst hat. Sein persönlichstes, zugleich sein Hauptwerk ist das *Grant Testament* (1461), darin die berühmte *Ballade des dames du temps jadis*, in der Villon fragt, was aus den Frauen geworden sei, die durch ihre Schönheit und Tugend Berühmtheit erlangt hätten. Der Schlussvers des »envoi« (Abschluss-, Geleitstrophe) hat sprichwörtliche Bekanntheit erlangt: »Mais où sont les neiges d'antan?«

Die im Anhang abgedruckte *Ballade des proverbes* ist wohl das erste Sprichwortgedicht in der französischen Literatur, eine strukturell nach demselben anaphorischen Schema (»Tant ...«) komponierte Aufzählung von 28 Sprichwörtern.

Handelt es sich in der *Ballade des proverbes* (der Titel stammt nicht von Villon selbst, sondern ist nachträglich von P.L. Jacob in seiner Ausgabe von 1854 eingefügt worden, an Stelle des ursprünglichen Titels »Autre ballade«) um ein zeitgemäßes einfaches, aber virtuoses Übungsstück? ein literarisches Kabinettstück persönlicher Art? Wir wissen es nicht genau.

Als inspiratives didaktisches Grundmuster der dramatischen Gattungen hat sich das Sprichwort bis in die französische Gegenwartsliteratur erhalten. Eine Mittlerrolle zwischen der traditionellen spätmittelalterlichen »farce« und der italienischen Stegreifkomödie am französischen Hof (»commedia dell'arte«) einerseits und der neuen klassischen Komödie andererseits spielt die kaum bekannte *Comédie de proverbes*

(1633) ein, eine amüsante Synthese aller vorherigen »jeux de proverbes« im 17. Jahrhundert, eine wichtige Sprichwörterquelle für Molière, der in seinen Komödien immer wieder Leuten aus dem Volk (»valets«, »servantes«, »soubrettes«) Sprichwörter »à la façon du peuple« situationsgerecht in den Mund legt.

Gewiss: In der sublimen Gattung der klassischen Tragödie gab es keinen Platz für volkstümliche Belehrungen. Aber in einer Komödie hat selbst Racine Spaß an der Weisheit des Volkes gefunden. Schon in dem Eingangsmonolog seiner einzigen Komödie, *Les Plaideurs* (1668), einer Satire auf den Richterstand, wird der Zuschauer mit einer Serie von bis heute bekannten Sprichwörtern bedient.

Einen herausragenden Platz im Zusammenspiel von Literatur und Sprichwort nimmt natürlich La Fontaine ein, der nicht nur Verwerter und Verarbeiter alter Sprichwörter war; zahlreiche Moralverse seiner Fabeln (und Novellen) sind als literarische Zitate »proverbialisiert« (zum Begriff vgl. Schapira 1999, S. 126 ff.). Wie das Sprichwort hat die Fabel als volkstümliche literarische Kleingattung eine lange sozialkritische, didaktische Tradition. Gemeinsam ist ihr allegorischer Charakter, wenn im Tiergewand menschliches Verhalten und dessen Wahrheiten dargestellt werden.

Natürlich kannte La Fontaine die klassischen Fabelsammlungen von Äsop, Phädrus, Pilpay, Marie de France u. a. Weitere zeitgenössische Quellen waren die *Curiositez françoises* von Antoine Oudin (1640) und die *Réflexions ou sentences et maximes morales* (1665) von La Rochefoucauld. Als Gattung erreichte die Fabel La Fontaines höchste künstlerische Verwirklichung, die auch in der Variationsvielfalt der proverbialen Kunstgriffe zum Ausdruck kommt: die Wahl des Autors der Moral (ein Erzähler, La Fontaine selbst, eine Fabelfigur); ihr Bezug zur Handlung und ihre poetische Form, die wiederum unterschiedlich funktionsgerecht in die »vers libres« eingefügt erscheint.

La Fontaine glaubte noch an die in den alten Sprichwörtern aufgehobene »sagesse des nations«; die kritisch-distanzierte, gar parodistische Umformung alter moralisierender Spruchweisheiten setzte systematisch erst im Zeitalter der Aufklärung ein. La Fontaine wandelte noch – ganz im literarischen Stil der Zeit – alte mittelalterliche Sprichwörter ab und machte daraus z. B. einen klassischen Alexandriner, den er zusätzlich in seiner Wertigkeit kommentiert: »Il est bon de parler, et meilleur de se taire« (*L'ours et l'amateur des jardins* VIII,10).

Im 18. Jahrhundert wird das »proverbe« eine literarische Mode, ein beliebtes Gesellschaftsspiel zur Belustigung der Zuschauer, zum Vergnügen des galanten Hofes. Bei diesen »proverbes dramatiques« handelte es sich um dramatisch in Szene gesetzte Einakter, bei deren Aufführung die Gesellschaft im Salon raten sollte – der Gattung »charade« vergleichbar –, welches Sprichwort oder welche Redensart jeweils dargestellt wurde. Louis Carrogis, genannt de Carmontelle (1717–1806), schrieb mehr als 100 *Proverbes dramatiques* (4 Bde., 1822), ein regelrechtes Sittenbild der Zeit. Einige Stücke waren bereits seit den 60er Jahren des 18. Jahrhunderts in Theateralmanachen erschienen.

Ganz im Sinne des didaktischen Impetus des Jahrhunderts gab es sogar Sprichwörter-Predigten, sogenannte *Sermons en proverbes*, die in einschlägigen Anthologien überliefert sind (vgl. das abgedruckte Beispiel im Anhang).

Ein heute kaum noch bekannter Fortsetzer dieser der reinen Unterhaltung und Zerstreuung dienenden proverbialen Gesellschaftsspiele im 19. Jahrhundert war Théodore Leclercq (1777–1851), der ab 1823 mehr als 80 Stücke geschrieben und aufgeführt haben soll. In z. T. starker Abhängigkeit von Carmontelle stehen die bis heute gespielten »proverbes« des Romantikers Alfred de Musset (1810–57), leichte, mitunter seichte »comédies de salon«, deren gesellschaftliche Moral sich schon im Titel ankündigte: *On ne badine pas avec l'amour* (1834), *Il ne faut jurer de rien* (1836), *Il faut qu'une porte soit ouverte ou fermée* (1845), *On ne saurait penser à tout* (1849).

Auch im modernen Theater spielen dramatische Kurzformen eine große Rolle. Zu ihnen gehört der Sketch, ein scharf zugespitztes, wirkungsvolles, zumeist ironisches Bühnenspiel mit wenigen Personen, von kurzer Dauer und einer überraschenden »chute finale«. Schon in spätmittelalterlichen Stücken, später in der erwähnten *Comédie de proverbes* und in einigen *Proverbes dramatiques* Carmontelles gibt es Tiraden, die aus reinen Sprichwörter-Dialogen bestehen. Ungewöhnlich, ja einzigartig ist ein Drei-Personen-Sketch von nur wenigen Seiten, dessen Dialog ausschließlich aus vorgefertigter Rede, bekannten, alten Sprichwörtern besteht, deren Sprecherwechsel lediglich unterbrochen wird durch ebenso bekannte, stereotype, konnektive Satzeröffnungssignale. *Sagesse ancienne* (1977; vgl. S. 235–239) stammt von einem Meister der kleinen dramatischen Formen, dem Südfranzosen Louis Calaferte (1928–94), der vor allem Theaterstücke geschrieben hat, in der französischen Gegenwartsliteratur aber eine ziemlich unbekannte Randfigur geblieben ist. Ort des Geschehens: »un salon«, der klassische Ort stereotyper Theaterkonversation, in der sich ein namen- und zeitloses Zitiertheater abspielt, das eine semantisch eigentlich aufgeladene Textsorte wie das Sprichwort »spielerisch« im Kern aushöhlt.

Den insgesamt 67 Sprichwörter-Salven des vollständig abgedruckten Sketchs fehlt die Referenz, das Leben. Vielmehr erleben wir den parodistischen, sprachkritisch gemeinten Abgesang auf eine alte Textgattung ohne soziale Wirklichkeit. Es geht nicht einmal mehr um Stereotypen des Sprachhandelns (bei Alt und Jung, Mann und Frau, usw.), hinter denen sich

Denkschematismen verbergen. Sprichwörter liefern als solche keine Informationen, sondern sind Rahmen und (moralisierende) Konsequenz für einen in anderen Handlungen oder Äußerungen entwickelten Gedankengang. Bei Calaferte degenerieren die alten Sprichwörter zu Echo, Echosätzen, ohne die Quellen des Widerhalls (vgl. dazu Gouvard 1996).

Ist die Sprichwortkultur am Ende, am Ausgang ihrer Zeit? Die Situation, der Status des Sprichworts heute und die Art seines Fortlebens ähneln zwei anderen didaktischen Kleingattungen, der Fabel und dem Märchen, die als produktive Kunstgattungen offensichtlich nur noch in ihren Anti-Formen weiterleben. Es ist ja eine alte Erfahrung in der Kunstgeschichte, auch der Literatur, dass nach dem Verbrauchtsein aller Mittel die Kunst nur noch zur Parodie zu taugen scheint. Aus pädagogischer Sicht ist dem entgegenzuhalten, dass, wer Neues erfahren will, erst einmal das Alte, Intakte kennenlernen muss, auch wenn dieses fragwürdig, obsolet, altmodisch erscheint. Bekanntlich haben ikonoklastische (d.h. bilderstürmerische) Anti-Gattungen nur eine kurze Lebensdauer.

Leider gibt es bis heute keine größere zusammenhängende Studie zur Rolle der Sprichwörter in der französischen Literatur. Nach gezielten Einzelstudien weiß man, dass Rabelais und Montaigne gern Sprichwörter verwendeten (von Molière und La Fontaine war schon die Rede); später kommen Balzac und andere große Realisten hinzu (nicht Flaubert), dann Gide, Proust, Giono; in der Gegenwartsliteratur vor allem Michel Leiris und Michel Tournier.

Literarische Sprichwörterstudien müssten über das Sammeln und Aufzählen und über den semantischen Status der Sprichwörter außerhalb des literarischen Textes hinaus zur Analyse der funktionalen Integration in einen literarischen Text vordringen, zum neuen Sinnpotenzial in einem konkreten literarischen Text.

6. Sprichwörter »zweiten Grades« (»réécriture au second degré«)

Der Spaß am Spiel mit traditionellen Sprichwörtern in literarischen Werken ist im Prinzip so alt wie die Gattung selbst; vor allem in den Massenmedien, vorzugsweise im Werbesektor, sind spielerische Pastiches (stilistische Nachahmungen) bekannter Sprichwörter sehr beliebt, deren Wirkung z. T. noch durch unterlegte Bilder oder Illustrationen verstärkt wird. Das »neue« Sprichwort ist nicht mehr anonymes Zitat, sondern »Eigenbau« mit erkennbarer Herkunft (die gewollt ist). Die Variation macht auf jeden Fall nur Sinn, wenn der Rezipient (Hörer, Leser) das Original, die Vorlage kennt.

»Die Würde des Menschen ist antastbar«, titelte die Wochenzeitung *Die Zeit* auf der ersten Seite ihrer Ausgabe vom 4.12.2008 – aus Anlass des 60. Jahrestages der Unterzeichnung der UN-Deklaration der Menschenrechte von 1948. Als Blickfang auf der Titelseite erfüllte die leichte Variation des Grundgesetzartikels (1, Abs. 1) ihren Zweck, besondere Aufmerksamkeit zu erregen durch einen kleinen, sprachlich aber auffälligen Normverstoß gegen die stereotype Struktur eines »mot historique«, das hier subversiv unterlaufen wird, denn die Wahrheit sieht ganz anders aus. Aufgrund ihrer relativen Fixiertheit und formalen Invarianz muss jede Variation sofort auffallen und aufmerksam machen. Ein Beispiel aus dem politischen Stück *Mutter Courage* von Bertolt Brecht, einer »Chronik aus dem Dreißigjährigen Krieg« soll die Auswirkungen einer scheinbar geringfügigen Variation auf der graphischen bzw. Intonationsebene illustrieren: Im 4. Bild singt Mutter Courage das »Lied von der großen Kapitulation«, in dessen dreimal wiederholtem Refrain das bekannte Sprichwort: »Der Mensch denkt, Gott lenkt« (»L'homme propose et Dieu dispose«) auf raffinierte Weise abgewandelt wird: Brecht, der in seinem Werk immer wieder auf alte Sprichwörter zurückgreift, lässt den Wortlaut stehen, verändert lediglich die Interpunktion, so dass das Sprichwort ins Gegenteil verkehrt wird: »Der Mensch denkt: Gott lenkt. / Keine Rede davon!«

Die semantische Antithese Brechts führt zu einem »Anti-Sprichwort«, auf Grund einer sprachlichen Entstereotypisierung als Kampfmittel gegen einen angeblichen Religionskrieg.

Spätestens im 18. Jahrhundert setzt in der französischen Literatur ein kritisches, distanziertes Verhältnis zu den alten Spruchweisheiten ein; damit tritt neben das bis heute fortlebendige Sprichwort-Zitat in der Literatur ein zweiter, vielleicht auffälligerer Strang unterschiedlicher Variationsintentionen alter Sprichwörter in literarischen Werken.

Bei Balzac heißt es: »L'abbé ne fait pas le moine.« Lautréamont parodiert Pascal: »Les grandes pensées viennent de la raison.« Queneau erfindet nach der proverbialen Mechanik: »C'est en forgeant qu'on devient forgeron« in seinen *Exercices de style* den Neologismus: »C'est en écrivant qu'on devient écriveron.« Solche einfachen Sprachspiele fungieren wie Pastiches: Die Nachahmung bzw. kreative Deformation verweist auf den Basis-, den Ausgangstext, dessen formale Bedingtheiten respektiert werden: »Sprichwörter zweiten Grades« (»proverbes au deuxième degré«), also Transformationen, denen der französische Literaturwissenschaftler Gérard Genette in seinem Buch *Palimpsestes* (Paris: Seuil, 1982) einige Kapitel gewidmet hat. (Mit Palimpsestes sind alte Schriftstücke gemeint, deren ursprünglicher Text getilgt und dann neu beschriftet wurde.) Zumeist handelt es sich bei diesen einfachen Sprachspielen um aus der strukturalistischen Linguistik und Sprachlehre bekannte Operationen. Hier einige Beispiele:

- »L'argent fait le bonheur« (Bejahung einer Negation);
- »Bien mal assis ne profite jamais« (Substituierung [Ersetzung]);
- »Quand le vin nouveau est arrivé, il faut le boire« (»Literarisierung« eines bekannten Werbeslogans; Substituierung + Amplifikation = Erweiterung);
- »La faim justifie les moyens« (einfache paronymische Variation [lautliche Ähnlichkeit]);
- zu dem sehr bekannten Sprichwort »Qui trop embrasse mal étreint« gibt es einerseits eine parodistische Variante: »Qui trop embrasse a mal aux reins«, andererseits eine amüsante sexuelle (phonetisch-phonologische) Variante: »Qui trop embrase mal éteint«, deren Reiz in den wortspielerischen Verbindungen der Ähnlichkeit (textlinguistisch = Isotopie) zwischen den miteinander assoziierten Verben »embrasser/embraser« und »étreindre/éteindre« begründet ist.

Wir wissen noch wenig darüber, welche Schriftsteller(innen) Sprichwörter verwenden und welche nicht (und warum das so ist). Wie sich Sprichwortliebhaber und Sprichwortgegner literaturgeschichtlich – quantitativ und qualitativ – verteilen, darüber gibt es kaum empirische Belege. Welche Textfunktion die okkasionelle Variation eines Sprichworts (die ja in keinem Wörterbuch oder Lexikon verzeichnet ist) übernimmt, welche pragmatische Funktion der Autor der proverbialen Veränderung im Hinblick auf den Gesamtsinn des Textes zuschreibt, müsste in einer Einzelanalyse der »neuen« Text-im-Text-Konstruktion aufgezeigt werden. Ich möchte das Gesagte an einem Beispiel aus einer bekannten Komödie von Beaumarchais zeigen (ein bekanntes Beispiel aus *Le Mariage de Figaro* habe ich schon am Anfang des Nachworts zitiert), der ja in der Nachfolge von Molière und Marivaux in seinen Stücken sprachspielerisch alte Sprichwörter einsetzt und abwandelt, mal bezogen auf eine Figur, mal adressiert an den Zuschauer/Leser oder die dargestellte Situation erhellend im Kontext des ganzen Stückes. In der ausgewählten Szene des *Barbier de Séville* (1775) spricht der intrigante, moralisierende Zyniker Bazile und demonstriert im Gespräch mit seiner Kontrastfigur Bartholo sein proverbiales Spiel in seiner Fachsprache, der Musik:

BAZILE. Vous aviez l'air d'accord; je n'y entendais rien; et, dans les cas difficiles à juger, une bourse d'or me paraît toujours un argument sans réplique. Et puis, comme dit le proverbe, ce qui est bon à prendre …

BARTHOLO. J'entends, est bon …

BAZILE. … à garder.

BARTHOLO (*surpris*). – Ah! ah!

BAZILE. Oui, j'ai arrangé comme cela plusieurs petits proverbes avec des variations.

(Beaumarchais: *Le Barbier de Séville* IV,1)

Scheint damit die alte Sprichwörterkultur am Ende, ihr produktives Fortleben nur noch in Anti-Formen möglich? Ergänzend und zugleich logisch überleitend zur Problematik sogenannter »neuer« Sprichwörter, ist noch zu erwähnen, dass es neben diesen vielfältigen Deformationen bzw. Transformationen alter Sprichwörter auch Beispiele gibt, in denen der moralische Anspruch eines proverbialen Basistextes in Frage gestellt wird. Ich beschränke mich auf drei Beispiele (vgl. zusätzlich die bereits zitierte Szene in Beaumarchais' *Figaro*) dieser kritisch-distanzierten, bewussten Verneinung angeblich normativer Autorität:

In Balzacs kaum bekanntem Drama *Vautrin* (1846) lautet eine Dialog-Tirade:

– Vois-tu, mon ami, quand le vin est tiré …
– S'il est mauvais, il ne faut pas le boire. (V,2)

Bertolt Brecht hat einen Spitzenreiter auf deutschen Sprichwörter-Hitlisten kritisch hinterfragt: »Wer A sagt, muss nicht B sagen. Er kann auch erkennen, dass A falsch war.« Der Romantiker Alfred de Musset, der mehrere Komödien mit einem Sprichwort-Titel versehen hat, stand der »sagesse ancienne« eher ablehnend gegenüber. In seiner Novelle *Emmeline* (1837) wendet sich der Erzähler an eine mit dem Erzählkontext vertraute Leserin (die die sprichwörtliche Anspielung also versteht):

> Voilà, n'est-il pas vrai, madame, un amoureux assez bizarre? Il y a un proverbe qui prétend que ce qui est différé n'est pas perdu: J'aime peu les proverbes en général, parce que ce sont des selles à tous chevaux; il n'en est pas un qui n'ait son contraire, et, quelque conduite que l'on tienne, on en trouve un pour s'appuyer. Mais je confesse que celui que je cite me paraît faux cent fois dans l'application … (*Œuvres complètes. Nouvelles et contes I*, Paris: Conard, 1939, S. 33)

Der Sprung ins 20. Jahrhundert, genauer: zu dem Sprichwörter-Aufstand der Surrealisten, mag überraschen, wenn man nicht weiß, dass sie – zusammen mit den ebenfalls experimentierfreudigen Dadaisten – scharfe Gegner repetitiver, stereotyper Sprache waren. Sie interessierten sich für die alten Sprichwörter, die ihre Verankerung in der praktischen Alltagskultur nach jahrhundertelangem konventionalisierten Gebrauch verloren haben, als Ausgangspunkt für ein sinnfreies Spiel der Assoziationen, für eine freie, psychisch bedingte Kombinatorik der Sprache, eine sich quasi selbst befriedigende »Fröhliche Wissenschaft« ohne Moral und Lehrgehalt, »Unsinnssprichwörter«, die bei ihrem Erscheinen 1925 bürgerschreckartige

Provokationen auslösten. Einige Beispiele der 152 *proverbes mis au goût du jour* von Paul Éluard unter Mitarbeit von Benjamin Péret sind im Anhang abgedruckt.

Surrealistische Nonsense-Phantasien findet man gleichzeitig und später in den Werken von Robert Desnos, von Jacques Prévert und der sogenannten Oulipo-Bewegung (»Ouvroir de littérature potentielle«), speziell deren Mitbegründer Raymond Queneau bis hin zu den Autoren des Absurden Theaters: kreative Schreibakte distanzierter Heiterkeit gegen erstarrtes Denken, das ja erstarrte Rede, die Phrase, den Gemeinplatz zur Folge hat, die heute weithin das Sprichwort-Erbe angetreten haben. 70 Jahre nach der »verkehrten Welt« (ein Topos der antiken Lügendichtung) der französischen Surrealisten hat ein Mitglied der Oulipo-Bewegung, François Caradec (1924–2008), einen Abgesang auf die alten Sprichwörter gestartet: *105 proverbes liftés suivis de quelques proverbes soldés* (1993). Der Autor dieser zeit- und modeabhängigen Neuschöpfungen war der Meinung, dass die meisten alten Sprichwörter heute unverständlich geworden seien: »Bien mieux, ces proverbes ne sont plus adaptés à la vie moderne: ils exigent pour être compris de nos contemporains un sérieux ›lifting‹« (1993, S. 6; vgl. die im Anhang abgedruckten Beispiele). Die Tatsache, dass in den meisten Fällen das Original, das Strukturmuster (»pattern«) mehr oder weniger deutlich durchscheint, verleiht den z. T. einfallsreichen Kreationen einen gewissen Reiz. Der Liste »gelifteter« Sprichwörter folgen noch einige »proverbes soldés«, also »rabattierte«, »verramschte« alte Sprichwörter, in deren binärer Struktur der zweite Teil sinnwidrig travestiert wird (wie das aus negativen Beispielen ähnlicher empirischer Untersuchungen bekannt ist).

Strenggenommen kann es keine »neuen« Sprichwörter geben. Aber das wird in der Fachliteratur sehr unterschiedlich diskutiert.

»Verkehrte Welt« findet man auch in anderen didaktischen Kleingattungen der Literatur, z. B. dem Chanson, das ja ein beliebtes Medium zur kritischen Darstellung gesellschaftlicher Zustände ist. In der Nachfolge von Georges Brassens hat der aus dem Libanon stammende Klassiker des modernen französischen Chansons, Guy Béart (Jg. 1930), einen ganzen Chanson-Zyklus *Les Proverbes d'aujourd'hui* betitelt. Das im Anhang abgedruckte Beispiel verspottet mit den Mitteln rhetorischer Simulationsironie eine ins Gegenteil verkehrte Welt, indem der Sänger die neue Werteskala des Gesellschafts- und Menschenbildes scheinbar zu seiner eigenen macht.

7. Didaktische Aspekte

Sprichwörter »ad usum Delphini«[3]? Gehören Sprichwörter in den Fremdsprachenunterricht (vgl. Weller 2002)? Die »Zielsprache« des Fremdsprachenunterrichts ist ein linguistisch-didaktisches Konstrukt, eine vielfach limitierte und restringierte Sprachvarietät, die es so nur in der pädagogischen Institution Schule gibt: ein gefilterter Extrakt der Sprachwirklichkeit. In der produktionsorientierten, konstruktivistischen Fremdsprachendidaktik dominiert die Utopie einer von vorne bis hinten offenen, freien Wahl und Austauschbarkeit der Kollokationspartner. Man ignoriert die durchgängige »Idiomatizität« natürlicher Sprachen und übersieht, dass ein beträchtlicher Teil unseres sprachlichen Handelns in wiederholter Rede, in der Wiederverwendung fixierter sprachlicher Muster, vorgefertigter

3 D. h. ›für die Schule‹. – Im 17. Jahrhundert bedeutete der Ausdruck: ›zum Gebrauch des Dauphin‹ (unter Ludwig XIV.). Es ging um für Jugendliche und Schüler bearbeitete und kommentierte, z. T. auch ›gereinigte‹ Klassikerausgaben. Heutiger Sinn: für die Schule zurechtgemachte Ausgaben.

Wendungen besteht. Sprachliche Schematismen; Redensarten (»Gallicismes«) usw. werden in sprachliche Randgebiete abgedrängt, als fossile Anomalien ausgegrenzt, die im fremdsprachlichen Lernprozess eher als Störfaktoren empfunden werden. Ich hatte schon darauf hingewiesen, dass diese linguistische Krankheitsmetaphorik (vgl. S. 253) auch unter Forschern zum Status der Sprichwörter als satzmäßige Phraseologien zu belegen ist.

Apropos: Ich selbst habe als Schüler im Unterricht keine Sprichwörter gelernt, weder im Deutsch- noch im Fremdsprachenunterricht, und in meiner mehrjährigen Tätigkeit als Französischlehrer habe ich Sprichwörter nicht zum Unterrichtsprogramm gemacht, ohne zu wissen, dass der bewusste Gebrauch von Sprichwörtern erst im Erwachsenenalter einsetzt. Ich wusste auch nicht, dass Sprichwörter aufgrund ihrer relativen Fixiertheit im Gedächtnis fester verankert sind als die Einzelwörter und daher leicht abrufbar und verfügbar. Inzwischen weiß ich, dass – im Gegensatz zum freien, spontanen Sprechen – die Sprichwörter als »Satz-Metaphern«, als ganze Einheiten gelernt, so auch memoriert und reproduziert werden. Da die Sprichwörter zur lehrhaften Spruchdichtung gehören, eine didaktische Gattung par excellence darstellen, liegt es nahe, sich die Frage nach ihrer Relevanz für den Unterricht zu stellen. Eine diesbezügliche fremdsprachendidaktische Diskussion gibt es nicht. Nicht einmal die stark literarisch-volkskundlich orientierte germanistische Parömiologie hat es geschafft, den Sprichwörtern einen Platz im Deutschunterricht zu sichern (zaghafte Ansätze gibt es allenfalls im Curriculum des Deutschunterrichts für Ausländer).

Man kann die Frage auch einfach dezidiert für sich entscheiden wie der Herausgeber des anglistischen Pendants zu der vorliegenden Ausgabe, Wolfgang Mieder, der seit Jahren in den USA lehrt und sicher zu den prominentesten deutschen Parömiologen gehört. Wegen der allgemeinen Bekanntheit vieler Sprichwörter »sollte im Fremdsprachenunterricht unbedingt wenigstens das sprichwörtliche Minimum der Zielsprache unterrichtet und erlernt werden. Sprichwörter sowie deren verkürzte Anspielungen werden laufend verwendet, und erst eine Kenntnis der gebräuchlichsten Sprichwörter macht eine problemlose Verständigung in der Fremdsprache möglich« (Mieder 1988, S. 13).

Hier bleiben Fragen offen, die alle Bedingungs- und Entscheidungsfelder des Unterrichts betreffen, wenn Sprichwörter einen Beitrag zur Förderung der Sprachbewusstheit im Sinne eines emanzipatorischen Fremdsprachenunterrichts leisten sollen. Kann die Erwachsenenwelt der Sprichwörter in pädagogisch dosierten Transformationen auch heutigen Jugendlichen noch vermittelt werden, denen manche Volksweisheit, aber auch manches Laster der Menschen fremd erscheinen mag? Angesichts der materiellen Fülle an Sprichwörtern der Welt ist die Inhaltsfrage entscheidend, d.h. die Auswahl eines Minimal-Korpus heute noch lebendiger, gebräuchlicher, vor allem verständlicher französischer Sprichwörter. Denn es gibt

- proverbiale Universalien, die z.B. in den uns benachbarten Sprachen bekannt sind;
- leichte und schwer verständliche Sprichwörter;
- Sprichwörter, die vorzugsweise in literarischen Texten vorkommen;
- hochfrequente Sprichwörter in der Nähe des Gemeinplatzes, des Slogans usw., die aus pädagogischer Verantwortung eine kritisch-emanzipatorische Exegese erfordern.

Ein Hauptproblem bleibt das Verständnis eines Sprichworts, von dem seine Kenntnis und sein Gebrauch strikt zu trennen sind. Der semantischen Unbestimmtheit vieler Sprichwörter entspricht ihre Polyfunktionalität. Das formal weitgehend invariante Sprichwort kann sich einerseits auf mehrere, auch verschiedene Situationen beziehen; andererseits können sich mehrere verschiedene Sprichwörter, die wir als »synonym« ansehen, auf ähnliche oder gleiche Situationen beziehen. Sprichwörter versteht man am besten, wenn sie in einen kontextuellen Zusammenhang eingebunden sind und in diesem Text oder Medium eine (neue) Funktion übernehmen (vgl. dazu Mieder 1988, S. 15).

Sprichwörter im Unterricht eignen sich nicht nur dazu, die Verstehenskompetenz zu stärken, für ästhetische und pragmatische Sprachstrukturen zu sensibilisieren und die (re)kreativproduktive Phantasie und Ausdrucksfähigkeit zu fördern; die proverbialen Minimal-Texte liefern in der meistens kunstvoll gestalteten Kürze den Stoff gegen die notorische Inhaltsschwäche des Fremdsprachenunterrichts.

8. Schlussbemerkungen

Wir haben alle *Le Petit Prince* (1943) von Saint-Exupéry gelesen, den »Long-Bestseller« des deutschen Gymnasiums. In diesem Märchen gibt es eine Szene mit einem Laternenanzünder, der seine Tätigkeit nur noch mechanisch ausführt, was der kleine Prinz nicht versteht:

- Mais pourquoi viens-tu de le rallumer?
- C'est la consigne, répondit l'allumeur.
- Je ne comprends pas, dit le petit prince.
- Il n'y a rien à comprendre, dit l'allumeur. La consigne c'est la consigne. Bonjour.
- Et il éteignit son réverbère. (Kap. XIV)

tigen König Behringer in Ionescos Einakter
962) erinnern, dessen Reich von Erosionen
, der selbst aber nicht abdanken, schon gar
vill. Der Königliche Wächter/Herold ruft den
rdenen Satz aus: »Le Roi est mort, vive le Roi!«,
orischen Kontext ja bedeutete: Das Königtum
nn niemals sterben. Heute möchte man – das be-
ordene »mot historique« des Wächters sinngemäß
– ausrufen: »Le proverbe est mort, vive le proverbe!«
gibt Forscher, die von der »vitalité« (Pineaux 1979,
es Sprichworts überzeugt sind und die Meinung ver-
Sprichwörter seien »keineswegs ein zum Aussterben
mmtes Sprachphänomen, sondern sie spielen auch in der
igen Sprachverwendung eine – wenn auch gegenüber frü-
gewandelte – wichtige Rolle« (H. Burger, *Phraseologie. Eine
nführung am Beispiel des Deutschen*, Berlin: Erich Schmidt,
003, S. 116). Eine Prognose, die Agnès Pierron in ihrem be-
reits zitierten Essaytitel knapp und überzeugend zusammengefasst hat: »Entre tradition et nouveauté, indémodable: le proverbe« (2000).

Der Mann auf dem 5. Planeten ist der Funktionalist par excellence, für den die Dienstvorschrift alles ist: Dienst ist Dienst in dieser Hölle der Pflicht; und die Sprache eine Quelle von Missverständnissen.

Erstarrte Rede führt unweigerlich zu erstarrtem Denken: Besteht die Gefahr, dass die in der Nachfolge der alten Sprichwörter das hinterlassene Vakuum besetzenden vulgären Sprachstereotypen Oberhand gewinnen? Nach Meinung führender Parömiologen sind Sprichwörter keineswegs zum Aussterben verdammt, sondern spielen auch heute noch eine nicht zu übersehende Rolle in den Medien (nicht nur zu Werbezwecken), in der Literatur, in der mündlichen Kommunikation – allerdings in einer über die ursprüngliche Funktion hinaus erweiterte, gewandelte Rolle; z.B. in einem freien, offensiven Sprachgebrauch, dem spielerischen, Phantasie und Sprachbewusstheit freisetzenden Umgang mit vorgefertigten satzwertigen Kollokationen. Es geht nicht um Bildungsreminiszenzen an einen bürgerlichen Kanon, wie ihn Georg Büchmann 1864 mit seiner Sammlung *Geflügelte Worte. Der Zitatenschatz des deutschen Volkes* vorgelegt hat. Man war »schillerfest«, wie man nach Luther »bibelfest« war. Entsprechende Zitate (keine Sprichwörter!) waren »des Bürgers Zierde«. Immerhin ist dieses klassische Hausbuch der deutschen Bildung auf der Basis »landläufiger Zitate« in den letzten Jahren unter Titeln wie »Der große Büchmann«, »Der neue Büchmann« neu aufgelegt worden. Einen ähnlichen wertorientierten bürgerlichen Verhaltenskodex verkörpern bis heute die berühmten »feuilles roses« (»proverbes, sentences et maximes«) des Petit Larousse illustré (150 Sätze in der Ausgabe von 2007).

Über den tatsächlichen Gebrauch von Sprichwörtern heute, der ja nicht mit ihrer bloßen Kenntnis gleichgesetzt werden darf, wissen wir – über dokumentierte okkasionelle Fälle hinaus – zu wenig. Hier müsste durch empirische Erhebungen zu heutigen Sprachverwendungssituationen und -kontexten mehr Klarheit und Gewissheit erreicht werden; die wenigen vorliegenden Resultate sind stark abhängig von der Untersuchungsmethode: *wen* man *wo* fragt (auf der Straße, im Hörsaal), *was* genau man fragt und *wie* man fragt (ggf. mit Hilfsmitteln). Testverfahren mit der Halbtextpräsentation als Vorgabe zeigten z. B., dass bei den abgegebenen Vervollständigungen sich leicht (unbewusst oder aus einem spielerischen Drang) surreale, ja absurde Lösungen einstellten, was wiederum damit zusammenhängt, dass der Sprichwortbegriff wissenschaftlich längst unbrauchbar geworden ist, mit der unweigerlichen Konsequenz, dass es sich – wie in den meisten Sammlungen – häufig nicht um ein Sprichwort, sondern um einen anderen satzwertigen Spruch handelt. Häufiger noch ist der Fall, dass nicht zwischen »proverbe« und »locution proverbiale« unterschieden wird. Sprichwörter arbeiten mit dem sogenannten Analogieschluss, insofern die Sprichwortsituation (was im Sprichwort wörtlich ausgesagt wird – im Dicton oder *lieu commun* auch gemeint ist) zur korrespondierenden Kontextsituation in Beziehung gesehen wird. Erst durch diese unabdingbare bildhaft-metaphorische Ebene kommt der Mensch, das Menschliche ins Spiel! Das Sprichwort konstituiert sich als Expansion einer jeweils wörtlichen Lesart: »Das Bildhafte führt dabei vom Speziellen zum Allgemeinen, vom Teil zum Ganzen, vom Mikrokosmos zum Makrokosmos« (Lüger 1999, S. 88 f.).

Jean Paulhan (1884–1968), der langjährige Direktor der berühmten *Nouvelle Revue Française*, hat die Bedeutung der Sprichwörterkultur für das Fremdsprachenlernen in einem viel zu wenig bekannten, aber sehr lesenswerten Büchlein dargestellt, *L'Expérience du proverbe* (1925), in dem er über seine Erfahrungen als junger Sprachlehrer auf Madagaskar (damals französisch) berichtet. Sein Fazit: Eine Fremdsprache lerne

man nur, sozusagen von inne
ten Sprichwörter des Lan
auch verstehe (vgl. Paul

Zum Funktionsw
nicht mehr in der au
und Bedeutung zitiert w
ative Neubildung von Sp
strittig ist, wie auch entspr
»Anti-Sprichwörter«, »faux-pro
den Publizisten, Literaten usw. sp
ohne offensichtliche Assoziation e
Das Problem ist bekannt, aber nicht ge

An älteren (auch mehrsprachigen) Sp
gen herrscht kein Mangel. Eine gute neuere
sche bzw. französisch-deutsche Sprichwörte
es nicht, so dass die jetzt vorliegende Ausgab
schließen könnte. Sie folgt dem schon 1988 erschie
lischen Pendant (*English Proverbs*) von Wolfgang M
den Universitäts- und Seminarbibliotheken gibt es, was
miologische Fachliteratur angeht, gravierende Lücken u
Fehlanzeigen. Dazu gehört auch eine sehr verdienstvolle Veröffentlichung eines romanistischen Kollegen von vor mehr als 100 Jahren, Wilhelm Rübenkamp: *1200 der gebräuchlichsten französischen Sprichwörter – nebst Verdeutschung und Erklärung* (Zürich: C. Schmidt, 1903), mit dem Zusatz »Zugleich ein Wegweiser durch den französischen und deutschen Sprichwörterschatz«. Bedauerlicherweise wird der Autor, der sich früh für eine rigoros alphabetische Anordnung (einschließlich der Artikel!) entschieden hatte, in keiner der mir bekannten Fachpublikationen auch nur erwähnt.

Als Antwort auf die im Nachwort gleich zu Beginn gestellte Frage nach dem Fortleben der Sprichwörter heute möchte man

Der Mann auf dem 5. Planeten ist der Funktionalist par excellence, für den die Dienstvorschrift alles ist: Dienst ist Dienst in dieser Hölle der Pflicht; und die Sprache eine Quelle von Missverständnissen.

Erstarrte Rede führt unweigerlich zu erstarrtem Denken: Besteht die Gefahr, dass die in der Nachfolge der alten Sprichwörter das hinterlassene Vakuum besetzenden vulgären Sprachstereotypen Oberhand gewinnen? Nach Meinung führender Parömiologen sind Sprichwörter keineswegs zum Aussterben verdammt, sondern spielen auch heute noch eine nicht zu übersehende Rolle in den Medien (nicht nur zu Werbezwecken), in der Literatur, in der mündlichen Kommunikation – allerdings in einer über die ursprüngliche Funktion hinaus erweiterte, gewandelte Rolle; z.B. in einem freien, offensiven Sprachgebrauch, dem spielerischen, Phantasie und Sprachbewusstheit freisetzenden Umgang mit vorgefertigten satzwertigen Kollokationen. Es geht nicht um Bildungsreminiszenzen an einen bürgerlichen Kanon, wie ihn Georg Büchmann 1864 mit seiner Sammlung *Geflügelte Worte. Der Zitatenschatz des deutschen Volkes* vorgelegt hat. Man war »schillerfest«, wie man nach Luther »bibelfest« war. Entsprechende Zitate (keine Sprichwörter!) waren »des Bürgers Zierde«. Immerhin ist dieses klassische Hausbuch der deutschen Bildung auf der Basis »landläufiger Zitate« in den letzten Jahren unter Titeln wie »Der große Büchmann«, »Der neue Büchmann« neu aufgelegt worden. Einen ähnlichen wertorientierten bürgerlichen Verhaltenskodex verkörpern bis heute die berühmten »feuilles roses« (»proverbes, sentences et maximes«) des Petit Larousse illustré (150 Sätze in der Ausgabe von 2007).

Über den tatsächlichen Gebrauch von Sprichwörtern heute, der ja nicht mit ihrer bloßen Kenntnis gleichgesetzt werden darf, wissen wir – über dokumentierte okkasionelle Fälle hinaus – zu wenig. Hier müsste durch empirische Erhebungen zu heutigen Sprachverwendungssituationen und -kontexten mehr Klarheit und Gewissheit erreicht werden; die wenigen vorliegenden Resultate sind stark abhängig von der Untersuchungsmethode: *wen* man *wo* fragt (auf der Straße, im Hörsaal), *was* genau man fragt und *wie* man fragt (ggf. mit Hilfsmitteln). Testverfahren mit der Halbtextpräsentation als Vorgabe zeigten z. B., dass bei den abgegebenen Vervollständigungen sich leicht (unbewusst oder aus einem spielerischen Drang) surreale, ja absurde Lösungen einstellten, was wiederum damit zusammenhängt, dass der Sprichwortbegriff wissenschaftlich längst unbrauchbar geworden ist, mit der unweigerlichen Konsequenz, dass es sich – wie in den meisten Sammlungen – häufig nicht um ein Sprichwort, sondern um einen anderen satzwertigen Spruch handelt. Häufiger noch ist der Fall, dass nicht zwischen »proverbe« und »locution proverbiale« unterschieden wird. Sprichwörter arbeiten mit dem sogenannten Analogieschluss, insofern die Sprichwortsituation (was im Sprichwort wörtlich ausgesagt wird – im Dicton oder *lieu commun* auch gemeint ist) zur korrespondierenden Kontextsituation in Beziehung gesehen wird. Erst durch diese unabdingbare bildhaft-metaphorische Ebene kommt der Mensch, das Menschliche ins Spiel! Das Sprichwort konstituiert sich als Expansion einer jeweils wörtlichen Lesart: »Das Bildhafte führt dabei vom Speziellen zum Allgemeinen, vom Teil zum Ganzen, vom Mikrokosmos zum Makrokosmos« (Lüger 1999, S. 88 f.).

Jean Paulhan (1884–1968), der langjährige Direktor der berühmten *Nouvelle Revue Française*, hat die Bedeutung der Sprichwörterkultur für das Fremdsprachenlernen in einem viel zu wenig bekannten, aber sehr lesenswerten Büchlein dargestellt, *L'Expérience du proverbe* (1925), in dem er über seine Erfahrungen als junger Sprachlehrer auf Madagaskar (damals französisch) berichtet. Sein Fazit: Eine Fremdsprache lerne man nur, sozusagen von innen, wenn man auch die wichtigsten Sprichwörter des Landes bzw. der Menschen kenne und auch verstehe (vgl. Paulhan 1925, S. 44).

Zum Funktionswandel der alten Sprichwörter, die häufig nicht mehr in der authentischen, historisch verbürgten Form und Bedeutung zitiert werden, gehört schließlich auch die kreative Neubildung von Sprichwörtern, deren Gattungsstatus strittig ist, wie auch entsprechende Bezeichnungen belegen: »Anti-Sprichwörter«, »faux-proverbes«. Immer häufiger erfinden Publizisten, Literaten usw. sprichwortähnliche Sentenzen ohne offensichtliche Assoziation einer proverbialen Vorlage. Das Problem ist bekannt, aber nicht gelöst.

An älteren (auch mehrsprachigen) Sprichwörtersammlungen herrscht kein Mangel. Eine gute neuere deutsch-französische bzw. französisch-deutsche Sprichwörtersammlung gibt es nicht, so dass die jetzt vorliegende Ausgabe diese Lücke schließen könnte. Sie folgt dem schon 1988 erschienenen englischen Pendant (*English Proverbs*) von Wolfgang Mieder. In den Universitäts- und Seminarbibliotheken gibt es, was parömiologische Fachliteratur angeht, gravierende Lücken und Fehlanzeigen. Dazu gehört auch eine sehr verdienstvolle Veröffentlichung eines romanistischen Kollegen von vor mehr als 100 Jahren, Wilhelm Rübenkamp: *1200 der gebräuchlichsten französischen Sprichwörter – nebst Verdeutschung und Erklärung* (Zürich: C. Schmidt, 1903), mit dem Zusatz »Zugleich ein Wegweiser durch den französischen und deutschen Sprichwörterschatz«. Bedauerlicherweise wird der Autor, der sich früh für eine rigoros alphabetische Anordnung (einschließlich der Artikel!) entschieden hatte, in keiner der mir bekannten Fachpublikationen auch nur erwähnt.

Als Antwort auf die im Nachwort gleich zu Beginn gestellte Frage nach dem Fortleben der Sprichwörter heute möchte man an den einst mächtigen König Behringer in Ionescos Einakter *Le Roi se meurt* (1962) erinnern, dessen Reich von Erosionen durchlöchert ist, der selbst aber nicht abdanken, schon gar nicht sterben will. Der Königliche Wächter/Herold ruft den berühmt gewordenen Satz aus: »Le Roi est mort, vive le Roi!«, was im historischen Kontext ja bedeutete: Das Königtum stirbt nie, kann niemals sterben. Heute möchte man – das berühmt gewordene »mot historique« des Wächters sinngemäß variierend – ausrufen: »Le proverbe est mort, vive le proverbe!« Denn es gibt Forscher, die von der »vitalité« (Pineaux 1979, S. 124) des Sprichworts überzeugt sind und die Meinung vertreten, Sprichwörter seien »keineswegs ein zum Aussterben verdammtes Sprachphänomen, sondern sie spielen auch in der heutigen Sprachverwendung eine – wenn auch gegenüber früher gewandelte – wichtige Rolle« (H. Burger, *Phraseologie. Eine Einführung am Beispiel des Deutschen*, Berlin: Erich Schmidt, [2]2003, S. 116). Eine Prognose, die Agnès Pierron in ihrem bereits zitierten Essaytitel knapp und überzeugend zusammengefasst hat: »Entre tradition et nouveauté, indémodable: le proverbe« (2000).